La garçonne en dentelle

J'AI LU

Patricia Rice

La garçonne en dentelle

Traduit de l'américain
par Louise Drac

Éditions J'ai lu

Titre original :

DENIM AND LACE

Topaz, a division of
Penguin Books USA Inc.

1

Sierras de Californie, octobre 1868

– Je vais sans doute être obligée de le tuer, ce Stan Talbott...

Bien que prononcée avec la délicatesse, la prévenance dont faisait toujours preuve Samantha Neely, la sentence n'en demeurait pas moins effroyable.

Le chariot bâché fit une embardée sur la piste rocailleuse, obligeant la conductrice à s'accrocher aux guides. Sa sœur Harriet se cramponna au banc du cocher en retenant son petit chapeau de paille sur sa tête. Puis les bœufs reprirent une allure plus harmonieuse, et les cahots s'estompèrent.

Il faisait étonnamment doux pour la saison, à pareille altitude, bien que les voyageurs, dans les deux chariots, soient trop épuisés pour s'en réjouir et admirer le frémissement du feuillage doré qu'agitait la brise à leur passage. Ils cheminaient, les yeux obstinément fixés sur la fumée grise qui s'élevait au-dessus de la crête suivante, preuve que leur périple de trois mille deux cents kilomètres touchait enfin à son terme. Dans le second chariot, leur mère Alice et Bernadette, la jumelle de Harriet, poussèrent des exclamations de joie.

– A quoi cela servirait-il de le tuer, Samantha ? On te mettrait en prison avant de te pendre et sans toi, nous mourrions de faim.

Harriet et son esprit pratique... Ses yeux d'un bleu radieux, ses boucles d'or dignes d'une poupée de porcelaine cachaient un cerveau de comptable hors pair. Beauté qui malheureusement la desservait car les hommes se moquaient d'elle quand elle tentait de leur prouver qu'elle était aussi capable qu'eux de gérer un commerce.

Samantha, elle, n'avait ni le joli minois de sa sœur, ni son penchant pour les vieilles échoppes aux odeurs de renfermé où l'on restait assis des heures à compter la caisse. Elle, c'était la terre, sa passion, et elle observait avec un vif intérêt la nature environnante. Leur père leur avait écrit que, dans la vallée qu'il avait découverte, l'eau était abondante, trésor plus précieux que toutes les pépites du monde. Connaissant les extravagances d'Emmanuel Neely, Samantha avait des doutes devant ce paysage au sol pierreux où ne poussaient que des sapins.

– Que veux-tu que je fasse, quand je verrai ce Talbott ? Lui demander poliment quel supplice il a réservé à papa, dont nous sommes sans nouvelles depuis qu'il l'a chassé du village ? Le menacer de le livrer à la justice s'il ne nous le rend pas vivant ? Si j'ai bien compris, dans la région, c'est précisément lui qui fait la loi.

Harriet Neely étudia avec inquiétude le visage aux traits tirés de sa sœur. Ce long périple avait sapé ses forces. Samantha était l'aînée, la préférée de leur père qui l'avait élevée comme le fils qu'il n'avait jamais eu, et dès qu'elle avait commencé à marcher, Samantha avait toujours copié Emmanuel, à qui elle ressemblait à maints égards. Elle préférait les activités viriles à celles des filles, portait le pantalon, avait les mains calleuses à force de tirer sur les rênes pour mener les bœufs récalcitrants. Au cours du voyage, son corps déjà mince s'était affiné jusqu'à la maigreur car en fin de journée, il fallait encore partir chasser pour nourrir la famille. Malgré le large bord de son chapeau, son visage était constellé de taches de rousseur et l'échancrure de sa chemise ouverte révélait une peau hâlée. Par commodité, elle avait coupé très court ses boucles rousses. Seule sa voix sensuelle surprenait ceux qui la prenaient pour un garçon manqué.

– Quelqu'un s'est peut-être déjà chargé de le tuer, qui sait ? répliqua Harriet. Ce genre d'individu, tôt ou tard, se fait assassiner. Dans ce cas, nous pourrons partir à la recherche de papa et s'il est toujours en vie, le prévenir qu'il peut revenir au village.

Samantha savait que jamais son père ne se satisferait de la vie de fermier. Son esprit vagabond le poussait d'une invention à l'autre, inventions qu'il laissait en plan dès qu'il avait un nouveau défi à relever, plutôt que de persévérer jusqu'à devenir riche. Si ses filles s'installaient dans la vallée, il passerait leur rendre visite, bien sûr, mais sans s'attarder.

– On est arrivés ! On est arrivés !

Jeff, leur cousin âgé de douze ans, dépassa le chariot au grand galop dans un tourbillon de poussière.

Samantha observa attentivement les bâtisses éparpillées à l'horizon, au bord de la route desséchée par l'absence de pluie. Elle fut soulagée de constater que loin d'être un simple campement, comme ils en avaient tellement rencontré, le village était bâti en brique. Cela lui conférait une apparence de solidité qui rassura la jeune fille.

Lorsqu'ils avaient reçu la lettre d'Emmanuel, l'oncle William, son frère, veuf et père de Jeff, avait décidé de partir le rejoindre en emmenant toute la famille, plutôt que de subir les retombées de la guerre de Sécession dans le Tennessee, Etat du Sud, où la misère et les vengeances faisaient rage. Malheureusement, le pauvre William n'était plus là pour partager leur joie : il avait succombé au choléra alors qu'ils traversaient les plaines du Middle West. Et depuis qu'il était orphelin, Jeff redoublait d'indiscipline.

Quelques jours auparavant, la famille Neely s'était séparée du reste de la colonne d'émigrants qu'ils avaient accompagnés depuis le Tennessee, pour suivre les indications figurant dans la lettre d'Emmanuel. Il y notait le chemin de la vieille mission espagnole qu'il avait achetée à un grand d'Espagne, après le départ des religieux...

La demeure leur apparut sur la plaza, dorée par le soleil couchant qui baignait la bourgade. En face, avec sa galerie en bois courant le long du premier étage, ils reconnurent l'hôtel décrit dans la lettre, avec son rez-de-chaussée en brique séchée. Et puis, à côté, une écurie de louage, une forge et une sellerie désaffectées. Ils eurent le coup de foudre pour leur maison, adorable demeure tout en arcades et en fenêtres dont les vitres réfléchissaient le couchant, bordée par un joli jardin.

Infiniment soulagée que son père leur ait déniché un logement convenable, Samantha prit le temps d'étudier le village. Les autres maisons fermant la place semblaient solides sous leur toit de tuiles. Si, dans les rues adjacentes, on trouvait quelques baraques en bois, rien n'indiquait que ce fût un repaire de bandits.

C'était dans sa dernière lettre que son père mentionnait son altercation avec Stan Talbott, homme cupide et sans manières qui tyrannisait la région. Devrait-elle se battre contre lui ? La jeune fille espérait bien que non.

Dès l'apparition des deux chariots sur la place déserte, quelques villageois émergèrent de l'antre de leur maison. Un sifflement strident retentit, et aussitôt d'autres curieux rejoignirent les premiers. Pas une seule femme ne figurait parmi eux !

Inquiète, Samantha fit glisser l'étui de son revolver bien en évidence sur sa cuisse et, espérant que les villageois la prendraient pour un homme, elle rabattit son chapeau sur ses yeux. En chemise écossaise et gilet de cuir, elle donnerait bien le change un moment. Du pied, elle tira vers elle la carabine posée au fond du chariot.

Elle serra les dents quand s'éleva un concert de sifflets et de braillements. Bernadette avait sans doute ôté son chapeau ! Un coup d'œil derrière elle confirma ce soupçon : la jumelle fixait leur nouvelle maison d'un œil ébahi, sans se soucier de l'attention que suscitait leur arrivée. Samantha arrêta les bœufs à l'ombre d'un bouquet d'arbres et chercha Jeff des yeux.

Le garçon avait disparu, mais son petit cheval attendait, attaché à un poteau du porche.

Le deuxième chariot s'arrêta et les hommes s'approchèrent d'une démarche nonchalante. Samantha saisit sa carabine avant de sauter de son banc. Si Harriet daignait sortir par le fond du chariot, elle pourrait gagner la maison en toute sécurité...

Alice Neely avait perçu le danger et, serrant ses longues jupes contre ses jambes, descendait du chariot. Mais l'imprudente Bernadette admirait d'un air rêveur le porche ombragé de leur nouvelle demeure, tout aussi inconsciente que sa jumelle de ses admirateurs qui avançaient...

– Je me charge de les emmener dans la maison, Samantha, dit Alice en se hâtant vers les deux jeunes filles. Mais de toute façon, nous ne pouvons chasser ces hommes. Nous aurons besoin d'eux pour décharger les chariots. Propose-leur de les payer.

Samantha acquiesça en élevant sa carabine. Les hommes la dévisagèrent avec curiosité. Un ivrogne qui se promenait avec sa bouteille de whisky, pris d'un accès de politesse, s'essuya la main sur son gilet avant de la lui tendre. Râblé, tout en nerfs, une mèche blond-roux lui tombant sur le nez, il semblait tout sauf amical.

Sans s'occuper de lui, Samantha braqua sa carabine sur un autre des hommes, qui s'approchait un peu trop près. Il se dressa de toute sa taille devant elle, affichant une expression sinistre. Mais quand Samantha soutint son regard sans se démonter, il esquissa un sourire amusé.

– Ça ne va pas faire plaisir à Stan Talbott, dit-il sans préambule. Moi, je suis Doc Ramsey. Bienvenue au village, mademoiselle.

Avant que Samantha ait le temps de répondre, un vieil homme s'avança, voûté et tassé par les ans – un Indien, d'après sa longue chevelure, sa figure brune burinée aussi ridée qu'une noix. Son expression reflétait toute la souffrance du monde. Il se borna à grommeler quelques mots incompréhensibles puis se dirigea vers les bœufs.

Samantha se méfiait des Indiens depuis que la traversée de l'Amérique lui avait appris qu'à leur apparition le bétail des Blancs avait tendance à disparaître. Elle s'apprêtait à lui interdire d'aller plus loin quand un grondement sinistre s'éleva de l'arrière de la maison. Une explosion ! Une spirale de fumée et de poussière fut projetée dans les airs.

– Mon Dieu, Jeff ! s'écria-t-elle avant de se ruer dans cette direction.

2

Le gaillard qui avait dit s'appeler Doc Ramsey attrapa une pelle et s'élança à la suite de Samantha. Effrayés par le bruit, ses compagnons s'éparpillèrent dans toutes les directions pour chercher de l'aide. A l'instant où la jeune fille tournait au coin de sa maison à toute allure, elle vit s'envoler une gerbe de bouts de papier enflammés qui manquèrent mettre le feu au porche en bois.

– Jeff Neely ! hurla-t-elle encore, la frayeur cédant la place à la colère.

Elle découvrit son cousin dans le jardin de derrière. Son visage tout noirci autour de ses lunettes ne semblait absolument pas le perturber, et il fallut que Samantha l'attrape par l'oreille pour l'écarter des flammes.

Muni de sa pelle, Doc Ramsey tenta d'étouffer le début d'incendie, tandis que ses compagnons accouraient, armés de pics et de pioches. Pas une goutte d'eau pour éteindre le feu ! songea Samantha, consternée.

– Qu'est-ce qui t'a pris d'essayer de tout faire sauter ? pesta-t-elle en tirant son cousin par l'oreille.

– Ouille !... Lâche-moi, Samantha, ça fait mal ! protesta Jeff. Je voulais simplement fêter notre arrivée, comme papa l'a fait l'an dernier pour le 4 Juillet !

Percevant sa détresse, Samantha ne put se résigner à le châtier comme il le méritait. Jeff avait probablement économisé la poudre durant toute la traversée du pays pour marquer le terme de leur voyage par un feu d'artifice. Tel père, tel fils : les Neely étaient connus pour leur inventivité... autant que pour leur imprudence.

– C'est d'une bonne correction qu'il aurait besoin, décréta Ramsey en essuyant la sueur sur son front. Docteur Cal Ramsey, pour vous servir, mademoiselle.

La jeune fille serra la main qu'il lui tendait et fit les présentations :

– Samantha Neely. Et voici mon cousin, Jeff.

Les autres hommes, attroupés autour d'eux, se

nommèrent également, la détaillant avec un air appréciateur. Fallait-il qu'ils manquent de femmes pour la reluquer pareillement !... Elle se retint de jeter un coup d'œil à la maison où sa mère avait réussi à cacher à temps les jumelles. En cas de grabuge, elle ne pourrait compter que sur elle-même !

– Nous n'avions pas l'intention de provoquer une pareille émeute en arrivant, messieurs.

Sa remarque s'était voulue légère, mais un grand silence lui répondit, si déconcertant que Samantha s'empressa de le rompre, gênée :

– Merci à vous tous. Je constate que l'heure avance et il nous reste encore à décharger les chariots. S'il y en a parmi vous qui acceptent de nous aider à transporter les bagages, nous serons heureux de les payer.

Sans attendre la fin de son discours, plusieurs des plus jeunes se détachèrent de la foule pour bondir vers les deux chariots.

– Vous savez cuisiner, m'dame ? demanda l'un de ceux qui restaient.

– Evidemment que je sais cuisiner ! rétorqua-t-elle, exaspérée par ces regards qui semblaient la déshabiller.

– Il veut simplement dire que nous n'avons pas besoin de rémunération, intervint Ramsey. En revanche, tout le monde ici apprécierait un bon repas...

Saisie de panique, Samantha se mordit la lèvre. Parviendrait-elle à se débarrasser de ces sauvages ?

– Nous serions ravis de vous faire la cuisine, répliqua-t-elle. Simplement, il ne nous reste plus grand-chose à manger.

– Mais moi j'ai des poulets ! s'écria un homme, tout content.

– Et moi, de la farine !

Un autre s'esclaffa en lançant :

– Je sais maintenant pourquoi je me les gardais, mes conserves de pêches !

Avant qu'elle ait le temps de réagir à ce concert d'exclamations, ils repartaient au pas de course vers la place...

En paiement du déchargement de deux chariots, elle fut donc obligée de cuisiner pour un village entier !

Le lendemain matin, les Neely se levèrent de bonne heure.

– Tu ne devrais pas t'y aventurer toute seule, Samantha, déclara Alice. C'est vrai que les villageois nous ont paru plutôt amicaux, finalement, mais on ne sait jamais ce qui pourrait t'arriver...

Samantha perçut l'angoisse que trahissait sa voix : sa mère redoutait qu'il n'y ait un meurtrier au village. Le jour où Emmanuel Neely avait quitté la bourgade, ses lettres avaient brutalement cessé. Peut-être avait-il été assassiné ? Si cette triste hypothèse se révélait fondée, le coupable risquait de s'en prendre à toute la famille Neely...

– J'emporterai ma carabine, ce qui dissuadera certainement les mauvais plaisants, répondit la jeune fille. En plus, il est très tôt. Les gens du village ne sont certainement pas encore levés. Je te promets que je serai de retour avant qu'ils aient le temps d'assiéger la maison !

Un peu rassurée, Alice ajouta :

– Le Dr Ramsey m'a paru très courtois. Un peu trop, je dirais même... N'aurait-il pas le béguin pour toi ?

Fort mal à l'aise, Samantha haussa les épaules.

– Eh bien, il ne ressemble pas du tout aux médecins habituels...

Alice poussa un soupir.

– Les hommes sont différents, par ici... Mais enfin ! Je suis certaine que nous nous y habituerons.

Pour ne pas contrarier sa mère, Samantha hocha la tête avant de s'éclipser. Selon elle, les hommes étaient toujours les mêmes et la mettaient généralement mal à l'aise. Mais ce matin, elle allait pouvoir leur échapper en chevauchant à travers bois, seule avec les oiseaux qui gazouillaient dans les arbres...

Elle guida son cheval sur les sentiers jonchés d'aiguilles de pin, s'enivrant de l'air pur. Ce paysage correspondait parfaitement à l'idée qu'elle se faisait du paradis. Et même si l'eau n'était pas aussi abondante que son père l'avait prétendu, elle avait déjà repéré quelques ruisseaux.

Soudain, elle surprit une ombre qui bondissait d'un arbre à l'autre, aux abords d'une clairière, non loin. Un animal ? Non, ce devait être un humain. Il se déplaçait furtivement, comme s'il guettait une proie. Puis elle remarqua le revolver qu'il brandissait... La carabine dans une main, elle poussa son cheval hors du sentier, en direction de la clairière. Elle sauta à bas de sa selle, attacha sa monture à un arbre puis se cacha derrière un buisson touffu.

Un cheval sellé se désaltérait à un mince cours

d'eau. L'homme s'apprêtait visiblement à tirer sur le cheval. Mais pourquoi faire une chose pareille ?

C'est alors seulement qu'elle aperçut le second homme qui se tenait de l'autre côté du cheval. Elle poussa un cri pour l'avertir, mais trop tard : le premier homme fit feu. Le cheval qui se désaltérait hennit de terreur, se cabra avant de retomber sur ses pattes dans un fracas de branches brisées. Samantha tira sur l'agresseur, qui fila sans demander son reste. Le cavalier qui s'était arrêté au bord de l'eau avait pris la balle dans l'épaule. Il reculait en titubant. Horrifiée, la jeune fille le vit tomber à genoux tandis que son fusil lui glissait des mains et que son cheval fouettait l'air de ses sabots juste au-dessus de sa tête.

Elle se rua dans la clairière. La bête au regard fou piaffait dangereusement près de son maître.

Elle réussit à saisir ses rênes et, s'écartant, tenta de l'apaiser en lui murmurant les paroles que, toute petite, elle avait apprises de son père. Il s'y connaissait en chevaux, lui qui avait dressé quelques-unes des meilleures bêtes du Tennessee avant de décréter qu'il en avait fini avec l'élevage, qu'il lui fallait une nouvelle occupation. L'étalon tira sur les rênes pour se libérer avant de s'apaiser enfin à force de murmures et de caresses. Quand il s'immobilisa, elle se tourna vers le cavalier blessé.

Celui-ci tentait de se relever. Du sang suintait entre les doigts qu'il pressait sur son épaule. Jamais Samantha n'avait vu un homme aussi grand et aussi fort. Un véritable colosse. Parviendrait-elle à le secourir ? La gorge nouée par l'angoisse, elle s'accroupit devant lui.

– Appuyez-vous sur moi. Je vais vous aider à remonter à cheval.

Des yeux d'un gris glacial la considérèrent avec mépris.

– Poursuivez votre chemin, petite. Je m'en sortirai tout seul.

Vexée d'être rabrouée, Samantha faillit tourner les talons. Quel malotru ! Mais elle céda à la compassion et, prenant le mouchoir qu'il tentait de sortir de sa poche, elle le pressa sur la blessure.

– Avec un sale caractère comme le vôtre, je comprends que l'on vous ait tiré dessus ! Pressez bien le mouchoir pour éviter de trop saigner.

Sans lui demander cette fois son avis, elle le souleva par son bras valide et l'aida à se remettre debout, titubant sous le poids. Avait-il le culot de s'affaisser sur elle uniquement pour la contrarier ? Non. Les yeux clos, il luttait contre la douleur. Comme il n'arrivait pas à plier son bras blessé pour presser le mouchoir contre son épaule, le sang ruisselait le long de sa manche de chemise.

La jeune fille grimaça.

– Je n'arriverai pas à vous hisser en selle... N'y a-t-il pas un endroit, dans les parages, où je puisse vous mettre à l'abri, le temps d'aller chercher de l'aide ?

Il la scruta avec méfiance, puis baissa les paupières.

– Une cabane, plus loin sur le chemin. Je tiendrai jusque-là.

Sans plus parler, tous deux se concentrèrent sur le sentier de terre craquelée qui les mena, pas à pas, dans la forêt de pins. Par chance, l'agresseur avait détalé au premier coup de feu de Samantha. Après dix minutes d'efforts, ils atteignirent enfin la cabane. Ce n'était rien de plus qu'un amas de rondins, mais le blessé pourrait au moins s'abriter à l'intérieur, pendant qu'elle ramènerait du secours.

Il s'affaissa sur le grabat posé à même le sol. Les boucles noires qui retombaient sur son front accentuaient la pâleur de son visage. Samantha retira le mouchoir de sa main qui pendait dans le vide, le pressa de nouveau sur la plaie, sans toutefois parvenir à arrêter le sang qui imprégnait la chemise. Que faire ? Elle n'avait pas même un jupon à réduire en charpie pour confectionner un garrot.

– Il faut absolument un docteur, décida-t-elle.

– Enlevez-moi ma chemise et déchirez le morceau propre pour faire un garrot, murmura-t-il d'une voix qui trahissait une vive souffrance.

Serrant les dents, Samantha empoigna la chemise dont elle fit sauter les boutons. Elle découvrit un torse puissant, bruni jusqu'au bronze, où bouclait une toison noire. Quand un frisson de douleur en fit frémir les muscles, la jeune fille faillit retirer brusquement sa main, troublée par ce contact. Fermant les yeux, inspirant un grand coup pour se donner du courage, elle libéra le bras valide.

– Vous allez être obligé de vous asseoir, autrement je ne pourrai pas dénuder le bras blessé. D'accord ?

Sans daigner répondre, il se redressa, ravalant un cri de souffrance quand Samantha tira sur le tissu collé à la blessure.

– J'ai un couteau, dans ma botte. Déchirez la chemise en deux et bandez-moi l'épaule très serrée. Le sang devrait s'arrêter de couler.

Si elle n'avait pas vu qu'il luttait pour ne pas s'évanouir, Samantha l'aurait envoyé balader, lui et son couteau ! Elle détestait qu'on lui donne des ordres, surtout lorsque ceux-ci venaient d'un homme qui la traitait comme quantité négligeable.

Elle noua le pan de chemise autour du mouchoir qui étanchait le sang.

– Ça suffira, grogna-t-il en guise de remerciement. Maintenant, prenez votre cheval et ramenez-moi Joe l'Indien. Donnez-lui à boire un bol de café avant qu'il remonte jusqu'ici, et il s'occupera de tout.

Samantha fronça les sourcils. Le blessé était sur le point de succomber à l'hémorragie. C'était d'un médecin qu'il avait besoin !

– Le vieil Indien ? Je ne l'imagine pas remonter à cheval jusqu'ici. Pourquoi ne pas appeler le Dr Ramsey ?

L'homme esquissa une grimace.

– Ramsey ne voudra pas se déplacer. Le vieil Indien, c'est Chef Coyote. Il vous dira où trouver Joe.

A quoi bon discuter avec un blessé en train de se vider de son sang ? Sans un mot, Samantha sortit en trombe de la cabane et redescendit vers la clairière où attendaient les chevaux...

Dès qu'elle fut partie, l'homme se détendit, laissant retomber sa tête en arrière. Il ignorait tout de cette fille qui portait le pantalon, mais jamais il n'oublierait ses yeux d'un vert étonnant... Il y avait bien longtemps qu'on ne l'avait pas regardé avec un brin de sollicitude. Hélas, lorsqu'elle aurait regagné le village et se serait renseignée sur son compte, jamais plus elle ne le regarderait de cette façon !

Et tandis qu'une étrange torpeur l'envahissait, il se rappela ses boucles rousses décoiffées, sa délicieuse poitrine qui tendait la toile fine de la chemise... Qui sait ? Peut-être cela valait-il la peine de vivre encore un peu pour revoir un si magnifique spectacle ?

3

– A quoi ressemble-t-il, votre blessé ? grommela le Dr Ramsey. Il n'y a que Stan Talbott pour traîner là-haut, dans les bois, à une heure pareille !

Samantha l'avait tiré du lit où il cuvait son vin de la veille. Il n'était pas rasé, ne portait qu'un maillot de corps en laine et n'avait même pas pris la peine de boutonner son pantalon. Il se frotta les yeux et remonta la mèche qui lui tombait sur le front.

– Il est plus grand que vous, et il a des cheveux noirs, bouclés, répondit-elle. Si personne ne lui porte secours, il va mourir vidé de son sang !

Une lueur mauvaise passa dans les yeux du médecin.

– C'est bien Talbott que vous me décrivez. Qu'il crève, celui-là, on ne s'en portera pas plus mal !

Sans autre explication, Ramsey lui claqua la porte au nez. Outrée par une telle grossièreté, elle tambourina contre le battant. Au bout d'une minute, elle comprit qu'il ne se dérangerait plus.

Stan Talbott ! Elle aurait dû s'en douter. Ce chameau, cette odieuse crapule ! Elle avait bien envie de le laisser mourir... Mais pas encore : elle tenait à le tuer elle-même !

Partagée entre la rage et la peur, elle traversa la plaza en courant pour aller trouver sa mère et lui demander conseil.

– Tu vas remonter toi-même soigner cet homme, Samantha, lui ordonna Mme Neely, à sa grande surprise. Peu importe qui c'est, nous lui devons assistance. Je te donnerai onguents et pansements, et j'enverrai Jeff à la recherche de ce Joe l'Indien. S'il a besoin de boire du café, c'est qu'il doit être dans un sale état. Il lui faudra un moment pour te rejoindre.

– C'est toi qui sais soigner les malades, pas moi. Pourquoi n'irais-tu pas à son chevet pendant que je pars à la recherche de l'Indien ?

– Je ne saurais pas retrouver la cabane et, en plus, je ne monte pas à cheval... Va chercher un panier pendant que je prépare des pansements.

Si elle se débrouillait pour soigner un cheval boiteux, ou aider une vache à vêler, jamais Samantha n'avait soigné un être humain – à plus forte raison un gredin comme Talbott. A la limite, elle aurait préféré affronter en plein bois celui qui lui avait tiré dessus !

Vaille que vaille, elle se retrouva chevauchant sur le sentier, un panier de remèdes attaché à la selle et la carabine au poing, d'une humeur si massacrante qu'elle aurait volontiers étranglé quelqu'un... Talbott le premier !

Il lui avait jeté le regard méprisant qu'on réserve aux moins que rien, il lui avait parlé comme à une imbécile, il ne lui avait pas manifesté la moindre reconnaissance alors que si elle n'avait pas crié pour l'avertir du danger, son agresseur aurait réussi à l'abattre... Quel mufle !

En atteignant la cabane, elle enfonça la porte d'un coup de pied furieux. La carabine dans une main, elle scruta soigneusement la pièce avant d'entrer. Le blessé avait l'air de dormir. Une barbe ombrait ses mâchoires et ses cheveux noirs – plus bouclés encore que les siens – étaient tout ébouriffés.

Si la plaie ne saignait plus, cela recommencerait dès qu'elle enlèverait le pansement de fortune pour la nettoyer. Elle examina son dos, cherchant sous l'omoplate la trace du passage de la balle. Le dos était intact, ce qui signifiait que la balle n'était pas ressortie... Elle commençait à dénouer le pan de chemise quand Talbott poussa un gémissement et ouvrit les yeux.

– Joe l'Indien... où il est ? demanda-t-il en grimaçant de douleur.

– Mon cousin Jeff est parti le chercher, et j'ai jugé qu'il fallait vous soigner sans attendre.

Le blessé se laissa retomber sur son grabat.

– Impossible d'extraire la balle, grommela-t-il. Vous n'y arriverez pas. Contentez-vous de verser du whisky sur la plaie et refaites le pansement.

« Impossible » n'appartenait pas au vocabulaire des Neely. C'est justement parce qu'on l'en avait jugée incapable que Samantha avait un jour pris au lasso une vache, qu'elle avait ficelée encore plus vite que le crétin qui l'avait mise au défi ! Et leur maison avait été remplie d'inventions créées par son père, toutes plus « impossibles » les unes que les autres. Un Neely relevait toujours un défi.

– Vous voulez une gorgée de whisky, avant que je l'utilise pour désinfecter ? demanda-t-elle en brandissant la bouteille d'une main et le scalpel de l'autre.

Un coup d'œil à la lame, puis un autre à cette fille excentrique, et Stan s'empara de la bouteille dont il lampa une bonne partie du contenu avant de la lui restituer.

– Vous vous y connaissez en médecine, au moins ?

– Absolument pas !

Et elle plongea avec entrain la lame dans le whisky, la remuant énergiquement comme le lui avait recommandé sa mère. Depuis qu'elle avait découvert que c'était cet homme qui avait chassé son père du village, elle prenait goût au jeu. Tant de désinvolture le mit évidemment de fort méchante humeur, mais au lieu de perdre son énergie à pester, il s'inquiéta de choses plus sérieuses.

– J'espère que vous avez des pansements à portée de main, parce que, quand je saignerai comme un cochon qu'on égorge, vous ne saurez plus où donner de la tête.

Après un quart de litre de bourbon, il articulait toujours aussi distinctement. Elle sortit du panier la charpie que sa mère y avait rangée et la montra à Talbott. Celui-ci hocha la tête, l'air approbateur.

Suivant ses directives, elle trancha lentement au vif de la blessure dont elle étanchait le sang à mesure. Loin de beugler de douleur comme elle s'y attendait, il la guida dans cette opération terrifiante dont il semblait connaître chaque détail. Etonnant.

Après tout, se dit Samantha pour se revigorer, ce n'était pas plus difficile que de dépouiller un lapin... Cette pensée ne parvint pas à l'apaiser, et elle était sur le point d'éclater en sanglots quand la lame, enfin, atteignit la balle. Dans un grand cri, Talbott s'évanouit.

Aveuglée par ses larmes, aspergée de sang, Samantha fouilla la plaie pour en extraire cette satanée bille de plomb. Elle y arriverait, foi de Neely !

Elle se rappela à temps de désinfecter les pinces au whisky et, serrant les dents, les plongea dans la blessure, délogea la balle et la retira d'un coup sec. Ce n'était pas pire que de réduire une entorse, dans le fond, conclut-elle en essuyant ses larmes d'un revers de manche avant de nettoyer la plaie puis de faire le pansement...

Le torse de Talbott se soulevait au rythme réconfortant de son souffle. Sa poitrine semblait solide comme un roc, bardée de longs muscles saillants. Elle suivit la spirale de poils qui descendait jusqu'au nombril, tout en confectionnant le pansement... Et Joe l'Indien qui n'arrivait pas... Que faire ? Attendre. Elle contempla le blessé paisiblement abandonné, spectacle qui finit par la perturber si fort qu'elle sortit puiser de l'eau au ruisseau pour se rafraîchir, avant d'en rapporter pour baigner le front de Talbott qui à présent s'agitait dans son sommeil.

Sa barbe dissimulait des mâchoires énergiques. Le nez, cassé, s'était ressoudé un peu de travers, laissant une petite bosse. Les sourcils noirs et fournis soulignaient la vigoureuse ossature d'un visage qui n'avait rien d'aimable. Mais au repos, il devenait plus serein et elle devait s'avouer qu'il ne manquait pas de charme...

Enfin Samantha entendit le sabot d'un cheval remonter le sentier. Elle saisit sa carabine et jeta un coup d'œil dehors. L'ivrogne tout en nerfs qu'elle avait vu la veille à leur arrivée se profila au détour du sentier, raide comme un piquet sur sa selle. Il avait fait une vraie toilette et s'était même lissé les cheveux en arrière.

A l'approche de la cabane, il voulut s'incliner galamment, faillit tomber de cheval et, avec un haussement d'épaules, se laissa glisser de sa selle en fixant la carabine de Samantha de ses yeux plissés. Lui non plus ne s'était pas rasé depuis belle lurette, ce qui semblait être l'usage dans la région. Difficile de lui donner un âge malgré ses longs cheveux clairsemés striés de gris.

Il eut un ricanement.

– Je pourrais vous faire sauter la carabine des mains avant même que vous vous en soyez rendu compte, ma jolie. Si vous aviez la bonté d'abaisser le canon...

Samantha faillit éclater de rire mais se retint devant le regard glacial de l'homme. Elle pointa son arme vers le sol. Guère plus grand qu'elle, Joe l'Indien était deux fois plus large. Une mèche blond-roux lui tombait sur le nez.

– Monsieur Joe, je présume ? fit-elle.

L'Indien se détendit et, avec un sourire désabusé plein de charme, il répondit :

– Joe suffira... Votre mère, c'est une personne vraiment bien. Et son café, c'est un don du paradis.

En tout cas, le breuvage l'avait visiblement un peu

dessoûlé. Samantha s'écarta du seuil pour lui céder le passage, annonçant :

– J'ai extrait la balle, j'ai fait un pansement, mais il s'est endormi comme un bébé.

– Pas du tout ! rétorqua Talbott qui s'était réveillé au bruit de leurs voix. Vous pouvez repartir, maintenant.

Furieuse, Samantha faillit donner un coup de pied dans le grabat. Mais sa bonne éducation l'en empêcha.

– Je m'en vais, Majesté, se moqua-t-elle. Et inutile de me remercier : votre amabilité me suffit !

Sur ce, elle s'éclipsa, prenant bien soin de contenir sa colère...

Après son départ, Stan, percevant le reproche dans le silence de Joe l'Indien, s'emporta :

– Qu'est-ce qu'elle fiche chez nous, cette fille ? Chaque fois que je m'absente quelques jours pour aller à la mine, c'est la pagaille !

L'Indien eut un ricanement.

– Y en a pas qu'une seule. Elles sont arrivées à quatre ! Et des fichtrement jolies avec ça... Celle-là, c'est la moins belle du lot.

Stan ravala un gémissement. Si cette rouquine était la moins jolie, les autres devaient être d'une beauté diabolique !

– Moi, je la trouve très belle.

– Avec ses taches de rousseur partout sur la figure ? fit Joe qui tira un tabouret et sortit de sa poche son remède universel : sa flasque de whisky.

– Je n'avais pas remarqué. Comment s'appelle-t-elle ?

– Samantha. Vous voulez que je les chasse du village, patron ?

Stan hocha la tête.

– Et comment ! Je te donnerai un coup de main dès que je serai d'attaque.

Ce n'était pas la réponse qu'attendait l'Indien. Il afficha une mine renfrognée.

– Pour une fois qu'on s'amusait un peu... Je me demande bien pourquoi je reste avec vous, alors que je pourrais partir pour San Francisco ! Là-bas, au moins, il y a des femmes en pagaille.

– Tu restes parce que je te paie, tiens !

Et sur cet argument imparable, Stan ferma les yeux et replongea dans l'inconscience.

4

– Tu as extrait la balle toute seule ? s'extasia Jeff.

Les yeux écarquillés derrière ses lunettes, il contemplait sa cousine avec émerveillement.

Samantha chassa les mèches qui lui tombaient sur le front et continua à astiquer sa carabine. Sans nouvelles du monstre qu'elle avait laissé là-haut, dans la cabane, elle cherchait un moyen de remonter l'interroger au sujet de son père.

– D'après les tyrans du saloon, il paraît qu'il est costaud comme un ours, ce Talbott, continua Jeff qui mâchait un bâton de réglisse.

La jeune fille le dévisagea d'un air épouvanté.

– Comment ? Tu traînes au saloon !

– Ben... tous les hommes font ça, répliqua-t-il en haussant les épaules. Ils vont m'apprendre à jouer au billard.

Non seulement le village où avait atterri la famille Neely ne comptait que des hommes mais, comble d'infortune, ce n'étaient que des buveurs et des joueurs – un ramassis de mauvais exemples. Pas étonnant que les religieux aient plié bagage. Pourquoi son père avait-il acheté une maison dans ce lieu de perdition ?

– N'ont-ils rien de mieux à faire que de traîner toute la journée au saloon ? grommela-t-elle en refermant la carabine d'un coup sec.

– Ils y vont le soir, après le travail. Il y en a beaucoup qui sont employés par Talbott. Il est propriétaire de la scierie, de la forge, de l'hôtel, et d'une mine, quelque part dans la montagne... Il a des vaches, des moutons et des cochons. Les autres aussi, remarque, ils ont du bétail, ajouta Jeff. Ils sont très occupés pendant la journée.

La jeune fille esquissa une moue sceptique. Ils avaient pourtant le temps de traîner devant la maison pour attendre que les jumelles apparaissent sous la véranda, et on en trouvait toujours un à la porte pour proposer ses services ! Travailler ? Ils ne faisaient que ce qui leur plaisait, uniquement quand ça leur plaisait !

Elle vit sa mère apparaître sur le seuil de la cuisine et scruter le ciel sans nuages tout en se séchant les mains à son tablier. Les réservoirs d'eau étaient vides et le seul puits du village se trouvait sur la plaza. Ils auraient bien eu besoin qu'Emmanuel

Neely leur invente une pompe ou leur creuse un puits. Mais où était-il ?

– Tu devrais aller vérifier l'état de ton blessé, Samantha, fit Alice en s'installant dans un fauteuil en rotin.

Elle prit une pomme de terre dans le panier qu'un des hommes leur avait apporté la veille et, sortant un couteau de la poche de son tablier, entreprit de la peler. Samantha n'avait pas plus envie de se joindre à la corvée d'épluchage que de rendre visite à cet ours mal léché de Talbott.

– Est-ce raisonnable de retourner chez cet individu qui m'a jetée à la porte ?

– A l'heure qu'il est, il grelotte peut-être de fièvre et comme Joe est déjà certainement imbibé de whisky...

Samantha comprit que sa mère considérait que c'était leur devoir de secourir un homme en détresse, même si celui-ci pouvait être un meurtrier.

Elle poussa un soupir.

– J'emmène Jeff. Ça lui évitera de faire des bêtises.

Une demi-heure plus tard, Jeff et Samantha remontaient le sentier à cheval, munis d'un panier de remèdes et d'une soupe concoctée par Alice Neely. Celle-ci aurait fait un excellent médecin, alliant compétence et douceur. Malheureusement, l'époque imposait aux femmes de se cantonner à la maison et aux tâches domestiques, et jamais l'idée d'exercer cette profession ne l'avait effleurée. Samantha, en revanche, y avait pensé. A force d'agir avec la liberté d'un homme, de se vêtir en homme, elle n'avait plus sur la vie le même regard que les autres femmes.

Le cheval de Joe l'Indien attendait toujours sous l'appentis de la cabane, signe que son maître avait passé la nuit au chevet du blessé. Elle poussa la porte, laissant entrer un rayon de soleil. Pas un bruit ne s'échappait de l'intérieur. Elle ouvrit en grand. La lame d'un poignard jaillit alors et se ficha avec un son mat dans le montant de bois. Samantha se pétrifia une seconde avant d'apercevoir Talbott qui gisait sur son grabat, nullement repentant.

– Espèce d'imbécile ! s'exclama-t-elle. Vous saviez que c'était moi. Pourquoi avez-vous fait cela ?

– Pour vous faire comprendre que vous n'êtes pas la bienvenue !

Effrayé par l'hostilité de cet accueil, Jeff se cachait derrière sa cousine. Samantha arracha le couteau et marcha droit vers le lit. Dans un coin, Joe frottait ses yeux brouillés de sommeil et la bouteille vide, sur le sol, indiquait qu'il n'était pas en état de s'occuper du blessé.

La jeune fille posa son panier et lança d'un ton glacial :

– Si vous avez de la fièvre, il faut prendre un remède ; si vous allez mieux, il faut vous alimenter. Dans les deux cas, je vais refaire votre pansement. Et une fois que vous serez guéri, je pourrai vous tuer... Sachez que les Neely ne font jamais les choses à moitié !

A l'évocation de ce nom, une lueur fugitive brilla dans le regard de Talbott. Samantha glissa la lame du couteau sous le pansement qu'elle trancha d'un coup.

– Je crois que vous survivrez à votre blessure, ce dont bon nombre de vos voisins ne me remercieront pas, bougonna-t-elle en sortant du panier une bouteille de whisky pour nettoyer la plaie.

Elle avait gardé son chapeau de paille, comme si elle était pressée de repartir, et le rayon de soleil qui entrait par la porte faisait briller les boucles rousses qui auréolaient son visage. Fasciné, Stan remarqua que le premier bouton de sa chemise s'était dégrafé, lui offrant une vue imprenable sur les seins qui tendaient le tissu.

Soudain, un coup de feu déchira le silence qui régnait dans la pièce. Samantha poussa un cri strident et faillit lâcher la bouteille de whisky. Stan glissa la main sous la couverture où était dissimulé son pistolet. Quant à Joe l'Indien, plus comateux que jamais, il ouvrit à peine un œil vitreux.

Affolée, Samantha pivota vers son cousin... qui soufflait tranquillement sur le canon du colt de son père pour dissiper la fumée.

– Jeff Neely ! cria-t-elle, furieuse. Je te promets que je te ferai avaler ton colt, si jamais je te reprends à faire le malin !

– Y avait un énorme rat qui se faufilait sous ce rondin ! protesta le garçon. Je voulais seulement vous en débarrasser !

Jeff glissa l'arme dans son ceinturon avant de croiser les bras, défiant sa cousine du regard. Puis il ajouta :

– Et d'abord, tu ne voyais même pas qu'il louchait vers ton décolleté, ce type !

Samantha faillit s'étrangler. Cramoisie, elle braqua sur Talbott un regard furibond. Ravi de lui avoir cloué le bec, Stan se garda pourtant de rire et se contenta de hausser son épaule valide.

– Je n'allais quand même pas fermer les yeux !

Le tuer, oui, il n'y avait que cette solution, décida la jeune fille qui se promit d'abord de le fouetter sur la place publique, devant tout le monde !

Sans doute devina-t-il ses pensées, car il lui arracha la bande des mains et désigna la porte.

– La sortie, c'est par ici. Joe me fera mon pansement.

Samantha n'avait pas l'intention de se faire congédier comme la dernière fois. Elle secoua la tête.

– Vous allez rester bien sagement allongé pendant que je m'occupe de ce pansement, répliqua-t-elle. Ensuite, vous boirez gentiment, et jusqu'à la dernière goutte, le bouillon que vous a préparé ma mère. Ne m'obligez pas à vous le faire avaler de force ! Je me suis engagée à vous soigner et je tiendrai parole !

Elle se reboutonna jusqu'au menton et, satisfaite d'avoir rivé son clou à Talbott, poursuivit ses soins. Joe l'Indien s'était redressé et il suivait ce numéro de domptage avec intérêt. Jamais personne n'avait tenu tête à Stan Talbott. Les femmes honnêtes qui l'approchaient n'y revenaient jamais à deux fois. Cette pauvre fille courait à sa perte !

Joe se tourna vers le gamin qui explorait la cabane, en quête de cibles à dégommer.

– Suis-moi, mon garçon. Il faut remonter de l'eau, lança-t-il en sortant d'un pas chancelant.

Ravi, Jeff sauta sur ce prétexte pour s'échapper...

– C'est de la viande que je veux, pas de ce bouillon

puant, protesta Talbott quand la jeune fille lui eut bandé l'épaule.

Il parvint à s'asseoir sans montrer la souffrance que cela lui coûtait, et s'adossa au mur de la cabane, aussi loin que possible de cette furie.

Décidant de changer de tactique, Samantha esquissa un sourire.

– Allons, buvez. C'est de la soupe d'écureuils que j'ai moi-même chassés, et si la viande est dure, on en tire un bouillon délicieux.

Sa voix profonde et sensuelle le décontenança. Jusque-là, elle s'était contentée de lui crier dessus, mais à présent sa gentillesse le troublait comme une caresse. Elle le faisait exprès, il en aurait donné sa tête à couper...

Au regard soupçonneux qu'il lui lança, elle répondit par un nouveau sourire.

– Passez-moi ce bouillon, grogna-t-il en tendant la main.

– La dernière fois que j'ai soigné Jeff, il m'a jeté le bol à la figure. Pareille idée ne vous viendrait pas à l'esprit, n'est-ce pas ?

– Ai-je l'air d'un petit plaisantin ? Allons, donnez-le-moi.

Samantha dénoua la serviette qui retenait le couvercle et lui tendit le bol, ainsi qu'une cuillère.

Posant le récipient en équilibre sur son bras blessé, il puisa des cuillerées avec la main gauche.

– Quand est-ce que vous quittez la région ? demanda-t-il d'un air innocent.

La jeune fille le fusilla du regard.

– Nous ne repartons pas, monsieur Talbott. Nous

sommes propriétaires de la maison et décidés à nous y installer...

Il la considéra avec hauteur.

– Détrompez-vous, demoiselle Neely : dès demain, je serai de retour au village et si vous n'êtes pas partis, je vous aiderai à faire vos bagages. Je ne veux pas de femmes dans le village, et je ne vous laisserai pas le temps de découvrir pourquoi.

Samantha l'aurait giflé. D'ailleurs, il ne perdait rien pour attendre.

– Vous nous sous-estimez, monsieur. Quand les Neely ont décidé quelque chose, rien ni personne ne peut les faire changer d'avis !

Sur ces mots, elle se leva pour s'éclipser, sans lui permettre de laisser exploser sa fureur.

5

– Où me dis-tu qu'elles sont installées, ces bonnes femmes ? s'exclama Stan.

Joe, ivre comme d'habitude, haussa les épaules. Ce simple geste le déstabilisa, le forçant à se pendre aux rênes pour ne pas tomber.

– Dans la grande maison de la plaza... l'ancienne mission. Elles ont déchargé deux chariots pleins d'affaires et ensuite, elles ont démonté les bâches. Elles ont bien l'air de vouloir rester...

– Elles me passeront plutôt sur le corps, pesta Stan.

Avec tant de vigueur que sa douleur à l'épaule se réveilla, il talonna son étalon.

Elles auraient quitté la ville au coucher du soleil, foi de Talbott !

Lesdites « bonnes femmes » faisaient pour l'heure une gigantesque lessive dans la cour, derrière la maison... avec l'aide de pratiquement tous les hommes du village ! Des marmites bouillaient, que remplissaient une chaîne de porteurs puisant sans relâche pour alimenter tonneaux et baquets de rinçage. Des draps claquaient sous la brise tandis que certains hommes suspendaient des cordes où étendre le reste. Tout le village avait apporté son linge sale et offert ses services pour cette titanesque entreprise.

Pendant ce temps, dans l'ombre de la remise à chariots, l'une des jumelles lavait les dessous de la famille qu'elle suspendait à l'abri des regards indiscrets. A défaut de profiter du soleil, culottes et bas sécheraient grâce au vent qui s'infiltrait entre les planches. Parfois, quelques hommes regardaient par la porte ouverte, afin d'apercevoir la soie et la dentelle qui ornaient comme des guirlandes les parois de la vieille remise.

L'autre jumelle, que l'on avait cachée dans la cuisine, préparait le déjeuner qui serait offert à tous les travailleurs. A l'odeur succulente de ragoût s'ajoutait celle des tartes aux pommes.

C'est cette symphonie d'odeurs qui accueillit Stan Talbott. Il s'était arrêté à l'hôtel pour se laver, mais avant de prendre un peu de repos, il voulait donner l'ordre aux Neely de tout remballer dans leurs chariots afin de pouvoir repartir dès le lendemain matin.

En découvrant le spectacle du linge claquant au vent, des villageois qui grouillaient aux abords de la mission, il comprit que la tâche serait plus difficile que prévu.

Evitant la cour et l'activité fébrile qui y régnait, il poussa la porte d'entrée. Voir cette maison propre comme un sou neuf, décorée de lampes et de fauteuils recouverts de velours lui causa un choc qui assombrit encore son humeur.

Dans la cuisine où il croyait trouver la maîtresse de maison, il découvrit une jeune fille en robe de cotonnade verte et tablier empesé. Les boucles blondes qui auréolaient son visage d'ange, retenues par un ruban, cascadaient dans son dos en une superbe queue-de-cheval. Elle se retourna en l'entendant entrer et un cri suraigu lui échappa.

– Maman ! Samantha ! hurla-t-elle, brandissant sa louche comme une arme. Je... je vous interdis de porter la main sur moi !

Amusé, Stan s'adossa au chambranle.

– Comptes-tu m'assommer avec ta louche, petite ? se moqua-t-il. Dans ce cas, frappe fort, car j'ai la tête solide !

C'est à cet instant que Samantha apparut comme une furie, la carabine brandie. Son visage semé de taches de rousseur avait rosi sous l'effet de la chaleur. Dès qu'elle le vit, elle le mit en joue. Stan ne bougea pas, bien qu'il fût persuadé qu'elle ne tirerait pas – les femmes n'osaient jamais.

– Qu'est-ce qui vous a pris d'agresser ma sœur ? s'écria-t-elle.

Samantha se planta devant Bernadette, lui faisant un bouclier de son corps. Un attroupement commençait à se former derrière Stan : tous les villageois voulaient voir de quoi il retournait.

– Lâchez donc cette fichue carabine avant de blesser quelqu'un, gronda-t-il. Et si cette petite chipie est votre sœur, sachez que je ne l'ai pas agressée. Je l'ai simplement fait sursauter en entrant sans prévenir.

– Dans la région d'où je viens, on frappe avant d'entrer !

– Et dans ma région à moi, les gens n'ont pas à frapper à leur propre porte. Vous êtes chez moi ici !

Le silence, dans la foule, se fit haletant.

Samantha fusilla l'insolent du regard.

– J'exige que vous sortiez immédiatement, monsieur Talbott ! C'est nous qui détenons le titre de propriété de la mission Alvarez !

Stan fronça les sourcils. Qu'est-ce que c'était que cette mission Alvarez ?

– Vous vous trompez ! C'est moi qui possède le titre de propriété de tout ce versant de la montagne, chère demoiselle. Ce que vous détenez, vous, ce n'est qu'un bout de papier sans valeur. Le village et la montagne sont à moi, et les femmes n'y sont pas admises. Je vous donne jusqu'à demain pour filer !

Un grondement de colère parcourut les rangs des villageois. Samantha se mordit la lèvre. Son père aurait-il acheté une terre sans savoir qu'elle n'appartenait pas au vendeur ? Il avait tendance à faire aveuglément confiance aux gens, ce qui se retournait de temps à autre contre lui... La jeune fille eut la vague impression que, cette fois, il s'était fait gruger. Mais il fallait à tout prix le dissimuler à sa famille, qui avait parcouru trois mille deux cents kilomètres dans l'unique espoir de s'installer dans la mission. Non, cette brute mesquine et mal embouchée de Talbott ne les délogerait pas !

Elle contre-attaqua :

– Cher monsieur, nous détenons le titre de propriété de la maison – que je suis prête à montrer au tribunal, si vous souhaitez aller en justice. Vous n'avez qu'à m'indiquer où trouver un juge...

Sans le savoir, Samantha venait de marquer un point, car si Stan cumulait au village les fonctions de maire, de shérif et de juge, il ne pouvait juger une affaire le concernant.

– Le juge le plus proche est à Sacramento. Allez porter plainte, si cela vous chante. En attendant, moi je déménage vos affaires sur la place !

C'est l'instant que choisit Mme Neely pour venir constater la cause de ce remue-ménage. Elle fendit la foule des villageois et reconnut aussitôt le colosse qui se disputait avec sa fille à son bras en écharpe.

– Monsieur Talbott ! s'exclama-t-elle. Quelle surprise ! Enfin nous trouvons l'occasion de faire connaissance ! Asseyez-vous donc. Vous n'êtes pas en état de rester debout.

Elle lui tira une chaise avant de voler vers la marmite où mitonnait le ragoût.

– Veuillez excuser ma fille, elle manque à tous ses devoirs... Vous allez bien manger un morceau, n'est-ce pas ? C'est le plus important lorsque l'on vient d'être blessé. Il faut reprendre des forces.

Consterné, Stan eut un instant d'hésitation dont Mme Neely profita pour lui fourrer un bol de ragoût entre les mains.

– Voilà. Goûtez-moi cela, vous m'en direz des nouvelles... Samantha, s'il te plaît, va chercher à boire pour M. Talbott !

La jeune fille réprima un sourire. Sa mère venait de clouer le bec à ce malotru en un clin d'œil ! Elle s'empressa de lui obéir.

Dehors, elle trouva Joe l'Indien planté devant la grande lessiveuse dont il contemplait le bouillonnement d'un air absent. A son approche, il leva les yeux.

– Ça y est, il a réussi à vous ficher une telle trouille que vous avez filé ? demanda-t-il d'un air morne.

Propre et relativement sobre, il paraissait à peu près de l'âge du père de Samantha. Mais son regard était celui d'un homme usé. Il n'y avait pas une once de sang indien chez ce bourlingueur que la vie n'avait manifestement pas épargné. Avec un respect qu'elle n'avait pas eu à l'égard de Talbott, elle répondit :

– Je parie que c'est maman qui le terrorise, à l'heure qu'il est. Qu'est-ce qu'il a contre les femmes ?

– Il a peur qu'à vous quatre vous ne semiez la pagaille. J'aurais cru votre père un peu plus futé que ça.

– Vous connaissez donc mon père ? Où est-il parti ? s'écria Samantha, incapable de cacher son enthousiasme.

– Eh bien, il s'est arrêté au village et il est reparti. Je ne sais rien de plus. Désolé.

La jeune fille était au comble de la frustration. Pour en savoir davantage sur son père, il faudrait trouver un moyen d'interroger Talbott lui-même... Et cela ne serait pas une partie de plaisir !

6

Le lendemain apporta les premières pluies hivernales. Installé sur la galerie qui courait autour du premier étage de l'hôtel, Stan fumait un cigarillo en contemplant le rideau de pluie. Peu à peu, les rues du village se transformaient en ruisseaux de boue. Pas idéal comme journée pour jeter une ribambelle de bonnes femmes à la rue...

D'un autre côté, comment les autoriser à rester ici tout l'hiver ? Quatre femmes dans un monde exclusivement masculin, cela n'apporterait que des bagarres, peut-être pire...

Les villageois lui en voudraient terriblement de les chasser... Bah, quelle importance ? De toute façon, ils le méprisaient. Depuis dix ans, il dirigeait efficacement ces hommes, que ce soit à la mine ou aux champs. Les femmes, elles, n'étaient bonnes qu'à semer la zizanie et il avait suffisamment souffert à cause d'elles.

Joe le rejoignit et vint s'adosser à la balustrade en bois.

– Vous n'étiez pas aussi dur quand vous êtes arrivé dans le coin, lança-t-il.

– Je suis dur quand il faut être dur. Oublions ces

femmes... Tu continues à surveiller les abords du village, au cas où le tueur se montrerait ?

– Oui, mais d'après moi, c'est un gars d'ici qui vous a tiré dessus.

Stan réfléchit un instant. Il jeta le mégot de son cigare.

– Tu dois avoir raison. Si c'était un étranger, nous aurions trouvé sa piste.

– Peut-être quelqu'un veut-il vous empêcher de chasser les femmes du village ? Ramsey vous hait par principe ; les mineurs vous accusent de ne pas les payer correctement ; Graham a encore mal au crâne depuis que vous lui avez défoncé la tête, dans la dernière bagarre. Et j'en passe...

– Il n'y a que Chef Coyote et toi qui n'ayez pas une dent contre moi. Les hommes auraient pu tenter de m'abattre depuis longtemps et si ça s'est produit justement maintenant, c'est que l'attaque est liée à l'apparition des femmes.

– Vous ne les accusez quand même pas ! fit Joe avec une incrédulité inhabituelle chez ce gaillard taciturne.

– Je ne crois pas qu'elles en sachent assez sur mon compte pour songer à m'éliminer. Elles se sont installées ici depuis combien de temps ?

– Elles ont débarqué la veille du jour où on vous a tiré dessus. Quand on les a aidées à décharger les chariots, elles n'ont pas prononcé une seule fois votre nom ni celui de quelqu'un du village.

– Eh bien, figure-toi que la rouquine courait déjà les bois à l'aube avec sa carabine. Cela dit, c'est grâce à elle que je suis en vie. Si elle n'avait pas crié, à l'heure qu'il est, je boufferais les pissenlits par la racine.

– Je parie qu'elle regrette de vous avoir sauvé la vie. (Joe se tourna vers la mission qui se dressait juste en face de l'hôtel, de l'autre côté de la place.) Elles n'ont pas l'air d'être en train de plier bagage.

– C'est ce qu'on va voir !

Stan se leva et gagna l'escalier extérieur couvert qui menait à son bureau du rez-de-chaussée. Soudain, il discerna un mouvement furtif, près du mur du potager, et dégringola les dernières marches pour aller se poster à la fenêtre de son bureau. Il observa la cabane à outils, scruta la cour inondée. Qui pouvait bien s'attarder sous un tel déluge ? Tout à coup un bruit, derrière la porte de la cuisine proche, l'alerta. Un grattement métallique contre la pierre... Il y avait quelqu'un là-dedans !

Stan dégagea son bras de l'écharpe pour dégainer, tout en sortant de l'autre main son couteau de sa botte. Cette fois, son agresseur ne le surprendrait pas en train de faire un somme !

Il enfonça la porte d'un coup de pied et lança le couteau avec tant de force qu'il cloua un pan de la chemise de sa victime au mur. Jeff – car c'était lui – poussa un hurlement de terreur et leva les bras en l'air.

– Tirez pas ! Me tuez pas ! J'ai rien fait, promis, juré !

Après avoir jeté un coup d'œil au trou qui, dans le sol de terre battue, se remplissait rapidement d'eau de pluie, Stan fusilla du regard le gamin terrifié.

– Et ça, ce n'est rien ? Qu'est-ce qui t'a pris, bon sang ?

Jeff, manifestement, avait avalé sa langue.

– Réponds, galopin, sinon tu retourneras dans les jupes de ta mère avec une oreille en moins !

– C'est pas ma mère, c'est ma tante ! protesta Jeff, livide sous son hâle. Et gare à vous si vous me faites du mal... Samantha viendra me venger !

– Je l'attends de pied ferme ! rugit Stan en se fendant d'un sourire d'autant plus large qu'il savait que la cicatrice, au coin de sa bouche, le rendait menaçant.

Jeff empoigna le manche du couteau pour se libérer et décamper. Stan écrasa sa botte sur le pan de chemise cloué au mur et arracha la lame tout en immobilisant le gamin.

– Qu'est-ce que tu étais en train de fabriquer ? Parle ou je te tranche l'oreille !

Jeff déglutit convulsivement.

– Je creusais, monsieur.

– Je vois. Et pourquoi creusais-tu ?

La lame qui s'agitait sous son nez eut tôt fait d'anéantir chez Jeff toute velléité de rébellion.

– Il paraît que, là-dessous, vous planquez des seaux pleins d'or, et comme le sol est mou...

Stan se retint de rire. Typique... L'enfant avait cru pouvoir s'enrichir en creusant là où c'était le plus facile. Comme ces ânes qui venaient chercher fortune en Californie.

– Si j'avais autant d'or, tu crois que je serais assez bête pour le cacher quasiment à la vue de tous ? Il n'y a pas d'or là-dessous. Et le peu qui se cache dans ces montagnes est enterré si profond qu'il te faudrait les retourner de fond en comble pour l'exhumer. Il y a belle lurette que les prospecteurs sont partis tenter leur chance ailleurs, conclut-il en reposant le pied par terre, libérant ainsi Jeff. Et maintenant, rebouche-moi ce trou et tasse bien la terre avant que la cuisine soit complètement inondée.

– On dit au saloon que vous possédez une mine, s'obstina Jeff, qui retrouvait son esprit frondeur en même temps que la liberté.

– Une mine de mercure. Et tu ferais mieux d'écouter les conversations jusqu'au bout au lieu de gamberger à partir de bribes glanées derrière une porte. Allez, prends la pelle !

Sous le regard implacable de Stan, Jeff n'eut d'autre choix que d'obéir.

Les dames Neely se retournèrent d'un même mouvement quand Jeff entra comme un ouragan dans la cuisine, trempé et couvert de boue.

– Talbott m'a cloué au mur d'un coup de couteau ! Un grand coutelas à manche de corne. Entre les dents, longues comme ça... il y avait des traces de sang.

Samantha l'avait vu, ce couteau à manche de corne : il n'avait pas de dents et sa minceur de stylet permettait de l'insérer dans la tige d'une botte. Stan n'avait pourtant aucune raison de terroriser un si petit garçon – au risque de le tuer si la lame avait dévié.

– Que fabriquais-tu là-bas ? demanda-t-elle, saisie d'un brusque soupçon.

Jeff se tortilla et prit la serviette chaude que lui

tendait Harriet. Ses grommellements se perdirent dans l'épaisseur du tissu. Samantha l'empoigna au collet et arracha la serviette.

– Eh bien ?

Il coula un regard mauvais à sa cousine.

– Je cherchais de l'or.

Ulcérée, elle lui lança la serviette.

– Je reviens dans un instant.

– Tu ne peux pas aller déranger M. Talbott comme ça, ma fille, intervint Alice Neely. Il avait certainement ses raisons.

Samantha n'en prit pas moins sa carabine et, se couvrant la tête d'un bout de bâche pour se protéger de la pluie, s'engagea dans la rue, torrent de boue qui dévalait de la montagne. Cet homme détestait les enfants tout autant que les femmes. Elle allait lui régler son compte ; les Neely auraient la paix quand il rôtirait en enfer.

Braquant un regard venimeux sur la montagne qui semblait n'avoir été créée que pour la tourmenter, Samantha se lança vaillamment dans la traversée de la place, carré d'herbe flétrie et de broussailles. Elle replongeait le pied dans la rue boueuse de l'hôtel quand la porte s'ouvrit sur un homme qui vola au bas des marches.

– Prends ton cheval et fiche le camp !

Une silhouette menaçante, presque trop familière, s'encadra sur le seuil et, poings sur les hanches, contempla l'homme étalé dans la gadoue.

– Je vous paierai la chambre dès que j'aurai trouvé l'argent, implora celui-ci en se hissant sur un coude. Je vous ai bien remboursé, les autres fois, non ?

– Quand donc comprendras-tu, Donner, que pour dépenser de l'argent, il faut d'abord en gagner ? Ouste, file te chercher un vrai boulot !

Stan s'apprêtait à tourner les talons quand Samantha émergea du rideau de pluie pour aider Donner à se relever.

– Vous n'avez pas honte de jeter les gens à la rue par un temps pareil ? Cet homme risque une pneumonie !

Passant les pouces dans sa ceinture, Stan la toisa d'un air goguenard.

– Il va neiger dans la soirée. Je fais preuve de charité en l'éjectant maintenant.

– Comme si votre fichu hôtel débordait de clients ! protesta Donner. Ça ne vous coûte rien de me laisser ma chambre !

– Ça me coûte de voir ta sale trogne. Tu as le temps de quitter les montagnes avant la nuit, et même de faire du charme à une de ces écervelées de la vallée pour qu'elle t'héberge.

– Vous me le paierez, Talbott ! fulmina Donner.

Repoussant la main secourable de Samantha, il prit la direction des écuries du village.

De la boue jusqu'aux chevilles, son pantalon trempé, Samantha empoigna le jeune homme par la manche.

– Si vous ne trouvez pas où coucher, nous avons une remise, derrière la maison. On peut y faire du feu et vous y serez au sec.

– Merci, madame, dit Donner en soulevant son chapeau.

Une sale trogne, ce jeune homme qui la remerciait d'un beau sourire ?

– Ça réchauffe le cœur de voir qu'il y a encore un peu de charité en ce bas monde !

Et Donner s'éloigna sur un ultime regard féroce à Talbott. Bien à l'abri sous la galerie du premier étage, Stan s'appuya au montant de la porte et contempla l'espèce de rat mouillé qui restait planté dans la rue.

– Vous me gardez encore en réserve quelques paroles réconfortantes de ce genre, mademoiselle Neely ?

– Ça vous fait plaisir de jouer à ces jeux cruels, pas vrai ? Terroriser des enfants et frapper un homme à terre ! Me regarder me tremper sous la pluie du haut de votre porche au lieu de m'inviter à me mettre à l'abri !

D'humeur belliqueuse, Samantha monta les marches, laissant une traînée de boue sur son passage.

– Je serais ravi de t'aider à ôter tes vêtements mouillés, péronnelle ! répondit Stan entre ses dents.

La rage de Samantha ne connut plus de bornes. Arrachant le morceau de bâche de sa tête, elle le lui jeta en pleine figure, le déséquilibra d'un coup de pied derrière le genou et, d'une bourrade, tenta de le pousser au bas de l'escalier. Stan se rattrapa de justesse à un des poteaux, le heurtant brutalement de son épaule blessée. Sans lui laisser le temps de se dépêtrer de la bâche, Samantha le propulsa en avant, victorieusement, cette fois. Stan dégringola les marches et acheva son vol plané dans la boue.

Elle l'enjamba et lâcha de sa voix de femme fatale :

– On reparlera enfants et coutelas quand vous aurez retrouvé votre forme, monsieur Talbott.

Stan voulut lui happer la cheville au passage, mais son épaule douloureuse le frustra de sa vengeance. Se redressant sur les mains, il contempla le délicieux déhanchement de cette mijaurée du Tennessee qui retraversait la plaza, se jurant de la châtier de façon mémorable.

7

– Donner s'est installé dans leur remise. Ramsey lui a donné un vieux poêle et pour avoir plus chaud, il couche en hauteur, dans un chariot. Il y est encore, à c'te heure, à sculpter des totems dans des bouts de bois.

Son compte rendu achevé, Joe se laissa tomber dans un des fauteuils à bascule de la galerie du premier étage, posa ses pieds bottés sur la balustrade et balaya la rue boueuse d'un regard satisfait. S'il n'était pas soûl, il préférait contempler le monde à travers les brumes d'une légère ivresse. Stan, qui était appuyé à un poteau, remua l'épaule pour en atténuer la tension douloureuse et répéta machinalement :

– Des totems ?

Joe ne se donna pas la peine de continuer quand il constata que son employeur avait l'attention ailleurs – plus précisément sur les horripilantes femelles qui étaient justement en train de récurer la boue de leur vaste porche. Joe poussa un soupir de nostalgie en admirant le nœud en vichy qui soulignait les fermes rondeurs d'un délicieux postérieur.

Sans un mot, Stan se leva et regagna ses appartements. Quelque temps plus tard, Joe le vit émerger du saloon en redingote, cravate et chemise à jabot et traverser la plaza.

Mme Neely s'essuya les mains à son tablier tout en le regardant d'un air songeur s'incliner devant elle.

– Bonjour, monsieur. Le temps s'améliore, dirait-on. Je vous offre un café ?

– Non, madame, et je serai bref : il semble qu'il y ait un malentendu. J'aimerais le rectifier. Si j'apprécie à sa juste valeur le soin que vous prenez de cette maison, il n'en demeure pas moins qu'elle m'appartient. Je crois, par conséquent, que vous auriez intérêt à poursuivre votre route pour descendre passer l'hiver dans la vallée. En deux jours vous serez à Sacramento et vous pourriez rallier San Francisco par bateau. Ce village n'est pas un endroit pour des femmes convenables.

– Les femmes convenables sont partout chez elles, monsieur Talbott, répondit-elle calmement, avant d'ordonner aux jumelles qui suivaient l'altercation avec un intérêt non dissimulé : Allez préparer du café, les filles ! Et regardez si le rôti est cuit. J'ai promis un repas à M. Donner avant qu'il se mette en route. (Quand les jumelles se furent éclipsées, elle revint à Stan.) Charmant jeune homme, ce M. Donner. Un peu rêveur, peut-être... Il faudrait que quelqu'un s'occupe de lui.

– Un poil dans la main, voilà ce qu'il a. Si vous vous mettez à recueillir tous les fainéants du coin et à les nourrir, vous allez vous ruiner... Il n'en manque pas, des gars qui profiteront de votre faiblesse.

– C'est sans doute votre expérience, monsieur Talbott, parce que l'amertume fausse votre vision de la vie. Ôtez donc vos œillères et vous constaterez que M. Donner possède bien des talents. Simplement il n'est pas fait pour la mine.

Stan s'apprêtait à s'insurger contre ces affirmations quand il comprit que Mme Neely tentait de gagner du temps. Manœuvre couronnée de succès, à l'évidence : Samantha, carabine au poing, sortit soudain de la maison.

Stan lança un regard torve aux comploteuses. Fallait-il qu'il ait perdu depuis longtemps contact avec le monde civilisé pour oublier les artifices des femmes soi-disant honnêtes ! Au temps pour lui !

– Alors, monsieur Talbott, on vient encore clouer les petits garçons au mur ? A moins que vous ne préfériez varier les plaisirs en scalpant les jumelles ou en jetant ma mère à la rue, pour changer ? s'écria Samantha, railleuse, en le tenant en joue.

C'est à l'étrangler, elle, qu'il aurait pris grand plaisir – tordre ce long col de cygne et secouer comme un prunier les boucles rousses. Il aperçut alors la bordure en dentelle d'une fine chemise qui se tendait sur deux seins fermes et sentit ses sens s'embraser. Pour se remettre de son trouble, il leva de nouveau les yeux sur le visage de Samantha que Joe disait quelconque. Un semis de taches de rousseur, la bouche un peu grande... mais des lèvres vermeilles et pulpeuses...

Il se hâta de regarder ailleurs et brailla :

– Je vous ai suffisamment averties, mesdames ! Si

vos chariots ne sont pas prêts à partir demain matin, j'ordonnerai à mes hommes d'y rembarquer votre fourbi à votre place. Je ne veux plus de vous ici !

Samantha lui braqua le canon de son arme sur l'estomac.

– Vous trouverez certainement des hommes qui accepteront de nous jeter dehors moyennant finance, mais il vous faudra passer par-dessus le cadavre de tous les villageois. Bien que la perspective de cette tuerie me répugne, je ferai tout pour protéger notre bien. Cette maison nous appartient.

– Non, elle ne vous appartient pas, sacrebleu !

Cette rouquine était une sacrée tête de mule ! Stan eut alors une idée de génie. Rictus aux lèvres, il lorgna la carabine et lança avec désinvolture :

– On parie ?

– Parier quoi ?

– Tu ne veux pas d'une bagarre générale. Il risquerait d'y avoir des blessés. Alors réglons l'affaire entre hommes, juste toi et moi.

– Enfin, monsieur Talbott ! s'exclama Mme Neely. En dépit de ses vêtements masculins, Samantha est une jeune fille !

Stan, d'un geste, balaya l'objection.

– Tu te débrouilles, à la carabine ?

Il avait reconnu une vieille Sharps, une arme certes de haute précision, mais qu'il fallait recharger après chaque tir.

– Je fais mouche à tous les coups, monsieur. Etes-vous prêt à vous faire battre par une femme ?

– L'idée même de me mesurer à une femme me semble répréhensible, mais si c'est la seule façon de vous faire partir de mon village sans effusion de sang, je m'y résigne. Je vais demander à Joe d'installer les cibles, ajouta-t-il, sachant que cela lui permettrait de se garantir l'avantage. Si je gagne, vous videz les lieux demain ; si tu l'emportes, je vous autorise à passer l'hiver ici.

– L'hiver entier ? Quelle générosité de votre part ! Serait-ce pour m'amadouer parce que ma réputation m'a précédée et que vous redoutez que l'issue de la joute ne vous soit défavorable ? N'en doutez pas – quand mon père sera de retour, nous vous prouverons que la maison nous appartient.

Si le sourire radieux de Samantha le déconcerta un instant, il retrouva vite la parole pour répliquer :

– Tu t'en mordras les doigts en remontant dans ton chariot demain matin.

Sourire serein aux lèvres, Samantha le regarda retraverser la plaza boueuse. La neige tardait à tomber et le soleil ne dispensait aucune chaleur. C'était une journée idéale pour aller chasser le cochon sauvage.

– As-tu au moins idée de ce à quoi tu t'exposes, ma fille ? s'affola Mme Neely. Tu ne sais absolument rien de cet homme. Imagine qu'il triche. Où irons-nous ?

– Ne t'inquiète pas, maman. Même si Stan Talbott cherche à tout prix à avoir l'avantage, il est trop arrogant pour s'abaisser à tricher. Au reste, sa fatuité le conduit à sous-estimer l'adversaire.

Et elle rentra astiquer sa carabine et prendre le sac de cuir où elle serrait ses munitions.

Quand Joe l'Indien eut installé les deux séries de cibles jumelles à la périphérie du village, la population tout entière était au courant du duel et, des sommets environnants, des hommes descendaient à cheval pour assister au spectacle. Le Dr Ramsey se mit aux premières loges et s'instaura arbitre. Jusqu'à Chef Coyote qui, intrigué, se percha non loin, sur le tronc fracassé d'un pin. La foule attendait désormais l'apparition des participants.

Faute de réussir à convaincre mère et sœurs de ne pas se mêler à cette horde chahuteuse, Samantha obligea au moins les jumelles à s'affubler d'un chapeau qui leur masquait presque tout le visage et à dissimuler leur corps sous un long châle de laine. Elle forma des vœux pour que les deux tendrons échappent aux griffes libidineuses des hommes.

Dieu merci, la mise extrêmement modeste des filles et la dignité de Mme Neely qui arriva au bras de Donner tinrent les importuns en respect. Quant à Jeff, s'il avait disparu tôt le matin, Samantha était certaine qu'il ne manquerait pas le spectacle. Restait à espérer qu'il ne leur réservait pas une de ces surprises désagréables dont il avait le secret. Soulagée, elle finit par le découvrir en grand conciliabule avec les piliers du saloon.

Pauvre Jeff qui manquait de compagnons de son âge, songea-t-elle tout en se félicitant de pouvoir le tenir à l'œil. Sa satisfaction, hélas, fut de courte durée – en le voyant collecter les dollars à la ronde, elle comprit qu'il prenait des paris ! Elle tapota le bras de sa mère, lui désigna le chenapan du menton et la chargea d'aller lui tirer les oreilles.

Stan, nonchalamment adossé à une barrière, bavardait avec ses villageois qu'il dominait tous d'une tête, et le blanc immaculé de sa chemise le distinguait encore de son entourage. Son fusil reposait par terre, comme un objet sans importance.

L'arme avait pourtant de quoi inquiéter. Comme son père en avait, à une époque, possédé une belle collection, Samantha reconnut un fusil à répétition Henry – un des plus performants !

Talbott s'était assuré là un avantage, chose prévisible. Soit ! A elle de faire preuve de rapidité et d'adresse.

L'allure désinvolte, elle s'approcha du groupe, salua d'un coup de menton ceux qu'elle connaissait avant de désigner les cibles à Talbott :

– Doutez-vous de vos compétences ou voulez-vous m'assurer une victoire facile ?

Il prit l'insulte avec un sang-froid remarquable, plissant à peine les paupières pour l'observer comme il l'eût fait d'un insecte particulièrement venimeux.

– Je t'en prie, demande à Joe de redisposer les cibles à ta convenance. Il ne sera pas dit que j'aurai refusé un handicap à une femme.

Joe faillit protester quand elle lui demanda de reculer les cibles de trente mètres. Un coup d'œil à son employeur lui fit ravaler ses critiques. Il transporta donc les caisses en bois un peu plus loin tandis qu'un des spectateurs portait les bouteilles. Le silence tomba enfin. Samantha jeta un dernier regard à sa famille flanquée de Donner et du Dr Ramsey : en cas d'échec, les siens se retrouveraient à la rue.

L'adversaire s'approcha, les traits impassibles, large carrure, hanches étroites, jambes longues et souples. Il se mouvait avec la grâce mortelle et efficace d'un félin. Et sous la redingote roulaient des muscles dotés d'une force implacable.

Pourvu qu'il ne tire pas comme une mécanique infaillible, avec son fusil à répétition ! Par chance, la carabine de Samantha, vieille Sharps de longue portée et de haute précision, avait un avantage qu'ignorait Talbott : grâce aux bricolages de son père, elle prenait les cartouches en métal, ce qui lui éviterait de perdre du temps à recharger à la main en la rebourrant de poudre et de grenaille pendant que lui abattrait les cibles à la vitesse de l'éclair.

Surmontant son appréhension, elle tendit la main à son adversaire.

– Que la meilleure gagne ! s'exclama-t-elle.

Quand les doigts vigoureux enserrèrent les siens, Samantha sentit un frisson lui remonter le bras et vit un éclair de surprise briller dans le regard de Talbott. L'avait-il perçu, lui aussi ? Difficile de le préciser car ses traits retrouvèrent instantanément leur impassibilité. Il lâcha sa main et, s'inclinant poliment :

– Ramsey va pouvoir donner le signal.

A peine le fouet de l'arbitre eut-il claqué que le mitraillage commença. Oubliant son adversaire, Samantha ne pensa plus qu'à mettre dans le mille pour compenser le désavantage de devoir recharger chaque fois. Elle n'était pas tireur d'élite pour rien !

Les hurlements suraigus des jumelles s'élevèrent en même temps que les acclamations des hommes quand elle abattit sa troisième bouteille d'affilée. Sans se départir de son flegme, Talbott faisait méthodiquement feu. Son arme pouvait tirer huit balles coup sur coup. Or il n'y avait que huit bouteilles – nombre qu'il avait choisi à dessein, le scélérat ! Samantha fourra une nouvelle cartouche dans le barillet, abattit sa quatrième cible, rechargea. Elle était rapide ; elle visait juste. Restait à savoir si Talbott était aussi bon tireur qu'elle.

Un rugissement s'éleva de la foule. Pas le temps de vérifier ce qui l'avait provoqué. Talbott tirait toujours, signe qu'il n'avait pas encore gagné. Venait-il de manquer une bouteille ? Samantha fit voler en éclats la cinquième. Encore trois...

A sa gauche, Talbott s'interrompit, le temps de recharger son arme. Le cœur en fête, Samantha devina qu'il avait raté une cible. Cartouche... culasse... bouteille éclatée... sixième puis septième cartouche... Une seule bouteille la séparait désormais de la victoire. Talbott releva son fusil pour viser lui aussi sa dernière bouteille...

Glapissements et cris d'allégresse montèrent alors de la foule qui dansa sur place quand les deux bouteilles volèrent simultanément en éclats. Ils avaient abattu toutes les cibles. Rageant intérieurement devant sa défaite, Samantha rechargea. Une fumée âcre flottait sur le champ de tir quand elle se tourna enfin vers son adversaire qui abaissait le canon de son ridicule fusil à répétition.

– Une tireuse d'élite, chère Samantha, admit-il à regret.

Pourvu qu'il n'exige pas une deuxième manche, songea Samantha, sachant que son père ne lui avait cédé sa Sharps que parce que les cartouches, quand le fusil chauffait, se coinçaient dans la culasse !

Aussi se garda-t-elle de provoquer Talbott. Apparemment satisfait de son silence, il lui prit sa carabine des mains pour étudier les améliorations techniques qui lui avaient permis de faire feu avec une rapidité aussi imprévue.

– Encore une des inventions de ton père ? railla-t-il.

– Oui, répondit-elle d'une petite voix, louchant vers le fusil de Talbott. Mon père a gardé la Spencer. Je pense, moi, que la Winchester a de l'avenir.

Un bref sourire releva les coins de la bouche de Talbott et c'est d'une voix où le respect s'était substitué à la colère qu'il répondit :

– Ton père aurait mieux fait de rester dans l'Est et de mettre ses compétences à profit. Quant à nous, nous avons fait match nul, mademoiselle. Je vous autorise, toi et ta famille, à rester ici tout l'hiver. Réfléchissez quand même au fait que la vie au village risque de vous sembler rude, à vous autres femmes.

La foule salua la décision de Talbott par une clameur enthousiaste. Samantha, réprimant son envie de lui donner un coup de pied dans les tibias, dit avec un sourire suave :

– Nous y serons fort bien, monsieur Talbott. Vous, en revanche, n'avez pas fini de souffrir !

8

De sa fenêtre, Samantha admirait les majestueuses montagnes qu'il avait fallu traverser pour atteindre le village. A en croire les récits vantant à la fois leur magnificence et leur traîtrise, la beauté des arbres géants, les cascades qui semblaient tomber du ciel, ces chaînes aux cimes enneigées méritaient qu'on les explore.

Exploration qui lui permettrait aussi de trouver la vallée qui leur appartenait et dont son père lui avait envoyé le titre de propriété. Selon M. Neely, on y trouvait de l'eau même en été, l'herbe y poussait dru, plus verte que dans le Tennessee, et la douceur du climat se prêtait à la culture des céréales comme à l'élevage des chevaux. Samantha avait même entendu dire que vigne et pêchers poussaient sur les plateaux.

Depuis toujours elle rêvait d'une ferme. Quand les jumelles seraient mariées et que sa mère aurait rejoint son père, elle s'installerait dans une cabane, à laquelle elle adjoindrait une grange gigantesque pour loger toutes sortes d'animaux. Une fois acquis bâtiments et cheptel, elle n'aurait aucun mal à subvenir à ses besoins puisqu'elle économisait depuis toujours et savait vivre avec parcimonie.

Pour l'heure, elle avait d'autres priorités que de partir à sa recherche ou de se demander si la solitude lui plairait.

Grâce à l'outillage d'Emmanuel Neely, Donner lui avait fabriqué une table de toilette. Elle se pencha au-dessus de la cuvette pour se débarbouiller tout en admirant le meuble. Il n'était certes pas aussi raffiné que la toilette en acajou de Mme Neely, mais Donner avait poli le pin noueux jusqu'à le faire briller tout aussi joliment. S'il faisait un piètre mineur, il aurait pu s'établir comme menuisier et vivre confortablement de ses talents.

Une porte claqua. Jeff entra comme un ouragan dans le salon, situé en façade. Il courait, sautait, bondissait comme s'il avait oublié qu'on pouvait marcher d'un pas tranquille. Une boule d'énergie... Curieuse de savoir ce qui le survoltait encore, Samantha descendit aux nouvelles.

– Une colonne de chariots remonte vers le col ! s'écriait le gamin. Bradshaw l'a vue ! Paraît que les voyageurs ont déjà de la neige jusqu'aux oreilles et qu'ils arriveront jamais à passer. Il faudrait leur envoyer une équipe de sauveteurs.

– Et M. Talbott, qu'en pense-t-il ? demanda sa mère au moment où Samantha franchissait le seuil du séjour.

Depuis le concours de tir, quelques semaines auparavant, Talbott s'était tenu à l'écart. Il était descendu de la montagne pour aller vendre bétail et mercure et, quand il séjournait au village, il se cantonnait à son hôtel. Mais Samantha savait toujours s'il se prélassait sur la galerie du premier étage à fumer ses cigarillos – où qu'elle allât, elle avait l'impression de sentir son regard la transpercer.

– Talbott refuse que les sauveteurs ramènent les chariots ici. Il veut qu'ils rebroussent chemin ou poursuivent jusqu'à la vallée. Il dit qu'il n'a pas besoin au village d'émigrants assez fous pour s'aventurer dans la montagne si tard dans l'année.

Samantha avait elle aussi trouvé que certains des émigrants qui voyageaient dans leur convoi manquaient vraiment d'envergure. Mais s'il y avait des femmes et des enfants dans celui qui tentait de franchir le col enneigé ? Leur compagnie les changerait agréablement de leur entourage exclusivement masculin.

Elle alla donc chercher ses bottes. Quand sa mère la surprit en train de les enfiler, elle la toisa avec sévérité :

– Où comptes-tu aller, Samantha ?

– Je sors nous ramener de nouvelles voisines. Le Dr Ramsey se joint-il à l'équipe de sauvetage, Jeff ?

– Tu parles, Charles ! répondit Jeff avec une grimace de dégoût. Il est trop imbibé pour ça. Grouille-toi si tu espères les rejoindre. Bradshaw et les autres avaient déjà bâté les mules.

– Va me chercher des raquettes, et vite ! J'aurai tôt fait de les rattraper.

Elle passa le manteau en lapin qu'elle s'était confectionné l'hiver précédent. S'il perdait ses poils, il tenait nettement plus chaud que les châles en laine trop minces que portaient ses sœurs.

– Samantha Neely, je t'interdis de sortir par ce froid rejoindre ces hommes ! C'est beaucoup trop casse-cou. Tu ne connais pas la région.

– Si je n'interviens pas, Bradshaw poussera les chariots sur le chemin de la vallée, ce qui rallongera leur route de plusieurs jours. S'il y a parmi eux des malades ou des blessés, tu trouves normal d'accroître leurs souffrances à cause de l'égoïsme de Talbott ?

L'argument porta – Mme Neely avait la fibre maternelle. Cessant de faire les cent pas, elle abonda aussitôt dans le sens de sa fille :

– On aura certainement de la neige ici aussi, cet après-midi, et ces pauvres gens vont peiner comme des damnés pour descendre la montagne. Certains risquent d'être blessés... Espérons que M. Talbott consentira à leur ouvrir son hôtel en attendant qu'ils puissent s'arranger autrement. Le village n'est quand même pas surpeuplé.

Samantha s'emmitoufla dans son châle en tricot. Elle avait déjà presque traversé la plaza quand son cousin surgit à sa hauteur avec deux paires de raquettes. Son père lui avait montré la façon de chausser ces larges semelles de bois grâce auxquelles on pouvait marcher sur la neige sans s'y enfoncer, parfois jusqu'aux genoux. Elles lui permettraient de suivre l'allure des hommes.

– Toi, tu restes là ! Tu dois veiller sur maman et sur les jumelles, ordonna-t-elle à Jeff qui s'était chaudement vêtu.

– Tante Alice et les jumelles ne risquent rien. C'est toi qui as besoin d'un chaperon.

Rien de plus faux ! Mais elle n'avait pas de temps à perdre à le lui prouver ; mules et sauveteurs étaient déjà en route. Certains d'entre eux l'accueillirent avec des cris de joie quand elle rejoignit leurs rangs ; d'autres la considérèrent d'un air renfrogné. Samantha s'en moquait. S'il y avait des femmes et des enfants en détresse, elle les ramènerait. Que ce fût par pure générosité ou pour faire enrager Stan Talbott, qu'importait ?

Quand ils atteignirent la zone enneigée, Jeff et elle firent halte le temps de chausser leurs raquettes. Quelques hommes ricanèrent... et chantèrent une autre chanson quand Jeff et elle les rattrapèrent, puis les laissèrent loin derrière eux, à se frayer à grand-peine un chemin à travers les congères.

– Hé ! Il pourrait pas m'en fabriquer une paire,

Donner, quand on rentrera ? leur cria Bradshaw. Ça serait rudement pratique pour poser des pièges.

– C'est de skis qu'on aurait besoin, cria un autre. C'est comme ça que Thompson a baptisé les bâtons sur lesquels il traverse la montagne, quand il neige. On pourrait poser les chariots dessus et les faire glisser le long des pentes.

Samantha abandonna les hommes à leur conversation tant elle avait hâte de se trouver des compagnes. Devoir constamment protéger sa mère et ses sœurs finissait par lui peser ; s'il y avait davantage de femmes au village, elle pourrait relâcher sa vigilance.

L'ascension de la montagne ensevelie sous la neige devenait de plus en plus pénible et, à midi, le brouillard se mit de la partie. Samantha dut ralentir pour laisser ceux qui connaissaient les lieux prendre la tête car le chemin avait disparu.

De lourds nuages gris masquaient le soleil, si bien qu'on ne le voyait même plus lorsque les chutes de neige s'espaçaient. Il était bas à l'horizon quand les sauveteurs repérèrent enfin les chariots. Les émigrants avaient renoncé à avancer davantage pour la journée et s'apprêtaient à affronter la tombée de la nuit autour de grands feux qui brûlaient mal. A l'approche du groupe et des mules, ils se mirent à pousser des exclamations de joie. A peine eut-elle remarqué Samantha qu'une des femmes sauta d'un des chariots, un enfant inerte dans les bras.

Les femmes pleuraient, les enfants glapissaient, tout excités, tandis que les hommes, épuisés, attendaient en silence la colonne de mules qui descendait la pente.

– Il y a un docteur ? Il nous en faut un. Elle est loin, la ville ? demandèrent-ils tous d'une même voix.

Bradshaw leur expliqua qu'il faudrait attendre l'aube pour pouvoir redescendre vers la vallée. Samantha comprit que ce retard serait fatal à l'enfant fiévreux. Apparemment, les chariots contenaient d'autres malades. Elle s'approcha de Bradshaw.

C'était un des contremaîtres que Talbott employait à la mine, homme trapu sujet à des sautes d'humeur et l'un des rares villageois qui n'avaient pas accueilli les Neely à bras ouverts. Plus que tout autre, il suivrait les ordres de Talbott.

– Il y a des malades, lui annonça-t-elle quand il abaissa vers elle son regard exaspéré. Le bébé ne passera pas la nuit si on ne le mène pas au Dr Ramsey.

– Talbott désire qu'on les chasse. Il ne veut pas de femmes et d'enfants, encore moins de malades.

– Et vous, tenez-vous à avoir leur mort sur la conscience ? Occupez-vous des bien portants. Je vais me charger de conduire les malades au village dès ce soir.

Un petit rassemblement s'était formé autour d'eux, que Bradshaw tenta d'intimider du regard. Mais au mot magique de « docteur », quelques-uns avaient déjà demandé à leur femme d'emmitoufler chaudement les enfants pour qu'ils puissent continuer la route. Les villageois, eux, jetaient des coups d'œil inquiets à Samantha et à Bradshaw qui finit par grommeler :

– Même en rebroussant chemin, ils risquent la

mort. Il ne va pas tarder à faire nuit noire et la neige tombe toujours.

– On a des lanternes ! s'écria l'un des émigrants.

– Et si on tombe sur des loups ou des grizzlis affamés ?

– Je les abattrai, moi, si vous en êtes incapable, Bradshaw. (Samantha se tourna vers les villageois :) Y en a-t-il parmi vous qui accepteraient de nous guider jusqu'au village ?

Joe l'Indien se détacha du groupe et s'avança, la démarche nonchalante.

– Rassemblez votre petit monde, et en route !

Les propriétaires de mules s'approchèrent un à un pour aider femmes et enfants à se hisser sur le dos de leurs bêtes. Samantha aurait volontiers sauté au cou de Joe, mais sa mine patibulaire l'en retint. Talbott lui ferait certainement payer cher son initiative chevaleresque.

Le retour leur parut plus facile ; ils avaient le vent et la neige dans le dos. Malgré tout, les enfants pleuraient sous la morsure du froid. La femme qui portait son nourrisson malade chevauchait sa mule en silence, serrant contre elle le nid de couvertures d'où ne montait pas un son. Samantha marchait le plus souvent possible à côté d'elle, la réconfortant et lui assurant qu'au bout du voyage elle trouverait médecin et chaleur. La jeune mère l'entendait-elle seulement ?

C'est dans un état de total épuisement, fort avant dans la nuit, que le petit groupe de voyageurs parvint aux abords du village. Alice Neely accourut parmi les premiers et, après avoir étreint sa fille et son neveu, se précipita vers la mère et l'enfant malade.

Samantha vit brasiller le bout du cigarillo de Talbott sur la galerie. Descendrait-il accueillir les arrivants ? Joe l'Indien lui-même s'était volatilisé, et hommes et mules s'agglutinaient sur la plaza sans trop savoir quoi faire. Où loger les nouveaux venus, sans tentes ni chariots, par ce froid polaire ? Exaspérée, Samantha décida de prendre les choses en main.

– Il faudrait installer les malades à l'hôtel, maman. Ils sont trop nombreux pour que nous les logions tous chez nous. Les hommes n'ont qu'à enlever les tables de billard du saloon pour qu'on puisse mettre des matelas par terre.

Alice Neely approuva aussitôt avant de conduire les plus malades vers l'hôtel. Au passage, elle interpella plusieurs femmes, si bien qu'un petit cortège se forma dans son sillage. Samantha se tourna vers un des mineurs qui avaient admiré ses raquettes pour lui demander de rassembler des volontaires afin de vider le saloon. Il leva la tête vers le rond rouge qui brûlait sur la galerie, jeta un nouveau coup d'œil à Samantha et, haussant les épaules, partit faire ce qu'elle lui demandait.

L'épreuve de force continuait.

9

S'agenouillant près du bébé qui gisait, inerte, sur le plancher, Ramsey poussa un juron et se releva aussitôt pour aller retrouver les deux femmes qui attendaient à la porte. La pièce était pleine de mères épuisées, de malades gémissant de douleur, d'enfants qui pleuraient.

– Il a la variole, murmura-t-il avec dégoût. Si vous n'êtes pas vaccinées, vous feriez mieux de décamper en vitesse.

– Nous sommes vaccinées, répondit calmement Alice Neely. Mon mari y tenait quand les enfants étaient en bas âge. Par où attaquons-nous la besogne ?

Ramsey nota que Samantha semblait sur le point de s'écrouler de fatigue. La jeune fille ne protesta pourtant pas quand sa mère l'inclut d'autorité dans son équipe de soignantes.

– Talbott ne tardera plus à venir faire un esclandre. Vous auriez intérêt à aller vous enfermer chez vous en attendant que l'orage soit passé.

Trop lasse pour discuter, Samantha prit un pichet d'eau et s'approcha d'un garçonnet qui s'agitait et délirait, sous l'empire de la fièvre. Pendant qu'elle le faisait boire, Alice Neely demanda ses instructions au médecin.

– On n'y peut pas grand-chose, répondit-il en haussant les épaules. Je vais les saigner. Essayez de faire baisser leur température... Avec le froid qu'il fait dans cette salle, ça ne devrait pas être difficile.

Il repartit de son pas lourd avant qu'Alice ait pu

formuler ses objections. Elle n'était pas favorable aux saignées et son mari traitait de charlatans tous les médecins qui recouraient aux sangsues et aux scalpels, traitement que préconisait la Faculté dans le traitement des fièvres.

Pendant que le Dr Ramsey commençait à saigner à une extrémité de la salle, Samantha et sa mère firent par l'autre bout la tournée des malades à qui elles dispensaient eau fraîche et paroles de réconfort. Les mères déchiraient leurs jupons pour tremper ces chiffons de fortune dans l'unique bol d'eau et en essuyer le front perlé de sueur de leur petit. Beaucoup d'entre elles semblaient contaminées. Un seul homme avait avoué n'être pas bien. Le désignant à sa fille, Alice lui murmura :

– Cet homme est déjà couvert de pustules. Il nous faut des onguents pour les empêcher de crever et de laisser des marques indélébiles.

– Je vais en demander au Dr Ramsey. S'il n'en a pas, j'enverrai Jeff réveiller Bernadette. Elle saura où trouver nos remèdes, elle.

A l'arrivée des malades, on n'avait pas réveillé les jumelles afin que, fraîches et disposes, elles prennent la relève le lendemain matin. Samantha aurait pourtant bien aimé que Bernadette la relaie car elle tenait à peine debout. Mais elle préférait attendre que Talbott se décide à descendre pour intervenir, au cas où il jetterait tout le monde dehors.

Soudain, elle vit le Dr Ramsey trancher de son scalpel la chair tendre d'une petite fille. Loin de désinfecter son instrument dans l'alcool, il le laissa dans le bol qui recueillait les saignées. Elle s'apprêtait à lui reprocher son manque d'hygiène quand son sixième sens l'avertit d'une présence menaçante dans son dos. Le temps de pivoter pour vérifier que c'était bien Talbott, et Samantha le vit empoigner Ramsey au collet. D'une brutale traction, il le fit basculer sur le plancher où il s'étala de tout son long.

Il écrasa d'un coup de botte le poignet de Ramsey qui tentait de saisir le scalpel sanglant. Puis il ramassa sa sacoche de médecin et la lança de toutes ses forces dans l'âtre vide. Quand le médecin tenta de se redresser, il le saisit de nouveau au collet, le releva avant de lui décocher un violent coup de poing à l'estomac qui le renvoya définitivement au tapis.

Talbott ramassa le bol plein de sang qu'il passa à Samantha.

– Fiche-moi cette saleté dehors et rapporte-moi de l'eau – de pleins cruchons – ainsi que du whisky. Il faut des récipients propres pour chacun des malades.

Samantha se hâta de suggérer :

– Et des onguents ? Pour ceux dont le visage se couvre de pustules. Si besoin est, maman en a à la maison.

Stan se redressa de toute sa taille pour la regarder bien en face. Les yeux écarquillés par la peur, Samantha ne recula pourtant pas d'un pouce quand il la toisa. Ses traits fins étaient tirés par la fatigue qui lui creusait le regard. Il faisait si froid que des cristaux de neige constellaient ses boucles rousses, mais elle avait cédé son manteau à la mère d'un petit malade. Stan lâcha une bordée de jurons.

– Envoie-moi ton cousin de malheur avec l'onguent et qu'il ramène aussi une de tes sœurs pour nous donner un coup de main. Quant à toi, va te coucher. Cela nous évitera d'avoir à te soigner.

Samantha acquiesça d'un battement de paupières avant de disparaître. Exécuterait-elle les ordres ? Il n'eut pas le temps de réfléchir à la question car Ramsey tentait de se relever pour filer en catimini. Stan se tourna vers lui et lui botta le train, histoire de se défouler.

– Si vous touchez à cette bouteille de whisky pour un usage autre que médical, je la brise et vous tranche la gorge avec un tesson. Quand Mlle Neely aura apporté de l'eau, vous en remplirez les tasses, y ajouterez une goutte de whisky et désaltérerez ceux qui ne dorment pas encore. Il faut les faire boire.

Stan brûlait de retrouver Joe pour lui tordre le cou au lieu de rester là à soigner des malades dont il ne voulait pas davantage que des Neely. Mais il n'avait pas le choix.

Il s'agenouilla devant une mère en pleurs qui berçait son nourrisson. Le bébé, lui, restait anormalement silencieux. L'angoisse poignarda Stan, ravivant l'ancienne douleur comme si elle ne l'avait jamais quitté, lui donnant envie de hurler, de sangloter pour se libérer de la noire fureur qui bouillonnait en lui devant les yeux sans vie, la frimousse de l'enfant probablement du même âge que son petit Aaron... Ce nom suffit à évoquer l'image du petit corps désarticulé et ensanglanté... Si ces mères savaient qu'il avait tué son propre fils, elles refuseraient de lui confier le leur.

Il sentit alors une présence derrière lui. Il prit le pot d'eau et la tasse que lui tendait Samantha et la renvoya chercher une cuillère pour que la mère fasse boire son enfant, ce qui lui donnerait l'impression d'être un peu utile. Et qui sait ? La fièvre se déciderait peut-être à descendre...

Alors qu'il allait d'un malade à l'autre, leur faisant avaler quelques gorgées d'eau coupée de whisky, enduisant d'onguent leur peau si sensible que le seul contact de sa main leur arrachait des cris de douleur, Stan constata que Samantha le suivait comme une ombre et, avant qu'il ait besoin de le demander, lui passait pot de baume, cruche, chiffons. Soudain rembruni, il acheva ce qu'il était en train de faire et se retourna vers elle très vite, pour l'empêcher de prendre la fuite.

– File te coucher.

Elle redressa le menton, prête à contre-attaquer, puis, sans doute intimidée par son air des mauvais jours, elle tourna les talons. Stan surprit alors le regard approbateur de Mme Neely posé sur lui. Qu'avait-il besoin de l'approbation d'une femme ? Ou d'un hôtel bourré de varioleux ? Il devait faire contre mauvaise fortune bon cœur et guérir ces gens au plus vite afin qu'ils poursuivent leur route.

Stan s'était assoupi dans un des fauteuils du saloon quand Samantha et Harriet arrivèrent aux alentours de midi. Les entendant se murmurer des conseils et se rassurer mutuellement, il se demanda pourquoi il s'était donné le mal de descendre de ses appartements puisque les femmes Neely avaient la situation si bien en main. Autant remonter se coucher avec une bonne bouteille de whisky, comme l'avait fait Ramsey peu auparavant.

Rouvrant un œil, il constata qu'une des femmes berçait toujours son bébé malade – geste sans doute machinal. Il quitta son siège en vacillant, sans prêter attention à la jolie Harriet qui le dévisageait, bouche bée. Samantha était déjà auprès de la femme. Pourquoi lui avait-elle désobéi et était-elle revenue dans cette salle sinistre où on ne pouvait, impuissant, qu'assister à la lente agonie des malades ? Contrarié par le regard empli d'espoir qu'elle braqua sur lui, il enleva l'enfant aux bras de sa mère, palpa le corps minuscule dévoré de fièvre, souleva la paupière bleuie et secoua la tête. Il confia le petit à Samantha et désigna un matelas à la mère. Avec un peu de chance, il la sauverait peut-être, elle.

Samantha serra le bébé contre son cœur tout en observant Talbott qui enjambait des corps endormis, palpait un front moite, soulevait des têtes affaiblies pour les faire boire. Bien que le petit demeurât inerte entre ses bras, elle le cajola pour rassurer la mère qui finit par céder au sommeil.

Stan revint lui montrer comment faire glisser d'infimes gorgées d'eau dans la gorge desséchée du bébé, baigner son front couvert de pustules. Quel déchirement quand le petit corps se tordait de douleur dès qu'elle l'effleurait ! L'eau fraîche l'apaisa, mais Samantha craignit qu'il n'eût sombré dans l'inconscience.

Les émigrants tombaient comme des mouches, au coin des rues, et les hommes de Stan les transportaient dans son hôpital de fortune. Devant l'ampleur de l'épidémie, Stan décréta la quarantaine, n'autorisant l'entrée de l'hôtel qu'aux rares personnes en mesure de prouver qu'elles étaient vaccinées.

Alice Neely, Harriet et les hommes autorisés à entrer alimentaient les bien portants en porridge chaud et en galettes, les malades en gruau froid et fluide. La quasi-totalité des émigrants avaient désormais envahi l'hôtel. Samantha priait pour que les villageois ne succombent pas à leur tour à la contagion car elle ne se sentait pas la force de soigner une nouvelle fournée de varioleux.

Stan avait ramené le Dr Ramsey au bout de son fusil pour le contraindre à soigner les derniers atteints. Avec sa barbe de deux jours, il avait lui-même l'air d'un déterré et s'il puait autant l'alcool que Ramsey, du moins se lavait-il les mains avant de réconforter chacun. Cet homme était un mystère ambulant, conclut Samantha, berçant toujours le bébé.

Celui-ci mourut le soir sans que sa mère, délirante de fièvre, se rende compte de rien. A bout de nerfs, Samantha laissa couler ses larmes quand le petit corps qu'elle serrait dans ses bras fut pris de hoquets, s'étrangla et cessa de respirer.

Comme averti par un sixième sens, Stan apparut à son côté, chercha le pouls du bébé et, lâchant un juron haut en couleur, repartit à grands pas. Elle l'entendit traverser le vestibule et monter l'escalier. Au premier, une porte – celle de sa chambre, sans doute – claqua violemment, puis le silence retomba.

Mme Neely accourut pour soulager sa fille du

macabre fardeau, rejointe par une des femmes qui n'était pas trop grièvement atteinte. Elles se chargèrent de la toilette mortuaire, rituel accompagné par des jurons et le fracas d'objets brisés en provenance des appartements de Talbott.

Samantha ne se sentait pas le droit d'aller voir Stan. Si sa façade revêche, parfois cruelle, cachait une souffrance secrète, cela ne la regardait pas. Toutefois, le dévouement dont il venait de faire preuve malgré lui méritait un minimum de compassion. Elle se mit donc en quête de Joe l'Indien.

A peine Samantha lui eut-elle raconté l'incident que le garde du corps aux yeux injectés par l'alcool sauta de la balustrade sur laquelle il était perché en équilibre précaire. Elle l'épia pour vérifier qu'il montait bien chez Talbott et, rassurée, regagna la mission d'un pas las.

Elle découvrit Chef Coyote assis en tailleur sous leur porche où il fumait le calumet. Samantha s'arrêta à quelques pas de lui et le chassa d'un geste, précisant qu'elle était sans doute contagieuse. L'Indien lui coula un long regard de ses yeux noirs enfouis sous les rides.

– Moi pas mort quand mes frères morts, lui dit-il avec sérénité. Je veux savoir si Visages pâles meurent autant que mon peuple.

Ravalant un sanglot, Samantha passa devant le vieil Indien qu'elle laissa à son funèbre décompte.

Chef Coyote hocha gravement la tête quand il entendit à travers la cloison les pleurs étouffés de la jeune femme. Sans se départir de son impassibilité, il regarda passer le corps minuscule du Visage pâle que l'on emportait dans un drap de l'hôtel tandis qu'un des émigrants qui campaient sur la plaza éclatait en sanglots.

La médecine de Stan Talbott, si puissante fût-elle, ne pouvait rien contre la mort.

10

– Fichez-moi le camp ! Hors de ma vue, Ramsey !

Ces hurlements firent si violemment vibrer l'hôtel que Samantha, qui traversait la plaza les bras chargés de couvertures propres, sursauta. Elle se tourna vers Joe l'Indien qui se prélassait, appuyé au poteau du porche.

– On pourrait m'expliquer pourquoi c'est le patron du saloon qui soigne les malades alors que le médecin en titre passe son temps à lever le coude ? Les hommes sont d'étranges créatures, je le sais, mais dans votre village, on pousse l'insolite un peu loin.

Joe l'Indien se contenta de hausser les épaules au passage de Ramsey qui sortait en vol plané par la porte de l'hôtel, tête la première.

– Ça n'a pas plus de sens qu'une fille qui porte le pantalon.

Samantha lui lança un regard torve et enjamba le corps de Ramsey pour pénétrer dans l'hôtel. Indiens qui traînaient sous son porche, hommes volants allongés en pleine rue... Dans quel univers d'excentriques son père avait-il expédié sa famille ?

– Je vous avais averti de pousser vos fesses avant que j'y colle mon pied, non ?

L'exclamation venait du saloon. Samantha se fit un bouclier de son tas de couvertures et s'écarta du passage, attendant que le projectile humain sorte comme un boulet par la porte. Décidément, Talbott n'était pas à prendre avec des pincettes, ce matin !

– Votre satanée Bible, vous pouvez vous la mettre où je pense...

Le prédicateur qui était apparu avec la colonne de chariots bâchés émergea d'un pas chancelant dans le vestibule en secouant la tête et dépassa Samantha sans la voir. Il se cramponnait à sa bible comme Ramsey à sa bouteille et battait en retraite pour ne pas subir le sort du docteur. Furibonde, Samantha se rua dans l'infirmerie improvisée pour affronter l'ours mal léché qui était en train d'en expulser tous les bras valides.

– Du balai, Talbott ! Allez dormir avant de nous assassiner tous !

Elle jeta le tas de couvertures sur une chaise et, poings aux hanches, se planta devant le colosse que tout le monde fuyait comme la peste. Ses cheveux noirs collés à son cou, les joues ombrées d'une barbe d'une semaine, les yeux rougis, il la fixa de sous ses sourcils broussailleux. Il avait le teint terreux. Sa chemise, d'ordinaire immaculée, était souillée de crasse et les manches remontées révélaient un maillot de corps au rouge passé.

Il enjamba un malade endormi sur un matelas pour venir se camper à quelques centimètres de l'impudente.

– Je devrais peut-être commencer par toi, rugit-il. Tout est ta faute !

Sa faute ? C'était la meilleure ! Samantha se dressa de toute sa taille, se retenant de justesse de le gifler.

– Bravo, Talbott ! D'abord un pochard, ensuite un prédicateur, enfin une faible femme... Pourquoi ne me jetez-vous pas dehors par la voie des airs, comme Ramsey, pour épater la galerie avec vos prouesses, pour prouver que vous êtes plus grand et plus fort que tout le monde ?

– Bien sûr que je suis plus grand et plus fort que vous autres. Et si tu ne disparais pas de ma vue, c'est moi qui me chargerai de te déplacer.

Les poings serrés, Stan Talbott était sur le point d'exploser. Et si un homme s'était présenté devant lui, il l'aurait écrasé d'une chiquenaude contre le mur sans hésiter, juste pour se défouler. Par chance, un fonds de bonnes manières le retenait de frapper une femme.

Sourire provocateur aux lèvres, Samantha leva les poings comme un boxeur et tenta de lui envoyer un direct au menton.

– En garde, si vous êtes un homme !

Il la saisit par le poignet et la poussa en arrière, lâchant d'une voix menaçante :

– Gare, ma fille, sinon je vais te flanquer une fessée dont tu te souviendras !

– A condition que vous m'attrapiez !

Un coup de pied dans le mollet, et elle se replia d'un bond à proximité de la porte, au cas où. Talbott poussa un rugissement et lui tendit la main. L'esquivant, elle plongea prestement sous son bras et s'élança vers le porche, moqueuse.

Il se rua à sa poursuite. Joe l'Indien s'écarta prudemment quand ils franchirent le seuil comme deux boulets, Samantha à dix pas devant. Vêtue en fille, jamais elle n'aurait pu soutenir le train, mais, en pantalon, elle parvint à distancer son poursuivant qui la couvrait d'invectives. La cavalcade se poursuivit dans un dédale de tentes et de chariots.

Les hommes s'égaillaient sur leur passage. Ils traversèrent la plaza gelée, franchirent la barrière de la mission qu'ils contournèrent jusqu'à la remise pour émerger devant la forge déserte. Samantha riait à pleine gorge, les joues rougies par la course et le vent, et tournait de temps à autre la tête vers son poursuivant, rouge lui aussi, pour mieux le provoquer.

Ce fut Joe l'Indien qui mit un terme à la folle poursuite en faisant un croche-pied à Stan quand il repassa devant lui. Son patron fit une culbute magistrale et atterrit le nez dans une flaque gelée.

Furieuse d'avoir perdu son poursuivant, Samantha pivota et, décochant un coup de pied à Joe, protesta :

– Ce n'est pas juste ! J'étais en train de gagner. Et sans votre aide, encore !

– Qu'est-ce que vous parlez de gagner alors que le parcours n'est même pas balisé ? Si vous tenez vraiment à vous tuer, tous les deux, faites-le dans les règles ! s'exclama Joe avec humeur.

– Qui parle de la tuer ? rétorqua Stan. Je veux seulement la fourrer dans une robe et l'attacher jusqu'à ce qu'elle apprenne à se comporter en femme, gronda-t-il en s'arrachant au sol verglacé.

– Il ne vous plaît pas, mon pantalon ? fit Samantha qui, pour mieux l'agacer, agita sous son nez une jambe exquisément moulée dans la toile de jean. Il est plus propre que le vôtre, en tout cas.

– Vous voulez une course à la loyale ? poursuivit Joe en sortant son colt qu'il pointa vers le ciel. Eh bien, le premier qui atteint le pin mort a gagné !

– Hep ! Une minute ! s'écria Stan. Je ne cours pas s'il n'y a rien à gagner. Si je ne peux pas la rosser, il me faut une autre récompense. Si je gagne, tu seras condamnée à te mettre en robe, rugit-il, le visage tout contre celui de Samantha.

– Et si je gagne, répliqua-t-elle en lui éclatant de rire au nez, ce sera vous qui vous déguiserez en fille !

La repartie de Samantha déclencha un gros éclat de rire parmi les hommes que l'altercation avait rameutés et les paris allèrent bon train.

Au coup de feu, les deux concurrents s'élancèrent, en longues foulées puissantes. Ils restèrent un certain temps à la même hauteur car si Samantha avait les jambes plus courtes, sa légèreté lui permettait de franchir allégrement les obstacles tandis que Stan devait ralentir pour prendre son élan.

Mais sa force et sa vigueur lui donnèrent bientôt l'avantage quand ils se retrouvèrent en rase campagne. Les cris d'encouragement s'estompèrent dans le lointain. Samantha arriva bonne dernière. Talbott l'attendait au pied du pin mort, bras croisés sur la poitrine, triomphant. Ah ! qu'elle eût aimé lui faire ravaler son sourire d'un coup de poing bien senti ! N'était-ce pas pour lui rendre service, lui permettre de se défouler, qu'elle s'était lancée dans la course ? Il aurait dû la remercier, au lieu de fanfaronner.

– J'espère que tu as une garde-robe à la hauteur, mademoiselle Neely.

– Aucune différence, Talbott. Même en robe, je pourrais vous battre, si je voulais, bougonna Samantha en fourrant les mains au fond de ses poches et en soutenant son regard goguenard.

– Eh bien, qu'attends-tu ? Va vite enfiler une robe... verte pour commencer. Finis les pantalons, Samantha ; j'ai remporté la course.

Furibonde, elle mit les poings aux hanches et cracha :

– Vous n'imaginez quand même pas que j'irai chasser en jupons et en crinoline...

– Laisse tomber la chasse, voilà ! Et la bagarre aussi. Renonce à jouer les garçons manqués et demande à tes sœurs de t'apprendre les manières des filles. Quelques leçons devraient suffire.

Il repartit d'un pas décidé, abandonnant la perdante à son dépit.

Quand elle regagna la plaza, les hommes félicitaient leur patron à grand renfort de claques dans le dos, tandis qu'il reprenait le chemin de l'hôtel. Pas un de ces ingrats pour songer à la remercier, elle qui leur avait rendu un fier service en donnant l'occasion à Talbott de se défouler ! Au contraire, ils accueillirent sa réapparition par des sifflets et des huées. Décidément, l'heure avait sonné de fuir ses semblables pour se mettre à la recherche de sa vallée.

Mais un pari est un pari et les Neely tenaient leurs engagements. Aussi ressortit-elle un peu plus tard vêtue d'une robe émeraude empruntée à sa mère... et enfilée par-dessus sa chemise à carreaux et son jean – par précaution.

Quelques quolibets fusèrent quand elle retraversa la plaza mais, en l'absence de Talbott, le spectacle perdait de son piquant, si bien que tout le monde se remit au travail.

Sa mère et sa sœur, au courant du pari grâce aux commérages, poursuivirent leurs tâches sans faire le moindre commentaire.

Quelques femmes s'étaient suffisamment remises pour se joindre à l'équipe de soins. L'une d'elles s'avança vers Samantha avec un pichet d'eau.

– Vous ne croyez pas que ce village aurait bien besoin d'un maître d'école ? demanda-t-elle. Si on n'y voit pas d'enfants, il y a des hommes à qui un peu d'instruction ne ferait pas de mal...

Son interlocutrice était une jolie blonde bien en chair. Etait-ce vraiment l'envie de faire la classe qui lui démangeait ? Samantha se rembrunit et versa de l'eau dans une tasse qu'elle porta aux lèvres de son malade.

– Le seul enfant du village, c'est mon cousin Jeff. Talbott est propriétaire de la bourgade et je doute fort qu'il accepte d'appointer une institutrice pour faire l'école à ses hommes.

– Un homme qui sait s'imposer, pas vrai ? souffla la blonde tandis que son regard se dirigeait vers la porte qui donnait sur l'escalier montant aux appartements de Talbott.

– C'est le moins qu'on puisse dire, railla Samantha. Et vous autres, où comptez-vous vous installer ?

– Nous avions l'intention de fonder une communauté dont les membres vivraient selon l'Ecriture. Le révérend Hayes a accepté de conduire ses ouailles vers la Terre promise. Moi qui croyais trouver un endroit où le soleil brille tout le temps et où nous n'aurions jamais froid...

Samantha passa avec elle au malade suivant.

– Il paraît qu'il fait ce temps idéal, dans la vallée. Il vous faut poursuivre votre route.

– Je n'irai pas plus loin, décréta-t-elle, l'air pincé. C'est ma sœur qui appartient au troupeau du bon révérend, pas moi. Je me suis simplement jointe à eux parce qu'ils promettaient une vie meilleure, mais j'en ai plus que ma dose des sermons.

Avait-elle envie de se distraire avec des hommes un peu moins austères ?

– Il n'y a pas d'endroit où vous installer, ici, à moins de loger à l'hôtel, ce que Talbott ne vous permettra jamais. Il déteste les femmes.

– Il les déteste ? s'étonna l'institutrice. Ce n'est pas l'impression que j'ai eue. Les femmes sont les seules, dans cette salle, qu'il traite avec respect.

– Voilà précisément le problème : quand Talbott n'aime pas quelqu'un, il le traite avec respect en espérant le voir décamper.

– Apparemment, il sait comment s'y prendre, avec vous, s'esclaffa l'institutrice. Etes-vous sa sœur ?

La coupe était pleine ! Samantha faillit lui renverser la cruche sur la tête mais il lui répugnait de s'abaisser au niveau de Talbott qui choisissait toujours d'innocentes victimes comme défouloir.

– Non, je suis sa croix sur terre, répliqua-t-elle avec un sourire forcé.

Et elle s'éloigna. Pourquoi, alors qu'elle désirait

introduire des femmes au village, décourager la première qui manifestait son envie de rester ? C'était tout à fait contraire à ses intentions. Et si une communauté biblique décidait de s'installer au village, bien fait pour Talbott !

Elle poursuivit ses soins, bavardant avec chacun, si bien qu'à la fin de sa ronde, elle avait trouvé un boucher, un boulanger, un fabricant de chandelles. Deux jeunes gens s'intéressaient au travail dans les mines. Les familles d'agriculteurs, elles, envisageaient de poursuivre le voyage et quelques femmes célibataires hésitaient devant cette population exclusivement mâle mais deux veuves avaient des enfants – que Talbott n'oserait certainement pas forcer à redescendre la montagne, si elles décidaient de ne pas repartir avec les chariots. Sous ses airs de dur, il n'était pas si méchant, conclut-elle en quittant l'hôtel en fin d'après-midi.

11

De sa fenêtre, Samantha observait le remue-ménage des émigrants campés sur la place, qui préparaient le café sur leur feu de camp. Quelques chariots étaient repartis de bon matin chercher un lieu plus propice où s'établir. La majorité ne restaient que parce qu'ils avaient des malades à l'hôtel. Si elle n'intervenait pas très vite, ils repartiraient tous et les Neely se retrouveraient à leur point de départ – isolées dans un village d'hommes.

Elle avait appris que Stan Talbott avait découragé le forgeron, marié et père de deux enfants, de reprendre la forge, ainsi qu'un homme qui était remonté de la vallée, après un bref séjour, pour lui proposer d'installer un commerce dans le bazar abandonné. Pourquoi rejetait-il ces gens civilisés, habitués aux échanges commerciaux, pour ne garder que les hurluberlus qui peuplaient son village ?

Pourquoi refoulait-il ces émigrants qui, eux, lui bâtiraient une vraie ville ? Mystère.

Elle vit alors Talbott sortir sur la galerie pour braquer un regard acide sur la plaza grouillante de chariots et les voyageurs qui piétinaient dans sa cour de devant noyée de boue. Il s'était rasé et portait son costume distingué. Samantha se demandait qui empesait le jabot de dentelle de ses chemises quand elle surprit l'institutrice en train de l'admirer. Elle aurait été ravie de lui offrir ses services de blanchisseuse, elle. Or Stan ne lui accordait pas la moindre attention – pas plus qu'il ne s'intéressait aux jumelles qui fascinaient évidemment tout le village. N'aimait-il pas les femmes ?

Etait-ce pour cette raison qu'il lui avait imposé de porter des robes ? Parce qu'il avait peur de s'intéresser à elle ou bien parce qu'il espérait l'empêcher de ruer et de le défier en l'entravant dans ses jupons ? Eh bien justement, elle profiterait de ce qu'il ne l'avait jamais vue en robe pour le surprendre et le convaincre d'autoriser les émigrants à rester !

Bernadette pesta quand Samantha la tira du sommeil mais, quand elle eut compris que sa sœur aînée allait s'attifer en fille, elle coopéra avec enthousiasme.

– Il va falloir que tu enfiles ta robe des dimanches en attendant qu'on ait rallongé l'une des nôtres, décréta Bernadette en observant la garde-robe réduite de Samantha. Nos robes à tournure te seraient trop courtes, et si on en défaisait l'ourlet, tu les traînerais dans la boue. Il te faut des bas. Attends que je t'en déniche dans mon coffre.

Elle partit comme une flèche dans la chambre qu'elle partageait avec Harriet, laissant Samantha déconcertée devant l'éventail de toilettes étalées sur le lit.

Qui couperait du bois, désormais ? Qui chasserait pour les ravitailler en viande, maintenant qu'elle allait endosser ces frusques ? Porter un pantalon ne signifiait pas qu'elle n'aimait pas la dentelle, simplement, cette tenue était plus adaptée aux corvées quotidiennes.

Quand elle eut enfilé camisole, culotte, bas ainsi que le jupon démodé qu'elle préférait à la crinoline avec ses cerceaux, Samantha bénit son père qui leur avait interdit le port du corset. Chaque fois que les jumelles s'étaient plaintes de ce que, sans corset, elles avaient la taille trop épaisse pour la mode, il leur avait énuméré les maladies épouvantables qui les guettaient si elles se comprimaient le ventre. Ces horreurs mettaient fin aux jérémiades... du moins provisoirement.

Quand Bernadette lui agrafa dans le dos sa robe en taffetas vert, elle retint sa respiration, priant pour que les crochets ne sautent pas quand elle relâcherait son souffle. Elle ne l'avait pas portée depuis bien avant leur départ du Tennessee. Par chance, Samantha avait perdu du poids durant le voyage. Le décolleté bâillait un peu car on avait ôté le bustier, trop étroit pour sa poitrine, sans s'occuper de le remplacer, indécence compensée par les plis amples du tissu qui la drapait comme un châle.

Plantées devant la psyché maternelle, les deux sœurs poussèrent un soupir résigné : jamais Samantha ne serait une élégante. A coups de brosse, d'épingles, de prières et de rubans, elles parvinrent à discipliner ses boucles éclatantes. Les trois volants de la jupe la faisaient paraître moins grande, plus étoffée, rehaussant la rondeur des hanches, révélant une féminité qui risquait, hélas, de faire long feu dès qu'elle esquisserait un geste.

– Faute de baguette magique, on s'en accommodera, Bernadette. Et qui sait si, en me voyant ainsi accoutrée, Talbott ne m'ordonnera pas d'aller renfiler un pantalon ?

Plus probablement, il se délecterait de son allure grotesque et ne se priverait pas de le lui faire savoir. Déterminée cependant à tirer parti du peu que la nature lui avait accordé, Samantha empoigna jupons et jupe froufroutants et, d'un pas digne, se lança dans la traversée de la place.

Les hommes sautèrent de leurs chariots pour braquer sur sa silhouette un long regard éberlué. Bientôt, les villageois affluèrent de partout. Elle était le point de mire par la faute de Stan ! Eh bien, il ne perdait rien pour attendre !

Les victimes de l'épidémie avaient si bien guéri que le saloon suffisait de nouveau à contenir tous les malades. Elle trouva Ramsey au chevet de l'un d'eux. Pas de Talbott en vue. Alice Neely étudia la tenue de son aînée d'un air sceptique, mais la fatigue la retint de poser des questions. Samantha finit par la supplier de rentrer prendre du repos.

Clara, l'institutrice, apparut et se proposa de lui donner un coup de main. En réalité, elle ne cessa de chercher Stan des yeux, ce que Samantha trouva du dernier ridicule. Pour se défouler les nerfs, elle se jeta dans ses soins avec une efficacité décuplée, sans plus s'occuper des allées et venues.

Stan, qui avait décidé qu'une petite conversation avec le chef de convoi hâterait le départ, descendit de ses appartements. Il fit un crochet par l'hôpital-saloon, voulant s'assurer que Ramsey était resté à jeun pour soigner les derniers convalescents.

Dès son entrée dans l'infirmerie, il tomba sur une haute silhouette parée de taffetas de soie émeraude à volants – toilette insolite, guère de mise dans cette salle encombrée de grabataires. Les autres femmes, elles, avaient troqué leur crinoline pour des cotillons en cotonnade usagée qui pouvaient traîner sur le sol. Encore une qui avait plus de formes que de cervelle, pesta-t-il intérieurement en épiant la dame en vert qui se penchait sur un malade, lui offrant ainsi un aperçu de sa taille remarquablement fine et de ses chevilles délicates dans les bas de soie qui les moulaient.

Elle se redressa, tourna légèrement le buste, laissant deviner le galbe de ses hanches, la rondeur de la poitrine. Elle savait mettre ses charmes en valeur.

Son regard remonta lentement le long de la gorge, du cou. Soudain, il eut l'impression de recevoir un coup de poing en plein estomac. Ces yeux émeraude qui se braquaient sur lui... Samantha !

Inouï... Il lorgna de nouveau les seins ronds, la taille gracile, la jupe à volants, revint aux yeux émeraude qui le fixaient avec un mépris glacial.

Il sourit jusqu'aux oreilles. Le garçon manqué, en robe ! Il gagna le centre du saloon-infirmerie pour mieux admirer l'étonnante gravure de mode. Samantha se raidit, subissant l'inspection avec une telle exaspération qu'il se félicita qu'elle eût oublié sa carabine à la maison...

– Eh bien, fillette, on joue à la dame ? C'est assez réussi, ma foi, dit-il, hilare.

– A vingt-quatre ans, je suis plus près de la vieille fille que de la fillette, figurez-vous !

Il faillit lui éclater de rire au nez. Une vieille fille ! Une sirène, plutôt, jaillie d'un flot d'écume émeraude. Il tira sur les manches pour en déployer les plis amples.

– Pas pratique, pour tenir une carabine. Tu n'as pas des vêtements plus adaptés au soin des malades ? Tu risques de les étouffer, ajouta-t-il en repoussant du pied le bas de la robe qui formait traîne.

Sans se laisser intimider par l'expression menaçante de Samantha, il promena un regard gourmand sur son corsage aux rondeurs tellement appétissantes qu'il prit sur lui pour ne pas tendre la main vers le nœud qui fermait le bustier.

– J'ai gardé mon pantalon, fit-elle d'un ton sec. Je peux le remettre si ça vous paraît plus approprié à la situation.

Un gloussement de ravissement échappa à Stan, ce qui ne lui était pas arrivé depuis fort longtemps. Il saisit la main de Samantha et la coinça au pli de son coude.

– Je m'en remets à toi pour respecter ta parole tout en adaptant ta tenue à la situation. Et maintenant, en avant pour la tournée du village, tu veux ?

Le tuer d'une balle dans le front ne suffirait pas, songea Samantha. Il fallait qu'il souffre une lente et interminable agonie.

Une foule attendait au bas de l'hôtel la sortie de Stan Talbott au bras du garçon manqué déguisé. Samantha endura stoïquement acclamations et regards indiscrets, sachant que les villageois, toujours à l'affût d'une bonne blague, auraient réagi de la même façon si Stan avait perdu le pari.

Clara accourut derrière eux en trottinant, s'extasiant sur le couple splendide qu'ils formaient avant d'accaparer l'attention de Stan par son babil ininterrompu. Samantha entendit un des badauds ricaner ; Stan, lui, n'avait d'ouïe que pour le bavardage de l'institutrice.

– Une école, mademoiselle Whitaker ? Quelle excentricité de penser que mes hommes ont besoin d'une école ! Leur avez-vous parlé de votre projet, au moins ?

Samantha réprima son hilarité. La jolie demoiselle Whitaker n'allait pas tarder à se faire tailler en pièces par le maître du village dont elle ne semblait pas avoir remarqué le ton ironique. Mordant, incisif, rapide comme il l'était, Stan l'aurait ridiculisée avant qu'elle s'en rende compte. Samantha le tira par le bras pour lui désigner du menton le jeune forgeron.

– Prenez donc contact avec Thomas Craycraft. Vous gagneriez à remplacer les charnières en cuir des portes de l'hôtel par des charnières en fer. Le forgeron m'assure qu'il les fabriquera en un rien de temps.

Fronçant les sourcils, Stan abandonna l'institutrice sans un salut et marcha droit sur le jeune homme à la superbe musculature que lui désignait Samantha. Thomas Craycraft s'avança d'un pas.

– 'jour, monsieur Talbott. Ma femme et moi, on se demandait si vous auriez pas changé d'avis. Ça vous gêne si je vous demande combien vous la loueriez, votre forge ? J'ai emporté tout mon matériel ; je pourrais me mettre tout de suite à l'ouvrage. Je crois même que, si vous y tenez, je pourrais vous payer quelques mois d'avance.

A la mention de sa « femme », Stan se crispa. Mais Samantha nota que sa colère tombait presque aussitôt. Quel drôle de personnage ! Arriverait-elle un jour à le comprendre, à trouver un moyen de le convaincre de garder au village les émigrants qui souhaiteraient s'y établir ?

– Je vais réfléchir à votre proposition. J'avoue qu'un bon forgeron nous serait utile, mais comme les Neely repartiront au printemps, il n'y aura plus de dames pour tenir compagnie à la vôtre.

Le jeune homme parut surpris, mais ne discuta pas. Furieuse, Samantha pinça le bras de Talbott avant de s'insurger :

– Nous n'avons pas l'intention de partir au printemps, monsieur Craycraft. Qui sait pourquoi M. Talbott s'est mis pareille idée en tête ? Nous serions enchantées d'accueillir une femme de plus au village.

Plantant là le forgeron ébahi, Stan entraîna sa

cavalière vers sa cible suivante en lui murmurant du coin de la bouche :

– Vous repartirez au printemps, de gré ou de force ! Le pari ne tient que pour cet hiver.

– Le pari n'a rien à voir là-dedans, monsieur Talbott, comme je ne cesse de vous le répéter. La maison nous appartient.

Elle lâcha son bras pour canaliser son énervement en marchant à grands pas. Grisé d'entendre jupons et taffetas crisser à ses moindres mouvements, Stan la rattrapa et lui reprit le bras juste à temps, l'empêchant d'aborder le prédicateur.

– Rentre enfiler une robe un peu plus passe-partout pendant que je me débarrasse de ces gens. C'est auprès des malades et non dans les rues qu'on a besoin de toi.

– C'est la seule robe que je possède, Votre Grâce, dit-elle avec insolence. Et j'ai décidé que j'aimais la porter. Allez donc terroriser un peu plus le prédicateur, pendant que je parle à l'homme qui aimerait installer un bazar.

– Le bazar m'appartient, grogna-t-il.

Il retint Samantha qui ramassait ses jupes pour traverser la plaza.

– Quel bazar ? Ce vulgaire trou à rats rempli de toiles d'araignées et de poussière ? C'est une honte, pas un magasin !

– Si ça peut te contenter, je paierai quelqu'un pour le nettoyer, mais je t'interdis de m'amener de la concurrence.

– Embauchez Harriet, dans ce cas. Et nommez-la gérante à part entière. Elle en sait mille fois plus que vous sur les goûts de la clientèle, affirma-t-elle un peu hâtivement. Cela vous évitera d'introduire une étrangère au village puisqu'elle fait déjà partie de la communauté. Elle vous fera gagner en un seul jour plus que vous ne gagnez en une semaine !

Talbott la dévisagea comme si elle avait perdu la raison.

– Comment une femme pourrait-elle connaître les besoins de clients masculins ? Et puis ici, ce n'est pas la bonne société que vous fréquentiez dans votre Tennessee ; une fragile petite chose comme elle, mes hommes l'écraseraient sans même s'en apercevoir.

– Ils seront trop occupés à la supplier de leur accorder un *cent* de crédit. Outre Harriet, vous aurez besoin d'embaucher un spécialiste pour acheter dans la vallée les marchandises très spécifiques que commandera la clientèle féminine.

De rage, il lui lâcha le bras et répéta d'une voix grinçante :

– Il n'y aura pas de femmes ici.

– Et l'épouse du forgeron ?

– Un cas isolé.

– Et Clara Whitaker, la belle-sœur du forgeron ? ajouta-t-elle avec un sourire suave.

– Malédiction ! Je ne tolérerai pas une femme de plus dans mon village !

Ce fut à cet instant que le révérend Hayes s'avança vers lui :

– Le moment est peut-être mal choisi, monsieur Talbott, mais je me demandais... Je me disais que nous pourrions utiliser votre cuisine désaffectée pour y installer notre chapelle.

Samantha crut que Stan allait avoir une crise d'apoplexie et jugea que le pasteur s'en sortait à bon compte quand, les yeux exorbités, les veines du cou saillantes, Stan lui beugla :

– Vous pouvez aller rôtir en enfer avec votre chapelle, espèce de grenouille de bénitier, pour ce que ça me fiche !

Et il partit au pas de charge s'enfermer dans son hôtel, retraite que Samantha interpréta comme une capitulation.

12

– Il nous faudrait bien un restaurant, au village... soupira Alice Neely en décousant l'ourlet de la robe en alpaga qu'elle retouchait pour sa fille aînée.

– Pourquoi prendrions-nous nos repas dehors quand nous avons à domicile un cordon-bleu tel que toi, maman ?

Samantha était en train d'examiner les fronces et les rentrés compliqués du bustier qu'elle était censée enfiler pour dissimuler sa poitrine.

– Ce n'est pas pour nous que j'en ouvrirais un ; j'en ai assez de voir ces hommes m'apporter des provisions dans l'espoir que je leur cuisine quelque chose. Et puis un peu d'argent frais serait le bienvenu. Même si Harriet nous consent un maigre rabais, au bazar, la vie est chère et je n'ai guère d'espoir de voir le potager donner grand-chose, au printemps.

– Tu ne crois pas que nous aurons retrouvé papa, d'ici là ?

Alice pencha la tête vers son ouvrage pour couper le fil d'un coup de dents, faire un nœud au bout et, toujours sans regarder aucune de ses filles, tendre la main vers la bobine.

– Dans un Etat aussi étendu, il peut mettre un temps infini à nous rejoindre. Et puis l'agriculture n'a jamais été son fort.

Cette évidence rassura les jumelles ; pas Samantha. Son père aimait écrire des lettres interminables décrivant ses expériences, et ce, même quand il ne savait pas s'il trouverait une poste où les expédier. Elles auraient dû avoir de ses nouvelles depuis belle lurette.

– La vallée n'est certainement pas loin. Quand nous l'aurons localisée, nous la cultiverons. Il suffira d'embaucher un homme pour les labours, dit-elle, autant pour se rassurer elle-même que pour réconforter sa mère.

– Je suppose, mais un petit revenu nous serait bien utile. Nous ne tarderions pas à récupérer notre investissement, tant les villageois raffolent de plats mitonnés.

– Ce n'est certainement pas l'institutrice qui pourrait les satisfaire, bougonna Samantha. Joe lui-même n'a pas pu avaler la tourte qu'elle a préparée pour Talbott.

Dans son coin, Harriet succomba au fou rire.

– Joe l'a portée sur la plaza pour essayer de la vendre aux émigrants et figurez-vous que le prédicateur lui-même n'en a pas voulu quand il a appris l'identité de la cuisinière ! Il paraît que la première fois qu'elle a voulu cuisiner au campement, elle a failli mettre le feu à tout le convoi.

– Tu trouves ça bien élevé, ces commérages ? la gronda sa mère. Et maintenant, qui est contre cette idée de restaurant ? Réfléchissez bien au problème parce que ce sera dans la salle de séjour que nous ouvrirons notre cantine.

– Dans ce cas, où recevrons-nous nos amis ? demanda Bernadette.

– Quels amis ? Quels clients ? Oubliez-vous que Talbott a ordonné à ses hommes de rester à l'écart sous peine de renvoi ? intervint Samantha en pestant car son fil s'emmêlait encore.

– Il ne peut pas interdire notre restaurant aux hommes du convoi ni au Dr Ramsey et une fois qu'ils sauront qu'on mange bien chez nous, ses employés ne résisteront pas longtemps. Nous ne désemplirons pas, assura Alice Nelly qui avait foi dans ses talents culinaires.

– Eh bien, moi, je dis oui au projet, pour le plaisir de voir la tête de Talbott quand il découvrira que nous avons installé un commerce dans une maison qu'il prétend sienne ! s'exclama Samantha. La seule objection, c'est qu'il ne me permettra jamais de me remettre en pantalon. Comment chasser en robe ? Et sans gibier, qu'offrirons-nous à nos clients ?

Alice Neely avait réfléchi longuement à la question :

– On paiera quelqu'un. L'idéal, ce serait que M. Talbott nous vende des bêtes, mais Bradshaw m'a proposé de me céder une vache si, en contrepartie, j'en accommodais la viande. A cette altitude, le froid la conservera jusqu'au printemps. Mes enfants, c'est une affaire qui roule !

– Tu vas être obligée de pratiquer des tarifs exorbitants. Donner va devoir nous fabriquer des tables, dit Samantha, se faisant l'avocat du diable.

Mais au fond d'elle-même, elle jubilait. Depuis quelques semaines, Talbott était d'une humeur massacrante. Chaque fois qu'elle approchait, il lui montrait les dents. Etaient-ce les soieries et les dentelles dont sa famille la parait qui le contrariaient, ou bien le dépit de ne plus être maître chez lui ? Car dans son précieux petit village vivaient désormais sept femmes et quelques enfants. Sans oublier la veuve Black et son fils cadet qui avaient renoncé à chercher une maison dans la vallée pour passer l'hiver à l'hôtel. Il avait fallu que la veuve pleure toutes les larmes de son corps, que ses hommes menacent en bloc de démissionner, pour que Talbott consente enfin à lui louer une chambre.

Si elle ne l'avait pas autant détesté, Samantha aurait eu pitié de son calvaire. Mais cet ours refusait toujours de lui dire ce qu'il savait de son père et de la vallée ou de revenir sur son diktat vestimentaire. Un jour qu'il l'avait surprise en train d'essayer de grimper à un arbre pour secourir un chaton, le bas de la robe remonté et glissé sous sa large ceinture, il s'était tordu de rire. Depuis, elle cherchait une occasion de lui faire chèrement payer l'insulte. Oui, ouvrir un restaurant sous son nez, c'était un bon début de vengeance !

– Elles ont monté quoi ? grogna Stan en braquant sur Joe un regard meurtrier.

Loin de se laisser démonter, son garde du corps

fit tourner son pistolet avant de viser une cible lointaine par la fenêtre.

– Un restaurant. J'ai une invitation à mon nom, pour le dîner d'ouverture. Elles m'ont promis de me faire une tarte aux pêches avec les conserves que Mlle Harriet s'est fait livrer la semaine dernière.

– Un restaurant ! Je le leur interdis formellement ! s'écria Stan d'une voix blanche. La mission m'appartient et je ne leur ai pas donné la moindre autorisation !

Joe haussa les épaules, fit tournoyer son revolver autour de son doigt avant de rengainer.

– Je vois pas ce qu'il y a de mal à manger correctement, pour changer.

– Si je voulais de la gastronomie, j'embaucherais un chef. A ce train-là, les gens de la vallée vont finir par prendre cet hôtel pour un hôtel, réserver des chambres, aller se restaurer à l'auberge...

Stan arpentait sa chambre en tous sens, dans l'espoir de se calmer. Pourquoi n'allait-il pas à San Francisco se trouver une fille au lieu d'imaginer Samantha Neely servant de la tarte aux pêches à une bande de mineurs lubriques... Il leur aurait bien flanqué la figure dedans, lui !

Joe s'assit dans un fauteuil et posa ses pieds bottés sur le lit.

– Mais c'est un hôtel. Autrefois, l'endroit grouillait de voyageurs en route pour les mines d'argent. Vous pourriez ramasser un paquet d'oseille en plumant les imbéciles qui veulent se lancer dans l'escalade des cimes.

Sans même répondre, Stan se rua hors de la pièce et fila dans son bureau. Ce n'était pas pour rien qu'il était parti de Boston pour chercher la solitude des sierras ; pas pour rien qu'il avait acheté la montagne, maintenant le village à l'écart des sentiers battus en en renvoyant tous les promeneurs. Il avait choisi cette retraite par haine du genre humain, de la civilisation et surtout des femmes, avec leurs mensonges et leurs manœuvres pleines de fourberie.

Quelques minutes plus tard, il se surprit à charger sa carabine et se rendit compte qu'il avait bouclé le ceinturon qui contenait ses colts. A quoi bon s'armer jusqu'aux dents, se transformer en arsenal ambulant, pour effaroucher une poignée de femmes ? Un bon coup de gueule suffirait à leur faire renoncer à leur restaurant.

En sortant, Stan remarqua les lanternes qui donnaient un air de fête à la véranda de l'ancienne mission. Des flots de lumière jaillissaient des fenêtres et, sans se soucier que le soleil implacable les leur brûle, les femmes avaient accroché des tentures de velours lie-de-vin, comme si elles se croyaient encore dans l'Est. Stan s'avoua qu'elles conféraient une atmosphère pimpante et douillette au salon reconverti dont il franchit le seuil... impression que lui firent oublier tout net la dizaine de tables autour desquelles se pressaient les dîneurs.

La salle était bondée. Des hommes, assis sur des canapés poussés contre les murs, attendaient même qu'une place se libère. Porcelaine et argenterie étincelaient sur les tables, toutes pourvues d'une bougie fichée dans un des bougeoirs dépareillés. Ces satanées bonnes femmes avaient aussi sorti des nappes de leur inépuisable sac à malice – à moins qu'elles n'aient ramassé en route tout ce dont les émigrants s'étaient délestés avant d'attaquer l'ascension des sierras...

Stan, absorbé dans ses ruminations, vit soudain Samantha se glisser dans la salle, vêtue d'un affriolant petit tablier à volants sur une robe en alpaga bleu. Il inclina la tête, cherchant à apercevoir ses chevilles.

Tout à coup, il se rendit compte qu'un silence de mort s'était abattu sur la salle et que tous les regards convergeaient sur lui.

Se représentant brusquement le spectacle qu'il devait offrir, armé jusqu'aux dents et louchant sous les jupes de Samantha, il serra les dents. Cette rouquine le rendait fou !

Il louvoya entre les tables pour rejoindre Samantha et l'empoigna par le bras pour l'attirer à l'écart des oreilles indiscrètes.

– Qu'est-ce que c'est que cet accoutrement, bon sang ? Tu répètes pour une place d'entraîneuse au saloon ?

– Auriez-vous oublié que c'est vous qui m'avez imposé le port de la robe ? Je l'ai empruntée à Bernadette, voilà pourquoi elle est un peu trop courte. Maman tenait à ce que les jumelles portent un uniforme pour servir la clientèle, mais Bernadette étant... euh... elle souffre d'une indisposition passagère, et j'ai dû la remplacer au pied levé. Cela dit, je ne vous dois pas la moindre explication, alors lâchez-moi ! Je travaille, moi !

– Du travail, tu n'en as plus. Je ferme le restaurant. Tu peux avertir les clients qu'ils sont en train de déguster leur premier et leur dernier repas. Je vais dire deux mots à ta mère.

– A votre place, je n'en ferais rien. Maman est dans les plumes jusqu'au cou ! dit Samantha en lui bloquant le passage.

– Dans les plumes ?

Depuis qu'il avait remarqué qu'elle n'avait pas fermé les deux minuscules agrafes de son haut col, il ne cessait de promener le regard sur les autres boutons.

– Oui, au lieu de plumer les poulets, cet après-midi, Jeff s'est laissé entraîner vers la salle de billard par un de vos copains. Je ne crois pas que ma mère soit d'humeur à recevoir de la visite.

– Hé, Talbott, on était là avant vous ! Faites la queue comme tout le monde, protesta quelqu'un à l'autre bout de la salle.

Samantha en profita pour aller se réfugier à l'abri de la cuisine. Stan se rua à ses trousses, fasciné par le balancement voluptueux de ses hanches. Indéniablement, elle appartenait à la gent féminine, même si elle se démarquait du lot.

Emergeant de l'atmosphère feutrée du salon éclairé aux chandelles, il resta un instant interdit en plongeant dans la pagaille de la cuisine jonchée de poulets morts. Avant qu'il ait pu voir dans quelle direction elle filait, Samantha avait disparu dans cet antre de marmites bouillonnantes et de fourneaux fumants.

– Tenez, jetez-moi ça dans la cour.

Quelqu'un lui plaça une bassine d'eau sale entre les mains. Promenant le regard du récipient à la cuisine dont tous les plans de travail étaient couverts de casseroles brûlantes et de couteaux à découper, Stan convint que mieux valait mettre le cap sur la porte du fond. Il se fraya un passage entre les tas de plumes qui jonchaient le plancher, esquiva une demi-douzaine de jupes ondulantes et finit par découvrir Samantha en train de découper des poulets. Satisfait de l'avoir localisée, il sortit vider la bassine et revint aussitôt. Samantha avait encore disparu ! Fou furieux, il traversa la cuisine au pas de charge, convaincu de la trouver montrant ses chevilles aux clients qui termineraient la nuit au saloon, trop émoustillés pour dormir. Avait-elle seulement idée de l'effet qu'elle produisait sur les hommes ?

L'institutrice le rattrapa avant qu'il ait eu le temps d'atteindre la porte et, s'essuyant les mains à son tablier, elle lui sourit.

– Je peux vous préparer une assiette, monsieur Talbott. Notre poulet farci est un régal !

Il y avait bien longtemps qu'il n'avait dégusté mets aussi succulent... Malgré les protestations de son estomac qui criait famine, il refusa de se laisser distraire de ses priorités : chasser Samantha de cette infernale salle de restaurant.

Il répondit à l'institutrice par un petit coup de tête distrait avant de la bousculer pour sortir... manquant renverser Samantha qui courait en sens inverse avec son plateau de nouveau vide.

– Ah, enfin je vous trouve ! s'écria-t-elle en lançant le plateau à l'institutrice. Il y a une place à la table de M. Smith. Il souhaite vous parler d'un nouveau projet pour écouler votre bois de charpente.

Sans avoir eu le temps de dire ouf, Stan se retrouva à la table du négociant en train de discuter dimensions de planches pendant que Samantha lui portait une assiette du plus sublime des poulets farcis. Quelques gorgées de vin plus tard, il oubliait qu'il s'était promis de jeter les restauratrices à la porte pour se concentrer sur les bénéfices à tirer du marché que proposait Smith.

Stan avait dévoré tout ce qu'on lui avait servi et passé contrat quand il constata que la salle se vidait. La femme du forgeron donnait un coup de main à la jumelle pour desservir.

Samantha, elle, demeurait invisible. La peste ! Il lui en voulait d'avoir réussi à lui faire prendre un repas dans ce restaurant qu'il était venu interdire ! Et après avoir fait si bonne chère, sa colère était tombée.

Il remonta la rangée de tables vides, ressortit dans le vestibule et ouvrit à la volée la porte de la cuisine. Samantha lavait la vaisselle. Il bouscula de nouveau l'institutrice qui s'était postée sur son passage dès qu'elle l'avait vu paraître alors que tout le monde s'écartait, prévoyant l'orage. Samantha elle-même le regarda approcher d'un air résigné en s'essuyant les mains à son tablier. Stan la saisit par le bras et l'entraîna vers la porte du fond.

– Si vous croyez que ce sont des façons de traiter les femmes, monsieur Talbott, c'est que l'éloignement du monde civilisé vous a transformé en sauvage ! s'exclama-t-elle une fois dehors.

– Je te parie que tes clients sont tous partis se soûler au saloon, y compris ceux qui commencent leur journée aux aurores.

– Vous n'avez pas besoin des clients du restaurant pour remplir votre saloon, monsieur Talbott. Je ne vois pas pourquoi vous venez me chercher noise.

Elle recula pour échapper à cet empoisonneur et

se heurta le dos contre le mur. Stan appuya les paumes de part et d'autre de sa tête, l'enfermant entre ses bras.

– Les hommes se satisfont fort bien de vivre entre eux tant qu'il n'y a pas de femmes dans les parages. Mais dès qu'apparaissent une paire de hanches qui se tortillent et un bout de cheville, ils perdent la boule. Ils ne vont pas tarder à s'entre-tuer, et ce, par ta faute !

– Quelle ineptie ! Vos hommes ont plus de bon sens que vous ne leur en attribuez. S'ils veulent continuer à manger au restaurant, faites-leur confiance pour se tenir convenablement, monsieur Talbott.

Elle le fixait avec colère, sans la moindre peur. Son chignon bas sur la nuque dégageait son visage, mettant en valeur ses hautes pommettes. Un troisième des minuscules boutons de son col avait cédé. Elle n'écoutait rien de ses injonctions. De deux choses l'une : soit il l'étranglait, soit il l'embrassait.

Il n'hésita pas une seconde.

13

Sous le choc, Samantha se cramponna au mur quand Talbott, penchant la tête, posa les lèvres sur les siennes.

Elle éprouva d'étranges picotements dans le ventre, lorsque Stan la plaqua contre lui. Peu à peu, dans le froid du soir, ses lèvres brûlantes lui donnèrent envie de se pelotonner dans la chaleur de son corps viril, de fondre sous son baiser. De la langue, il dessina le contour de sa bouche, puis en mordilla le renflement pulpeux. S'enhardissant, il l'embrassa avec une telle passion que Samantha, prise de vertige, s'agrippa à sa chemise pour ne pas tomber.

Il l'étreignit avec force, l'écrasant contre lui en un lent mouvement de flux et de reflux. Haletante, elle s'abandonnait, le souffle coupé, près de succomber.

La porte de la cuisine claqua, et tous deux s'écartèrent si brusquement l'un de l'autre que Samantha trébucha. Stan lâcha un juron, fusillant du regard le trouble-fête qui hissait une bassine d'eau par-dessus la balustrade. Jetant un ultime coup d'œil à Samantha, il s'enfonça dans la nuit.

– N'était-ce pas Talbott ? demanda Jeff.

– Non, c'était le diable, gros malin ! Tu n'as pas vu ses cornes ? grommela Samantha en saisissant avec rage la poignée de la porte.

– Inutile de monter sur tes grands chevaux ! Je m'informais, c'est tout. Un gars le demande. Paraîtrait qu'il y a de la bagarre au saloon, et qu'ils ont besoin de renfort pour y mettre le holà.

Quand elle entra dans la cuisine, sa mère lui tendit une marmite à récurer.

– Cet homme démarre au quart de tour, dit-elle. A l'avenir, contente-toi de faire marcher le restaurant.

Une heure plus tard, quand elle alla se coucher, Samantha se palpait toujours pensivement les lèvres. Stan Talbott l'avait embrassée... Pire que cela, il avait tourmenté sa bouche jusqu'à susciter en elle des sensations inimaginables – attouchements qui l'auraient révoltée, venant d'un autre. Elle se cacha la tête sous l'oreiller, horrifiée que cela lui eût tant plu, honteuse de souhaiter renouveler l'expérience.

Stan rengaina son colt, observant d'un regard las Joe qui jetait deux autres chahuteurs dans la nuit froide. Rien de tel qu'un petit séjour dans la neige pour les ramener à la raison. Le lendemain, ils ne vaudraient pas grand-chose, à la mine comme à la scierie. Coups à la tête et doigts sectionnés, on compterait certainement plus d'accidents en un jour qu'en un mois – et tout cela par la faute de ces fichues bonnes femmes !

Comment résoudre le problème ? Engager un contingent de prostituées de San Francisco, ce qui aurait le double avantage de faire détaler les femmes honnêtes et d'assouvir les désirs frustrés par leur départ ? Mais une fois retrouvée la paix des corps, que ferait-il d'un plein saloon de filles vénales ? Sans compter que la plupart étaient souvent malades. C'était d'ailleurs pour cette raison qu'il se privait de leurs services lorsqu'il descendait en ville. Il se méfiait bien trop des affections vénériennes pour prendre le risque de payer à vie plaisir si éphémère.

Tout en montant à sa chambre, Stan imagina Samantha en train de se laver la bouche à la lessive de soude pour effacer la souillure de son baiser. En tout cas, il s'était fait clairement comprendre, même si c'était avec goujaterie. Il entra dans sa chambre et se dirigea vers la fenêtre. Soudain son instinct l'avertit qu'il n'était pas seul. Il pivota juste à temps pour voir une ombre se détacher du mur.

Il esquiva le coup, si bien qu'au lieu de l'assommer le canon de l'arme s'abattit sur son épaule blessée. Il étouffa un gémissement et décocha un violent coup de coude dans l'estomac de son agresseur. L'homme poussa un glapissement et recula d'un bond, mais une seconde plus tard, l'éclat d'une lame étincela à la lumière du couloir. Stan eut juste le temps de se laisser tomber sur le sol pour rouler loin de son adversaire dont le couteau fendit le vide.

D'une détente, Stan se releva. Trop tard. Comprenant qu'il n'avait plus l'avantage de la surprise, l'assassin avait déjà pris la fuite. Stan courut dans le couloir, inspecta l'escalier. Personne. La galerie ? Si l'intrus avait pris cette sortie, il avait déjà dû sauter par-dessus la balustrade ou dévaler l'escalier extérieur. Stan descendit au rez-de-chaussée, examina les rares clients qui traînaient encore au saloon avant de sortir dans la rue. Il ne remarqua rien d'inhabituel.

– Vous cherchez quelqu'un ? demanda Joe en surgissant soudain d'un recoin sombre du porche.

– Un type et le couteau qu'il voulait me planter dans le dos. Tu l'as vu ?

Joe éructa un juron coloré avant de scruter les ombres qui mangeaient le visage de son patron. Il lui trouva l'air plus las que furieux, chose étrange chez cet homme perpétuellement rongé de colère. Joe dégaina son arme avant de passer en revue les chevaux à l'attache.

– Ces canassons, ils sont là depuis plus d'une heure. Je vais jeter un œil dans les parages.

– Je ne l'ai pas entendu repartir, signe qu'il est à pied.

Et qu'il habitait à proximité. Poussant un grognement, Joe s'éloigna pour explorer la ruelle voisine tandis que Stan rentrait dans l'hôtel. Avec la pagaille qui sévissait depuis que la famille Neely avait débarqué au village, il avait presque oublié la première agression. Lourde erreur que de relâcher sa vigilance dans un monde peuplé d'inconnus.

Il aurait bien aimé pouvoir accuser les femmes puisque la première agression avait eu lieu le lendemain de leur arrivée. Mais Samantha l'avait sauvé. Pourquoi aurait-elle voulu le poignarder aujourd'hui ? Sans oublier que si une femme était montée dans ses appartements, ses clients l'auraient remarquée.

La coïncidence, cependant, le troublait. Et ce soir, l'ouverture du restaurant et l'épisode du baiser l'avaient distrait. Mais qui pouvait savoir que... ?

Agacé, il lança son chapeau sur sa table de toilette et ôta son manteau. Au diable cette fichue rouquine ! S'il avait envie d'une femme, l'institutrice ou la veuve Black ne demandaient qu'à l'accueillir à bras ouverts. Qu'avait-il à faire de ce trublion femelle qui risquait de le scalper s'il la touchait encore ?

Elle allait finir par le rendre fou, cette fille, à le narguer dans sa crinoline ridicule ! La bise de décembre la faisait voltiger, dévoilant dentelles et volants affriolants. C'était inouï ! Samantha avec des dentelles et des volants ? Et des rubans. Il lui avait bien semblé apercevoir un ruban bleu qui retenait son bas.

Les autres femmes avaient la sagesse de rester à l'intérieur, par un temps pareil. Pas Samantha !

C'était la première fois qu'il la voyait en robe à crinoline. L'asticoter pareillement, alors qu'il était là pour deviner qui, parmi ses hommes, essayait de le tuer...

– Jeff ! Jeff Neely, où te caches-tu ? cria-t-elle.

Stan leva les yeux au ciel et reposa les pieds sur le plancher. Il avait vu le jeune démon se faufiler derrière l'hôtel pour aller creuser dans la cour, à l'abri des murs. A quoi bon l'en déloger ? Il ne creuserait pas bien profond, dans la terre gelée. Il aurait dû être à l'école, le monstre, mais la nouvelle institutrice ne déployait guère de zèle éducatif, sans doute parce que personne ne lui avait proposé de salaire.

Jeff Neely aurait eu besoin qu'on le tienne à l'œil. Il avait jusqu'alors réussi à soûler une des mules, qui en avait cassé sa stalle, et poursuivi ses expériences sur les effets de l'alcool avec deux poulets, un chat de gouttière et un chien errant. Il avait mis le feu à une balle de foin en s'amusant avec une loupe ; fracassé la vitrine du bazar en tentant de transformer un derringer en revolver et avait failli se trancher la main en essayant d'imiter Stan au lancer du couteau.

Stan rattrapa Samantha au moment où elle tournait le coin du saloon et se planta devant elle. Ces derniers temps, elle l'évitait. Dans la ruelle étroite, les amples cerceaux de sa crinoline la prenaient bel et bien au piège. Il repoussa son chapeau en arrière, prit le temps d'examiner la cage monstrueuse avant d'attaquer :

– Espérais-tu que cet accoutrement te permettrait de t'envoler comme un cerf-volant ?

– Rien ne me plairait davantage, si c'était possible. Auriez-vous aperçu Jeff ? demanda-t-elle, écartant avec agacement une mèche qui lui tombait sur la figure. Il est de corvée d'épluchage.

– Ma foi, on ne peut pas lui reprocher de se cacher pour éviter une tâche réservée aux femmes, dit-il, croisant les bras sur sa poitrine par mesure de précaution.

Elle le gratifia d'un regard empli de mépris et, sortant à reculons de l'allée :

– Fort bien, je me passerai de votre aide et j'irai le chercher ailleurs. Bonne journée, monsieur Talbott.

Stan la trouvait beaucoup trop divertissante pour la laisser s'échapper.

– Il va falloir que quelqu'un se charge de lui mettre du plomb dans la cervelle, à ce garçon, sinon il va causer de sérieux dégâts au village.

Samantha, parvenue au coin du saloon, lui cria :

– Pour le genre d'exemples masculins dont il dispose ici... Avec un peu de chance, il prendra modèle sur vous et, une fois adulte, il terrorisera les femmes et poussera les hommes à l'alcoolisme.

Ces critiques le firent sourire. Samantha était la seule à savoir le dérider – et sans même plaisanter, en plus ! Fasciné, il s'élança dans son sillage et, guettant le balancement de la crinoline sur ses hanches, attendit que le bas de sa robe retombe comme un balancier sur le sol pour y écraser le talon. Sentant un tiraillement à la taille, Samantha s'arrêta brutalement.

– J'ai un marché à te proposer.

Elle ne put pivoter que d'un quart de tour, car le pied de Talbott entravait ses mouvements.

– Vos marchés ne m'intéressent pas, monsieur Talbott.

– Et si je réussissais à convaincre ton cousin de se soumettre à la corvée d'épluchage et de se tenir bien jusqu'à la fin de la semaine, ça te conviendrait ?

– Qu'exigeriez-vous en contrepartie ?

Il l'étudia, du petit chapeau à la veste en velours égayée d'un gros nœud dans le dos et aux mètres d'alpaga qui se déployaient par-dessus les cerceaux – une vraie dame, féminine à en perdre la tête.

– Un baiser !

– Et si vous échouez ?

– Tu auras le droit de te remettre en pantalon.

Elle lui adressa un sourire rayonnant. Et, n'eût été l'encombrante crinoline, elle lui aurait peut-être sauté au cou. Se contentant de lui tendre la main, elle décréta, certaine de son échec :

– Marché conclu, monsieur Talbott.

Elle ne portait pas de gants, certes, mais comment lui reprocher de ne pas avoir adopté en bloc tous les us de son sexe ? Elle avait une poigne solide et c'était bon de sentir sa main longue et fine nichée au creux de sa paume.

– Je vous amène Jeff à la minute, promit-il en rabattant son chapeau sur le front.

Il remonta l'allée jusqu'au jardin situé derrière l'hôtel. Le galopin, jamais à court d'imagination, était allongé à plat ventre au sommet de la treille d'où il observait à la jumelle une des chambres de l'hôtel... celle de la veuve Black. Si jeune et déjà curieux de femmes nues... Mais il n'était pas au bout de ses surprises, le chenapan.

Stan se faufila sous la tonnelle, sortit son couteau pour sectionner quelques-uns des troncs noueux les plus vieux grâce auxquels le treillis vermoulu tenait encore debout, puis empoigna une latte de bois pourri et tira dessus. Tout le centre de la treille s'effondra, entraînant Jeff qui atterrit juste aux pieds de Stan. Ce dernier le poussa doucement du bout de sa botte. Sans détacher de son bourreau son regard lourd de méfiance, Jeff tenta de se dégager de l'entrelacs de lianes et de bois.

– Et si je m'étais cassé le cou en tombant ? accusa-t-il avec hargne.

– Tu aurais pu te casser le cou et agoniser tout seul pendant des jours, si je n'étais pas passé dans les parages. Imagine un peu que la veuve Black t'ait aperçu par la fenêtre, qu'elle ait rameuté les villageois qui seraient venus t'abattre d'une balle de fusil ! Il va falloir qu'on se mette d'accord, toi et moi.

Jeff frottait furieusement son manteau où s'accrochaient des vrilles, baissant les yeux, rouge de honte.

– Je te conseille d'obéir à ta tante et à tes cousines, mon garçon.

– C'est pas se mettre d'accord, ça, c'est se comporter en esclavagiste, s'emporta l'enfant en époussetant le fond de son pantalon.

– Il n'y a pas trente-six solutions, grommela Stan en ôtant une brindille accrochée à son col. Tu obéis ou je te tanne les fesses. Si tu te montres obéissant, et si ton attitude me satisfait, je te donnerai un livre plein de femmes nues.

Les yeux du garçon s'allumèrent comme des lanternes.

– Un livre entier rempli de sauterelles à poil ? Qu'est-ce que c'est, comme bouquin ?

Stan se garda de préciser qu'il s'agissait d'un manuel d'anatomie. Il s'était gagné quelques jours de tranquillité, avant que le chenapan retourne à ses frasques.

– C'est un très bon livre, si tu saisis l'allusion. Et maintenant, file à la corvée de pluches.

A la fin de la semaine, Samantha aurait retrouvé ses pantalons et la vie aurait repris son cours normal. Dans l'intervalle, Stan avait un assassin à capturer.

14

– Tu es sûr qu'on ne t'attend pas ailleurs ? demanda Stan à Jeff la Peste qui se faufilait dans son bureau pour fouiller dans les rayonnages de livres.

Il s'était enfermé dans cette pièce pour faire les comptes du mois et s'était finalement retrouvé à dresser trois listes : celle des hommes qu'il avait vus au saloon, le soir où on l'avait attaqué dans sa chambre, celle des mineurs et des scieurs descendus au village et celle des gens qui le détestaient au point de vouloir l'abattre – cette dernière d'une longueur déprimante.

Il fusilla Jeff du regard. Le garçon avait passé

toute la semaine dans son ombre. Après avoir fait comme s'il n'était pas là, Stan avait essayé de le mettre à contribution. Cela avait commencé par l'inventaire du stock de whisky. Quand il l'avait surpris en train de goûter la marchandise, il avait renvoyé le délinquant à sa tante... qui ne l'avait pas gardé longtemps dans ses jupes.

– Elles sont en train de faire des tourtes et m'ont envoyé promener, expliqua Jeff, sans cesser de braquer son regard perçant sur les étagères.

Devinant ce qu'il cherchait, Stan réprima un sourire. Avant l'apparition des Neely, un seul de ses froncements de sourcils suffisait à terroriser le village ; depuis, même en y ajoutant un rugissement, il n'effrayait plus cette demi-portion de gamin. Difficile, dans ces conditions, de garder son autorité auprès des hommes qui finissaient par se demander si le patron était si dangereux que ça quand ils apercevaient Jeff la Peste tranquillement assis à ses pieds.

– Ravi de constater que l'obéissance te rentre dans le crâne, ricana Stan en se levant pour tendre à Jeff une liasse de feuilles. Tiens, voilà l'occasion de te rendre utile en prouvant que tu sais obéir et que tu t'y connais en calcul. Fais-moi cette addition.

– Mes doigts n'y suffiront pas ! s'exclama Jeff après avoir jeté un coup d'œil à l'interminable colonne de chiffres.

– Parfait. Ça te tiendra occupé, pour une fois.

Et Stan l'abandonna à la solitude du bureau. La veuve Black se plaignait de ne pas avoir suffisamment de bois pour le poêle de sa chambre et Stan avait davantage envie de jouer les bûcherons que les comptables. En outre, comme on le croirait enfermé dans son bureau à sa comptabilité, personne ne viendrait le chercher dans les bois.

Revenant à son tueur, il se demanda qui pouvait bien avoir envie de l'éliminer. S'il n'avait pas atteint la prospérité à coups de ronds de jambe et de flatteries, il se considérait comme un patron correct qui ne forçait personne à travailler pour lui. Ses hommes auraient pu aller ailleurs ; et s'il se montrait exigeant à l'ouvrage, il payait bien. Et puis quel profit auraient-ils à tuer un patron dont le décès les eût privés d'emplois à la mine, à la scierie, à l'hôtel qu'il faudrait fermer ?

La bûche éclata sous les coups de hache qui la réduisirent en allumettes. Il n'y avait qu'une personne qui aurait tiré profit de sa mort et elle l'avait déjà dépossédé, lui prenant jusqu'à son nom. Mais Melinda ne savait pas où il se cachait. Pourquoi iraitelle imaginer qu'elle pourrait lui soutirer autre chose ? A supposer qu'elle le retrouve, chose difficile puisqu'il avait soigneusement brouillé les pistes.

Pour en revenir aux suspects locaux... Le Dr Ramsey le détestait en bloc, mais sa haine le pousseraitelle au crime ? Il habitait déjà le village quand Stan y était arrivé et passait sa vie à se soûler au whisky quand il ne charcutait pas ses patients. Puisque, financièrement, le médecin ne dépendait pas de Stan, sa mort ne lui aurait rapporté que pure satisfaction. Sans compter qu'il était si piètre tireur qu'il n'aurait pas abattu un grizzli à bout portant.

La liste des suspects habiles au tir et au lancer du poignard était longue car, pour rester en vie dans ces contrées sauvages, il fallait savoir se servir d'une arme. Jusqu'à cet idiot de Donner qui savait manier le couteau... pour tailler des meubles, il est vrai. Sans oublier Samantha.

Pourquoi ne pas retenir l'hypothèse d'un désaxé qui se serait mis en tête de le châtier pour une faute imaginaire ? conclut Stan. Il fit voler en éclats la dernière bûche avant de rassembler une brassée de petits bois à monter à la veuve Black.

Il déposa son fagot devant la porte, décampa pour échapper au babil de perruche de la veuve et prit le chemin du bazar. Encore une chose qu'il n'avait pas voulu faire. S'il avait maintenu une certaine activité commerciale pour que ses hommes trouvent le nécessaire au village, Stan n'aimait pas le commerce. Mais à présent que le magasin restait ouvert à plein temps et vendait de tout, il fallait l'inspecter. D'autant qu'il avait investi une sacrée somme pour reconstituer le stock, cédant aux instances de la petite sœur de Samantha.

Il poussa la porte, étonné de découvrir les jumelles. Derrière la caisse, ce devait être Harriet, car c'était elle la gérante en titre, repère qui lui permettait de les distinguer l'une de l'autre. Il contourna une table couverte de coupons de tissu et marcha droit vers la caisse.

– Je vous croyais en train de faire de la pâtisserie ?

– Les gâteaux sont prêts à être enfournés, ce dont s'occupe maman. Vous avez besoin de quelque chose ? demanda Harriet en s'écartant.

– Oui : la preuve que je ne fais pas faillite en finançant tant d'articles inutiles. Où sont les livres comptables ?

Harriet sortit un registre de sous le comptoir.

– Tout y est consigné. La plupart des achats ont été consentis à crédit, si bien qu'il ne vous restera plus qu'à retirer les sommes des paies de vos hommes le premier du mois.

– Du crédit !

Stan eut la satisfaction de voir l'angélique gérante se ratatiner légèrement à ce cri d'indignation, preuve qu'il possédait encore le pouvoir d'en terrifier certaines.

– Qui vous a autorisée à leur vendre à crédit alors que vous ne savez même pas ce qu'ils gagnent ? Et s'ils vivent au-dessus de leurs moyens et filent en laissant une énorme ardoise ?

Harriet redressa les épaules, pinça les lèvres, exactement comme Samantha.

– Le moyen de faire marcher une boutique sans consentir du crédit ? Les clients comptent dessus. Aussi ai-je demandé à M. Joe de m'indiquer discrètement le salaire de chacun de vos employés. Je ne leur autorise que cinquante pour cent d'endettement. J'imagine que les cinquante pour cent qui leur restent, ils les dépensent dans votre saloon...

Diable ! Depuis qu'il avait cessé de les fréquenter, les femmes avaient fichtrement développé leurs capacités intellectuelles ! Mais si Harriet était à ce point finaude, qui sait si elle ne le volait pas à tour de bras ? Il emporta le registre et retraversa le bazar en annonçant :

– Je vous le rapporte sans tarder.

– Nous avons aussi le brouillard sur lequel je note les ventes à mesure et qui va avec le registre comptable, monsieur Talbott, lui cria-t-elle. Vous le voulez ?

Le « brouillard » ? Il tendait quand même la main pour le prendre quand l'autre jumelle courut le lui porter. Comme si le sort s'acharnait sur lui, il vit Samantha traverser la plaza en courant – pour protéger ses petites sœurs contre un coup de dent du grand méchant loup ? Elle ne portait pourtant pas sa carabine... peu pratique depuis qu'elle devait soulever ses jupons pour marcher. Ah, il allait finir par les dompter, ces Neely ! Jusqu'à Jeff qui se tenait à peu près tranquille – et la semaine était presque terminée.

– Où est Jeff ? lui demanda-t-elle. Il y a de la fumée qui sort de derrière l'hôtel et mon cousin a un dangereux penchant pour la pyromanie. Je me demandais si c'était vous qui brûliez...

Elle empoigna ses jupes pour se lancer dans le sillage de Stan qui se rua vers l'hôtel. Non, il n'avait pas laissé brûler de feu à l'hôtel ; il avait l'habitude du froid, lui. Il pivota et refoula Samantha qui s'était engouffrée à sa suite dans l'allée latérale donnant sur l'arrière de l'établissement, d'où s'échappait une fumée âcre.

– Reste ici. Tes fichus jupons pourraient prendre feu si jamais il y a un incendie dans la cour. Puisque tu tiens à te rendre utile, trouve-moi Joe. Dis-lui de réquisitionner des sauveteurs.

L'escalier, côté jardin, était en bois ; un tas de bûches s'élevait dans un coin et les hommes avaient entreposé un peu partout du bois de construction destiné aux réparations. Si l'incendie gagnait, la cour entière s'embraserait et, en moins de cinq minutes, le feu se propagerait aux bâtiments voisins disposés en carré autour de la place.

Mais non, ce n'était pas la cour qui était en feu ; c'était l'hôtel. Stan cracha une bordée de jurons, ramassa au passage une hache et un plein seau de terre avant de prendre la direction de son bureau par la fenêtre duquel sortaient des nuages de fumée. C'était là qu'il avait laissé Jeff.

A peine eut-il brisé la vitre que les flammes jaillirent, attisées par le courant d'air, et quand il tenta de les étouffer en jetant de la terre par l'ouverture, une fumée plus épaisse s'en dégagea. Il s'enveloppa alors le bas du visage dans sa veste et entra dans la maison par la porte de la cuisine. De la fumée courait le long du haut plafond du vestibule. Il s'engouffra dans le bureau.

Pas trace de Jeff à l'intérieur. En fait, le feu venait de l'étage supérieur, comme l'indiquaient les flammes qui descendaient entre les lames du plafond, léchaient les rayonnages de livres et se propageaient vers le tapis. Le feu avait dévoré certaines des poutres transversales qui ne tarderaient pas à s'effondrer.

Une course précipitée ébranla le vestibule. Les sauveteurs ! S'étaient-ils au moins munis de seaux d'eau ? Pas le temps de vérifier. Des appels au secours retentirent à l'étage – une voix de garçonnet.

Il grimpa à toute vitesse au premier et se retrouva environné d'épais nuages de fumée qui le contraignirent à avancer à quatre pattes en direction des cris. Le feu devait avoir pris dans les chambres situées au-dessus du bureau et non pas dans le couloir dont le plancher était intact.

Les cris – de Jeff – venaient de devant, de ses appartements personnels. Stan regretta de ne pas être monté par l'escalier extérieur. Pourquoi diable Jeff n'était-il pas sorti par cette issue ?

Comme pour répondre à sa question, un des montants dudit escalier s'écrasa dans la cour dans une gerbe d'étincelles, interdisant la seule autre issue de sa chambre.

Samantha vit avec terreur une fenêtre du premier étage dégorger un épais tourbillon de fumée. Des hommes armés de pelles et de seaux accouraient de toutes parts. La situation paraissait désespérée. Des langues de feu léchaient la charpente qui soutenait les tuiles. On transportait au pied de la bâtisse des tonneaux d'eau de pluie couverts d'une couche de glace, avant de casser celle-ci et d'emplir des seaux. Samantha entendit un chariot chargé de barriques s'ébranler dans un grincement de roues en direction du cours d'eau le plus proche... à l'autre bout du village. Jamais ils ne parviendraient à sauver l'hôtel.

Et Stan ? Où était-il ? Des hommes, sur la galerie, jetaient des seaux d'eau par les portes et les fenêtres, soulevant des tourbillons de fumée.

C'est alors qu'elle entendit elle aussi le hurlement de Jeff. Stan était parti le secourir ! Sans réfléchir, elle tira sur sa jupe pour la détacher du bustier, ôta ses jupons dont elle enjamba le tas. Elle se retrouva en culotte et bustier, tenue autrement plus légère que cet amas de fanfreluches terriblement inflammables.

Jetant les convenances au vent, et suscitant un

concert de protestations de la part des jumelles et de sa mère, elle dévala l'allée en courant. Les hommes se moqueraient bien d'exécuter ses ordres, aussi décida-t-elle de procéder seule au sauvetage qui s'imposait.

A force d'efforts, Joe l'Indien et des équipes avaient presque réussi à éteindre le feu dans le bureau, mais n'avaient pu sauver l'escalier de derrière qui s'était effondré. Ce qui ne laissait qu'une solution – à laquelle aucun de ces nigauds n'avait pensé.

Jeff ne criait plus ; Stan demeurait invisible. Se trouvaient-ils tous deux prisonniers de la fournaise, au premier étage ?

La vieille échelle était toujours à la même place, dans l'allée. Elle ne semblait pas spécialement solide et n'aurait pas tenu longtemps sous le poids d'un homme adulte, mais Samantha était légère et leste. Elle l'appuya contre le mur et entreprit d'en gravir les barreaux. Quand les autres l'aperçurent en l'air, le Dr Ramsey lui brailla des railleries tandis que d'autres accouraient à toutes jambes pour la détourner de son projet. Trop tard. Quelqu'un eut la présence d'esprit de tenir l'échelle pour la stabiliser, ce qui lui permit d'attraper la partie inférieure de la fenêtre à guillotine qu'elle ouvrit en faisant coulisser la vitre vers le haut.

Bravant la fumée, elle enjamba le rebord de la fenêtre à l'instant où une langue de feu se glissait par-dessous la porte à l'intérieur de ce qui ressemblait à un salon. Le crépitement du feu la fit hésiter malgré sa téméraire détermination.

– Ouf ! fit une voix, si proche que Samantha crut mourir de peur.

De soulagement, aussi, car c'était Stan qui la rejoignait à la fenêtre, transportant Jeff inanimé. Il poussa une exclamation de stupeur devant la légèreté de sa tenue avant de lui ordonner :

– Va dire à ces idiots de monter chercher ton cousin. Il faut que je retourne sauver la veuve Black.

– Ils les ont déjà sortis de l'hôtel, son fils et elle. L'échelle ne tient presque plus. Je vais descendre et, quand je serai au milieu, vous me passerez Jeff. Ensuite, espérons que l'échelle tiendra suffisamment pour que vous puissiez nous suivre à votre tour, cria Samantha en disparaissant de sa vue dans une quinte de toux.

Il n'avait guère le choix. Si le feu était à peu près maîtrisé, la fumée était suffocante. La fenêtre demeurait la seule issue possible. Quand il passa Jeff à Samantha, l'échelle oscilla dangereusement. La jeune fille s'y cramponna, attendant que les sauveteurs, en bas, aient compris la manœuvre.

Ramsey se jucha sur une caisse et tendit les bras pour attraper Jeff. Samantha poussa un soupir de soulagement, se hâta de descendre les derniers barreaux et, une fois à terre, ne détacha plus les yeux de Stan qui se glissait par la fenêtre.

L'échelle se brisa avant qu'il l'ait descendue à moitié. Par chance, la sentant céder, il eut juste le temps de sauter en se propulsant assez loin pour éviter de la recevoir sur la tête. Mais il tomba à la renverse et percuta le sol de sa mauvaise épaule. Ce qui ne l'empêcha pas de se relever bravement pour emboîter le pas aux hommes qui emportaient Jeff vers la mission.

Samantha s'élança à leur suite, mortellement

effrayée par le visage sans vie de son cousin. Tremblant de tous ses membres, elle tourna le coin de l'hôtel. C'est l'instant précis que choisit Stan pour arracher Jeff aux bras de Ramsey et le jeter par terre.

15

Quand elle arriva à leur hauteur, Stan faisait du bouche-à-bouche à Jeff. Le cri de la veuve Black s'éleva d'on ne sait où, tandis que des colonnes de sauveteurs armés de seaux d'eau faisaient la chaîne. Une des jumelles apporta à Samantha une couverture dont elle s'enveloppa machinalement tant elle était absorbée par le sauvetage qui se déroulait à ses pieds.

Stan pressait par à-coups sur le torse de Jeff pour en faire sortir la fumée avant de recommencer le bouche-à-bouche. Le garçon ne remuait pas. Sinistre présage.

Quand elle découvrit sa mère à son côté, Samantha lui prit la main, se laissa étreindre sans même sentir la douleur. Grand et fort comme l'était Stan, il aurait pu broyer le torse de Jeff. Au lieu de cela, il se concentrait pour procéder avec délicatesse, lui appuyant sur la cage thoracique et lui soufflant dans la bouche à tour de rôle, il s'acharnait de toutes ses forces à sauver un garçon pour lequel il n'éprouvait pas la moindre affection.

Comment détester un homme qui mettait l'énergie

du désespoir à sauver un enfant qu'il avait déjà arraché aux flammes ? Ce sans-cœur, cet ours mal léché qui menait la vie dure à tout le monde lui apparaissait sous un jour neuf. Et même s'il retrouvait dans l'instant son personnage haïssable, elle n'oublierait pas ce qu'il dissimulait derrière la façade qu'il présentait au monde.

Les larmes roulaient sur les joues de Samantha quand Jeff remua enfin, se débattit pour échapper à Stan qui lui écrasait le torse. Tombant à genoux, elle le prit dans ses bras et l'étreignit. Mme Neely s'approcha de Stan. Samantha n'osait lever les yeux vers lui. L'émotion qui vibrait entre eux en cet instant était si fragile qu'un regard trop appuyé aurait tout brisé.

Toujours agenouillé au milieu de la rue, Stan tituba légèrement lorsque Samantha se chargea de son cousin. Il avait le cerveau vide et sentit à peine la main fraîche qui passait en revue les brûlures qu'il avait aux bras. Il ne voyait que le garçon à qui il avait rendu la vie, et qui toussait, se tortillait pour échapper aux hommes qui le soulevaient. Ce garçonnet ne remplacerait jamais son enfant mort ; pourtant cela le soulageait de l'avoir sauvé. Stan, apaisé, s'abandonna aux soins de Mme Neely.

Le temps qu'il retrouve ses esprits, l'incendie était maîtrisé. Il avait atrocement mal aux mains, encore plus à l'épaule et, après un coup d'œil atterré aux murs noircis de son hôtel, il se laissa emmener par les dames Neely qui revenaient le chercher après avoir installé chez elles Jeff et les autres brûlés.

Alors qu'il s'attendait à une scène de pagaille, les jumelles, très organisées, avaient fait asseoir leurs patients qui sirotaient du café comme des invités, trop heureux d'oublier leurs souffrances en regardant les femmes s'activer. La veuve Black, elle, se montra un peu plus remuante. Dès l'entrée de Stan, elle se rua vers lui. Le cheveu en bataille, la robe en lambeaux, elle avait eu plus de peur que de mal. Stan la repoussa.

– Toutes mes affaires se trouvaient là-haut, dans la chambre, monsieur Talbott, geignit-elle. Que vais-je devenir, maintenant ?

– Vous ferez sans, lâcha Stan qui avait retrouvé sa froideur et son indifférence habituelles.

Il ne songeait plus qu'à traquer pour l'abattre l'infâme pyromane qui avait mis le feu à l'hôtel – car il ne pouvait s'agir que d'un incendie criminel allumé dans sa chambre avec le petit bois qu'il avait déposé devant chez la veuve Black.

Il fit mentalement l'inventaire des présents et des absents tandis qu'il traversait la salle de séjour pour gagner les chambres de derrière où Samantha avait conduit son cousin. Une liste de plus... Mais un jour, la vérité en surgirait.

Samantha ne manifesta pas la moindre surprise quand il entra, se rendant enfin compte qu'elle ne portait que ses dessous. Assis sur son lit, Jeff essayait d'avaler une tisane entre deux quintes de toux.

– Vous aussi, vous devriez boire de la tisane curative de maman, lui conseilla-t-elle.

Constatant alors qu'il mourait de soif, Stan s'en servit un verre, mais quand il tenta de lever le bras pour le porter à ses lèvres, son épaule resta bloquée. Avant qu'il ait eu le temps de réagir, Samantha lui avançait un fauteuil dans lequel elle l'installa tendrement.

– Vous vous êtes encore blessé à l'épaule ! Ôtez votre chemise. Je vais appeler maman à la rescousse.

Stan la repoussa.

– Je n'ai pas besoin d'une infirmière !

Et il se tourna vers Jeff tout en buvant sa tisane à petites gorgées. Le garçon l'observait avec méfiance. Lui trouvant les pupilles dilatées, Stan se releva pour lui prendre le pouls et écouter sa respiration.

– Tu survivras, conclut-il en se remettant à siroter sa tisane. Et maintenant, raconte-moi ce qui s'est passé.

– Fichez-lui la paix ! s'écria Samantha. Il a besoin de repos. Il ne s'en ira pas et vous, vous avez besoin qu'on examine votre épaule. Vous le questionnerez quand vous aurez tous deux recouvré des forces.

Ulcéré, Stan la foudroya du regard. Cette petite insolente ne se rendait même pas compte qu'elle était à moitié nue ! Il lorgna avec convoitise le renflement de son bustier, faillit y plonger la main. Il se reprit à temps et, avec un grognement, se leva et poussa la tentatrice vers la porte.

– D'accord. A présent, file mettre un pantalon avant que tes charmes n'affriolent mes hommes.

Elle leva vers lui ses yeux arrondis par la surprise, les baissa vers sa tenue et, s'empourprant, détala sans demander son reste.

Stan se rassit près du lit, ivre de désir.

– Raconte-moi ce qui s'est passé ! ordonna-t-il à Jeff.

– Ben, ça a commencé à sentir la fumée... alors

je suis sorti voir d'où ça venait. Des fois que quelqu'un aurait été en danger.

– Parce que, évidemment, il ne t'est pas venu à l'idée de courir chercher de l'aide ! rétorqua-t-il, exaspéré par la naïve témérité des Neely.

– Mon père, lui, ne serait pas allé chercher du secours, répondit Jeff, soudain buté.

Le garçon avait apparemment placé son père sur un piédestal. Cédant à un mouvement de compassion, Stan reprit d'une voix radoucie :

– Je comprends. Et tu as bien fait de monter au premier alerter du danger d'éventuelles victimes. Qu'as-tu vu ?

Jeff prit une profonde inspiration, qui se changea en une violente quinte de toux. Stan se précipita et le soutint jusqu'à ce que la crise fût passée. Jeff se blottit entre ses bras et se mit à pleurer.

Ce fut le moment que choisit Samantha pour entrer dans la pièce. Elle portait une chemise d'homme, un gilet et un jean qui ne cachait rien du galbe de ses hanches ni de la finesse de sa taille. Elle était si belle, si fraîche, que Stan, se sentant trop vieux pour tant de jeunesse, appuya la tête contre le montant du lit et ferma les yeux, Jeff blotti contre lui comme s'il n'avait pas remarqué le retour de sa cousine.

D'un regard, Stan signifia à Samantha de les laisser seuls. La jeune femme observa la scène d'un air méfiant puis, apparemment rassurée, ressortit.

Stan reprit son interrogatoire.

– Eh bien, qu'as-tu vu, au premier étage ?

Jeff renifla et, avec un haussement d'épaules qui se voulait viril :

– La fumée sortait de votre chambre. J'ai ouvert la porte. Il y avait des flammes partout. J'ai crié et puis j'ai voulu aller prévenir la veuve Black, mais une poutre s'est écroulée et m'a bloqué le passage. Après, je ne me rappelle plus grand-chose.

– Tu as vu quelqu'un quand tu étais dans le bureau ? Par la fenêtre... quelqu'un dans le couloir... un indice suspect ?

– Vous croyez que quelqu'un a allumé l'incendie exprès ? fit Jeff en se dressant sur son séant.

– Tu vois une autre explication ?

– Hé ! C'est pas moi ! protesta le gamin en écarquillant les yeux.

– Je ne t'accuse pas. Simplement, il n'y avait rien dans mon bureau qui ait pu prendre feu tout seul.

– Et le poêle de la veuve Black ?

Peu probable, d'après les traces laissées par l'incendie.

– Je vérifierai. Repose-toi. Si un détail bizarre te revient, fais-moi appeler. Et la prochaine fois, commence par demander de l'aide. On court moins de risques à travailler en équipe. Cela dit, c'était courageux de ta part de tenter de secourir la veuve Black.

– Je m'en souviendrai, déclara Jeff avec solennité, le visage rayonnant de fierté.

Stan s'efforça de rester insensible au regard d'admiration que Jeff fixait sur lui. Il ne voulait pas que le garçon l'admire. Il préférait inspirer le mépris ou la peur.

Samantha observait par la fenêtre les hommes monter et descendre pour réparer les solives, poser des planchers neufs, inspecter la galerie. A l'exception de quelques cadres de fenêtres roussis, une fois réparé, l'hôtel serait plus beau que jamais. Quant à Talbott, qui sait où il avait bien pu passer les nuits, par un froid pareil ?

Samantha quitta la fenêtre. Janvier était arrivé sans apporter de nouvelles de son père et quand elle avait proposé à sa mère de descendre jusqu'à la ville la plus proche, Mme Neely avait refusé catégoriquement. Elle aurait pourtant pu glaner de précieux renseignements sur Emmanuel Neely – un excentrique tel que lui ne passait pas inaperçu. Or elle ne pouvait ni descendre seule à cheval dans la vallée, ni emmener une des jumelles, ni se faire escorter d'un des hommes.

Cela se serait passé différemment si elle était née homme, conformément au rêve de son père. Malgré sa déception, M. Neely avait aimé ses filles... à sa façon, leur fabriquant des poupées articulées, des dînettes incassables. Or poupées et dînettes ennuyaient Samantha qui rêvait de suivre partout son père, ce héros, et de l'imiter en tout. Grand cœur, il lui avait passé ce caprice comme il passait ceux de tous les siens.

Dès lors, pourquoi avait-il disparu sans prévenir ? Jamais il ne les avait laissées dans une telle inquiétude. Il se trouvait certainement quelque part à attendre que son aînée vienne le chercher. A moins, évidemment, qu'il n'ait péri dans un accident. Mais, dans ce cas, un témoin aurait trouvé sur lui des documents permettant de l'identifier, de prévenir la famille. Sauf si on l'avait assassiné et qu'on ait fait disparaître le cadavre...

Comme les lieux de promenade étaient limités, Samantha alla flâner jusqu'à l'hôtel, principal foyer d'activité. Elle tomba sur Stan qui dirigeait la réfection de la charpente, dans la cour de derrière. A ses pieds, Jeff mesurait le bois que Joe l'Indien scierait à la longueur indiquée.

Stan lui jeta un coup d'œil puis revint à son ouvrier.

– Qu'est-ce que tu veux ?

Elle enfonça les poings dans les poches de son jean.

– Je venais vous proposer mon aide.

Qui sait pourquoi, elle se sentait tout aussi gauche en pantalon qu'auparavant en robe.

– Va donc tirer les écureuils !

– Nos réserves de porc et de bœuf sont suffisantes, répondit-elle, agacée qu'il ne la regarde pas.

– Dans ce cas, tricote-toi une écharpe.

– Je ne sais pas tricoter. J'en ai assez de me tourner les pouces. Je veux me rendre utile. C'est une treille qu'on aperçoit là-bas ?

Déconcerté par cette question imprévue, Stan la regarda enfin.

– Pourquoi ? Ça n'y ressemble pas ?

– Une bonne taille ne lui ferait pas de mal. Chez nous, dans le Tennessee, j'ai essayé de faire pousser certains cépages, mais je n'ai jamais réussi à en acclimater un seul. Elle donne bien, cette vigne ?

– Comment le saurais-je ? Je ne suis pas jardinier.

– Moi, si. Mon père m'a écrit qu'il m'avait acheté la plus belle vallée du pays pour que j'y installe mon jardin, mais personne ne sait où se trouve cet éden. Ça vous dérangerait que j'aille examiner cette treille de plus près ?

Elle s'éloigna sans attendre la permission. Stan la suivit des yeux, sous le charme de sa voix rauque et sensuelle, troublé par le balancement de ses hanches.

Elle était aussi seule et désœuvrée que lui, dans la vie. Pourquoi ne pas lui montrer où trouver ce qui leur manquait à tous deux ?

16

Stan tentait en vain de chasser Samantha de son esprit et de se concentrer sur les travaux. Il se surprenait à guetter ses longues jambes à travers la tonnelle, à dresser l'oreille quand elle appelait Jeff pour le déjeuner de sa belle voix sensuelle.

Et la séductrice passait désormais des heures à élaguer l'antique treille avec mille précautions, déroulant des mètres de pampres emmêlés aux lattes vermoulues.

Il cria à Joe de lui monter un chargement de planches. Pas de réponse. Quand il le découvrit sous la treille, il ne put contenir sa fureur. Il traversa la cour au pas de charge, fendit le groupe d'ouvriers qui s'écartaient sur son passage et arriva derrière Joe. Profitant de ce qu'il ne l'avait pas vu, il lui hurla dans le tuyau de l'oreille :

– Eh bien, on flemmarde ?

Joe sursauta si violemment qu'il manqua se lacérer la paume avec le sécateur. Mais il se reprit et tendit à bout de bras l'outil à la main féminine qui apparaissait entre les branchages.

– Elle va se tuer, à tailler à une telle hauteur, bredouilla-t-il.

– Grand bien lui fasse ! Si tu ne reviens pas scier les planches, je t'étrangle... Je te vire !

Samantha passa la tête par un trou. Tandis que Joe s'éloignait en marmottant dans sa barbe, elle se laissa glisser entre les lianes et atterrit avec grâce aux pieds de Stan.

Sous la veste de daim à franges, la chemise bleu passé au col déboutonné offrait au regard des creux d'ombre et des renflements veloutés qui portèrent l'exaspération de Stan à son comble.

– Fiche le camp de ma vie !

– Je ne suis pas dans votre vie, mais sous votre tonnelle.

Elle le menaça de son sécateur, l'appuyant contre sa hanche comme s'il s'agissait d'un revolver. Tant d'agressivité, tant de haine le confrontèrent à sa propre impuissance et quelque chose en lui se brisa. Après dix longues années d'enfer à remonter la pente, alors qu'il se croyait enfin en paix, une horde de bonnes femmes venait le harceler dans ses montagnes et on attentait à trois reprises à sa vie !

– Hors de ma vue ! Et restes-y sinon je te chasse à coups de fouet !

Samantha pencha la tête et le dévisagea d'un air intrigué.

– Est-ce ainsi que vous avez menacé mon père

pour le chasser du village ? Un homme aussi pacifique... qui déteste provoquer la bagarre...

– Ton trouble-fête de père a poussé mes hommes à escalader les sommets, au risque de se rompre le cou, pour lui attraper des mustangs au lasso ! (Stan tritura le bord de son chapeau à défaut de tordre le cou à Samantha.) Il a eu de la chance que je ne l'étrangle pas, et c'est toi qui paieras à sa place si tu ne disparais pas de ma vue !

– Il voulait capturer des mustangs au lasso ? répéta-t-elle, enchantée du renseignement. Dans ce cas, il devait avoir l'intention d'élever des chevaux. Les mustangs sont-ils des pur-sang ? Et moi, est-ce que je pourrais en capturer ?

L'algarade ne prenait pas la tournure prévue. Samantha restait plantée devant lui, le regard empli de rêves fous, ses cheveux bouclant telle une auréole de flammes. On aurait dit un ange. L'idée de sa peau satinée sous la toile rude fit trembler Stan d'un désir si violent qu'il en oublia de la chasser. Bon sang ! S'il n'arrivait plus à se concentrer suffisamment pour se faire obéir d'une gamine, il allait devoir prendre des mesures énergiques : à savoir, trouver une femme pour apaiser ses sens. Mais puisque c'était Samantha qui le rendait fou, pourquoi ne pas jeter son dévolu sur elle ?

– Je ne connais rien aux mustangs. Et si tu veux savoir quels sont les projets de ton père, cours donc le lui demander !

Cela signifiait-il qu'il n'avait pas tué Emmanuel Neely et que ce dernier était toujours vivant ? Bouleversée, Samantha leva vers lui un regard empli d'une telle adoration qu'il en fut désarçonné.

– Vous savez où il est ? demanda-t-elle, transportée d'espoir.

– A Ariposa, je suppose ! rétorqua Stan avec indifférence. C'est l'étape logique. Il souhaitait aller jusqu'à la côte, mais il voulait d'abord explorer les montagnes et louer des bêtes de somme pour traverser la forêt.

– Pourquoi ne m'avoir pas dit tout ça avant ?

– Parce que je me moquais pas mal de ton père. A présent, j'ai compris que c'est le seul moyen de te faire décamper de mon village. Nous allons donc partir à sa recherche !

– Qu'exigerez-vous en contrepartie ? demanda-t-elle avec méfiance.

Il prit le temps de l'observer attentivement et annonça :

– Je t'accompagne jusqu'à Ariposa. Une fois là-bas, tu te débrouilleras sans moi parce que je n'ai pas le temps de pousser plus loin. Il me faudra sans doute embaucher quelqu'un pour retrouver sa trace.

– Cela coûte cher, les pisteurs. Pourquoi débourseriez-vous une telle somme ?

– La réponse ne va pas te plaire, dit-il, croisant les bras sur ses pectoraux.

– Je m'en doute. Ce n'est pas la générosité qui vous étouffe, rétorqua-t-elle, bombant à son tour le torse avec arrogance, le visant toujours de son sécateur.

– Je veux coucher une nuit avec toi.

Il guettait la flambée de colère qui n'allait pas manquer de l'embraser. Samantha, loin de piquer un fard et de baisser le nez, braqua sur lui ses yeux verts et souffla :

– Avec moi ? Mais pourquoi ?

– Parce que j'ai envie d'une femme et que je t'ai sous la main. Par ailleurs, tu n'es pas du genre à courir après un mari. Comme moi, tu ne cherches certainement pas à t'embarrasser de sentiment. Si ma proposition te convient, nous irons à Ariposa nous renseigner sur ton père. Quand on l'aura retrouvé, ta famille et toi sortirez de mon existence.

Figée de stupeur, Samantha plongeait le regard dans l'immensité glacée des yeux de Stan, submergée par un tourbillon de pensées incohérentes, persuadée qu'il s'agissait d'un piège.

– Je vais réfléchir, jeta-t-elle avec raideur.

Et elle tourna les talons, indifférente aux hommes qui la dévisageaient sur son passage.

Sans donner d'explication à sa mère ni répondre à Jeff qui la bombardait de questions, Samantha enfila son manteau de lapin, empoigna sa carabine et prit le chemin de la forêt. Elle réfléchissait mieux dans la nature, loin des importuns.

A la différence de sa mère et des jumelles, Samantha n'était pas très sociable. Elle aimait travailler la terre, planter des arbres, s'asseoir au milieu d'un champ pour écouter les trilles des oiseaux, observer les ébats des poulains ; et admirer, sur la neige immaculée, les empreintes qu'y laissaient les créatures sauvages. Dehors, elle revivait. C'est pourquoi elle devait absolument prendre possession de sa vallée... et retrouver son père.

Il l'y mènerait, lui, aiderait sa famille à s'y installer au lieu de rester au village où on ne voulait pas d'eux. Il résoudrait les mille problèmes qui la submergeaient... à l'exception du dernier en date : l'extravagante proposition de Talbott de coucher avec elle.

Elle emprunta les pistes tracées par les lapins, essayant de se perdre dans le dédale de la forêt tout en évitant de tomber dans les trous que masquait la neige. Sa longue expérience des montagnes du Tennessee lui permettait de trouver son chemin d'instinct, ce qui lui laissait l'esprit libre pour réfléchir au cas de conscience posé par Stan Talbott.

Selon lui, elle avait un comportement très masculin – ce qui ne devait pas être un compliment dans sa bouche. En toute honnêteté, n'avait-il pas raison ? Samantha savait fort bien qu'elle ne se comportait pas vraiment comme une femme. Pis encore – elle n'avait que mépris pour les jupons de dentelle, les selles d'amazone, autant que pour les sourires aguicheurs avec lesquels revenait Harriet quand elle quittait le bazar.

Samantha, elle, préférait s'exprimer franchement, agir de façon directe et ne voyait pas l'intérêt d'attendre qu'un homme fasse à sa place ce dont elle se tirait seule. Et au diable ceux qui lui trouvaient des allures trop masculines !

Cela ne l'empêchait pas de se sentir femme, de vibrer comme une autre lorsqu'un homme séduisant la remarquait. Un seul regard de Stan suffisait à la faire tressaillir ; son baiser lui avait ramolli les jambes. Elle voulait éprouver ce qu'éprouve une femme entre les bras d'un homme, se sentir désirée. Mais qui désirerait une rouquine aux traits quelconques affublée d'un pantalon ? D'ailleurs, au village, où les hommes vivaient en ermites, elle n'attirait que rarement œillades ou sifflements... Probablement aussi parce qu'on redoutait qu'elle n'accueille les avances à coups de fusil.

Talbott... Au fond, lui seul l'intéressait. Cet homme énigmatique était aussi irascible qu'exaspérant. Mais avec lui, au moins, on ne s'ennuyait jamais. Il lui donnait tour à tour envie de le tuer ou de l'embrasser, si bien que, désormais, elle aurait du mal à vivre sans lui. Or ce n'était pas la vie à deux qu'il lui proposait.

Ce qu'il lui proposait... Eh bien, Samantha n'avait pas vécu dans une ferme pour rien. Si ses sœurs se terraient dans la maison quand venait l'époque de la monte, elle contemplait sans ciller ce spectacle à la fois terrifiant et superbe. Elle savait bien que les hommes ne différaient guère des étalons et que le désir leur faisait tout autant perdre la tête. Simplement elle n'arrivait pas à imaginer que Stan puisse se toquer d'elle.

Et pourtant... Pourquoi, sinon, lui aurait-il fait pareille proposition ? S'il croyait l'effaroucher, il se trompait ; pour elle, ce qui se passait entre un homme et une femme était chose tout à fait naturelle. En outre, à vingt-cinq ans, Samantha se savait condamnée au célibat. Alors, si l'occasion se présentait de découvrir sa féminité dans des bras aussi virils, pourquoi pas ?

Seules des considérations morales la faisaient hésiter, car physiquement, l'expérience la tentait, conclut-elle, sidérée d'avoir parcouru un si long chemin dans ses réflexions... et dans la forêt.

Soudain, des branches bruissèrent dans son dos. Elle pivota aussitôt, levant sa carabine.

– Ne tire pas ! (Stan apparut nonchalamment entre deux arbres, mains en l'air pour prouver ses intentions pacifiques.) Je suis venu faire pencher la balance en ma faveur.

En deux enjambées, il fondit sur elle et, après avoir envoyé sa carabine au loin, il l'enlaça avec passion.

17

Toute peur envolée, Samantha s'abandonna avec langueur aux baisers de Stan. Grisée par la caresse de ses lèvres, engourdie par la chaleur de son corps viril, elle se plaqua contre lui et frémit quand il gémit de plaisir contre sa bouche.

Quand il glissa le bout de sa langue dans son oreille, elle enfouit le visage au creux de son épaule et s'agrippa à lui, prise de vertige. Dieu, que c'était bon !

Il sema une pluie de baisers sur sa gorge, puis effleura ses seins.

– Non, Stan... protesta-t-elle.

– Tu ne veux pas ? souffla-t-il contre sa bouche.

Du pouce, il titilla légèrement un de ses mamelons. Samantha sentit son ventre s'embraser.

– Pas ici, pas comme ça...

Sous le charme, elle promena les doigts sur ses joues.

– Tu vas descendre avec moi dans la vallée ?

Pour forcer sa décision, il était prêt à l'embrasser jusqu'à lui faire perdre tout son sens. Elle lui refusa sa bouche, se délectant de voir son air dépité.

– Je déteste qu'une femme me regarde de cette façon ! bougonna-t-il. J'ai l'impression d'être un objet.

Samantha éclata de rire. Vexé, il la lâcha et croisa les bras.

– Tu ressembles davantage à un porc-épic qu'à un objet, rectifia-t-elle. Et tu m'as meurtri la bouche. J'ai le menton rouge ? Comment rentrer à la maison avec la figure tout éraflée par ta barbe ?

Plus interloqué qu'en colère, il examina son visage tout en gardant ses distances.

– Dans quelques minutes, il n'y paraîtra plus. Ta mère croira que tu es restée trop longtemps au froid.

Samantha glissa les mains sous son manteau en un geste de protection inconscient.

– Pourquoi me regardes-tu de la sorte ?

– Parce que tu m'intrigues. Si j'avais embrassé tes sœurs avec autant de fougue, elles m'auraient giflé ; la veuve Black en aurait redemandé ; ton institutrice aurait poussé les hauts cris en exigeant le mariage immédiatement. Avec toi, je m'attendais à recevoir une balle dans le cœur... et non un baiser plein de passion suivi d'un éclat de rire.

Samantha se tortilla, mal à l'aise.

– Je ne me moquais pas de toi... Ou peut-être que si... Et d'ailleurs, comment fallait-il que je réagisse ? Pourquoi es-tu monté me rejoindre, au fait ? demanda-t-elle en reprenant le chemin du village.

– Pour te montrer ce que tu manquerais si tu refusais ma proposition, rétorqua-t-il en lui emboîtant le pas.

– Prétentieux ! Est-ce ainsi que tu traites les dames qui ont tes faveurs ou bien me réserves-tu l'exclusivité de tes mauvaises manières ?

– Il y a des années que j'ai laissé tomber les dames ; elles ne valent pas la peine qu'on se casse la tête pour elles et la plupart des filles que j'ai connues depuis mon arrivée ici sont encore plus cyniques que moi. Si je tergiversais, elles auraient vite fait de donner ce que je veux à un autre.

– Et la tendresse, dans tout ça ?

Ce comportement de don Juan sans scrupules la scandalisait. N'était-elle qu'un numéro de plus sur sa liste de conquêtes ?

– Je ne suis pas très fleur bleue, dit-il en lui adressant un regard incisif.

– Je sais ce que vous recherchez, vous les hommes. Ce n'est pas particulièrement poétique, en effet.

– Ma foi, chacun y trouve son compte, et c'est sur cet équilibre que fonctionne la société.

– Pourquoi ne pas te rabattre sur une des jumelles ? Ou sur la veuve Black ? Tu l'aurais gratuitement, elle.

– Si je portais la main sur les jumelles, elles s'évanouiraient ; la veuve Black, elle, ne se contenterait pas d'une seule nuit. Tu es la seule à remplir les conditions nécessaires dans ce marché qui me semble honnête puisque tu veux retrouver ton père et que j'ai les moyens de t'aider.

– Ma mère ne m'autorisera jamais à partir seule avec toi.

– Tu as quel âge, déjà ? Vingt-cinq ans ? L'âge

d'aller où bon te semble. Tu as simplement peur que ta mère ne te désapprouve.

– Si je désire retrouver mon père, ce n'est pas pour perdre ma mère en la contrariant.

– C'est bon, je me chargerai de lui parler.

Il semblait croire qu'il n'avait qu'à aller voir Mme Neely pour tout arranger. Quelle arrogance ! Il méritait que sa mère lui claque la porte au nez. Tout en se traçant en silence un chemin dans la neige, Samantha songeait qu'ils n'avaient l'air ni d'un couple ni de bons amis partis chasser ensemble. Rien ne trahissait le marché insensé qu'ils avaient passé. Elle avait beau insister sur le caractère impossible de ce projet, comment oublier la présence physique de Stan, le désir de caresses, d'étreintes bien plus passionnées qu'il éveillait en elle ?

– Aucune inquiétude à avoir quant aux conséquences, dit Stan qui l'observait depuis un moment, cherchant à aborder ce sujet délicat. Je sais comment empêcher la conception.

Elle rougit jusqu'aux oreilles tout en approuvant d'un hochement de tête.

– Si nous ne tardons pas trop, nous tomberons dans la période la moins risquée du mois. Mon père a lu autrefois une étude médicale sur la question et l'a mise en pratique avec ma mère. Ils n'avaient certes pas prévu d'avoir des jumelles, mais elles sont nées au moment choisi, le nombre voulu d'années après moi.

Stan jura intérieurement. Y avait-il un domaine auquel ce fichu Neely n'avait pas touché ? Communiquait-il toutes ses expériences à son excentrique de fille ?

– Parfait. Si on se retrouvait demain, serait-ce trop tôt ?

– Une seule nuit, et uniquement après que tu auras envoyé quelqu'un sur la piste de mon père, répondit-elle en lui lançant un regard mauvais.

– Vingt-quatre heures, insista Stan, étonnamment calme en dépit du désir qui lui fouettait le sang.

Il l'aurait volontiers enlevée pour la séduire illico. Soudain toute pâle, Samantha acquiesça :

– Vingt-quatre heures. Je ne pensais pas que c'était possible, mais si tu le dis...

– Maintenant, va t'amuser sous la tonnelle pendant que je parle à ta mère, dit-il en l'abandonnant devant l'hôtel.

Samantha s'apprêtait à lui demander d'assister à l'entretien quand un tic nerveux crispa la mâchoire de Stan, la dissuadant de formuler sa requête. Elle pinça les lèvres et disparut dans l'allée.

Stan pénétra dans le salon transformé en restaurant et aperçut deux de ses hommes qui dégustaient du potage – on eût cru qu'ils en mangeaient pour la première fois de leur vie. Sentant son estomac crier famine, il se rendit compte qu'il aurait bien aimé avaler un bon repas. Mais non, il avait d'autres affaires à régler. Traversant la salle puis le couloir, il atteignit les cuisines. Mme Neely leva la tête, l'air agacé, puis remonta une mèche qui lui retombait sur le front quand elle vit que c'était lui. Sans s'embarrasser de préambules, Stan déclara :

– Samantha et moi partons demain pour Ariposa à la recherche de son père.

Alice Neely le toisa d'un regard peu amène, étudiant son visage bleui de barbe, ses bottes crottées, sa tenue fripée.

– Samantha est-elle au courant ?

– Nous nous sommes mis d'accord, oui.

Mme Neely pinça les lèvres pour marquer sa réprobation.

– Vous êtes l'un et l'autre majeurs. Je ne peux pas vous en empêcher.

S'il essayait de toucher un seul cheveu de la tête de sa fille, elle n'hésiterait pas à l'écorcher vif. Mais comme elle ne saurait jamais que ce que Samantha lui raconterait, il décida de ne pas s'affoler prématurément.

– Je la ramènerai dès que nous aurons trouvé une piste, un indice.

– Je n'en doute pas. Faites également en sorte d'être là dans neuf mois pour assumer les conséquences de vos actes.

– Il n'y aura pas de conséquences. Vous avez bien élevé vos filles.

Elle hocha la tête.

– Je les ai élevées pour qu'elles sachent ce qu'elles voulaient ; vous aussi, vous feriez bien de le savoir avec précision.

Sur ce, elle retourna à ses marmites sans plus s'occuper de lui. L'appétit coupé par cet entretien, Stan quitta la maison en songeant qu'il savait bel et bien ce qu'il voulait : une femme qui vienne à lui sans exiger qu'il s'engage. Il avait trop tardé à contenter ses sens. Une fois ceux-ci comblés, il redeviendrait lui-même. En attendant, il fallait se dépêcher de préparer l'expédition vers la vallée – qui lui donnerait peut-être également l'occasion de coincer le meurtrier.

18

– Veille à ce que personne ne te voie quitter le village et suis-nous, mais à distance, au cas où le tueur se lancerait sur ma piste.

Stan passa ses fontes par-dessus la selle et vérifia les sangles de son cheval. Joe l'Indien continua d'astiquer son fusil et répondit d'un ton ombrageux :

– Je fais ce boulot depuis fichtrement plus longtemps que vous, patron, et à votre place, je n'emmènerais pas la fille. Ça complique trop nos affaires.

Stan redressa le tapis de selle et s'assura qu'il avait bien emporté le nécessaire.

– Les femmes, ça complique toujours la vie. C'est leur rôle. Mais ne t'inquiète pas, je recommanderai à Samantha de prendre sa carabine.

Joe accueillit la remarque par un grognement. A quoi bon donner son avis ? Stan avait l'esprit ailleurs. Il n'aurait rien écouté.

Incapable de discipliner ses boucles rebelles, Samantha jeta un regard furibond à son reflet dans le miroir et enfonça son chapeau jusqu'aux yeux. Mme Neely entra. Après un coup d'œil à l'accoutrement de sa fille, elle lui arracha son couvre-chef.

– Tu ne vas pas aller en ville dans cette tenue, Samantha ! Enfile une robe ! Tu ne voudrais tout de même pas faire honte à ta famille ?

Samantha s'était pourtant donné la peine de revêtir sa meilleure chemise et son plus joli jean.

– Je refuse de monter en robe... d'autant que je n'ai pas de selle d'amazone.

Se mordant la lèvre pour ne pas hurler, sa mère se précipita vers l'armoire et chercha une toilette plus convenable.

– Avec une jupe assez longue et des bottes hautes, tu n'en auras pas besoin. Et tu seras à peu près décente pour te promener en ville. Je n'ose penser à la réaction de ton père s'il apprenait ton escapade. C'est d'une inconvenance...

Devinant que sa mère ne fouillait l'armoire que pour lui dérober les émotions qui se lisaient à livre ouvert sur son visage expressif, Samantha se sentit coupable d'être une cause de déception pour ses parents. Jamais elle ne serait le fils que désirait son père ; jamais elle ne posséderait ce raffinement féminin qui comblerait sa mère d'aise. Mme Neely luttait de toutes ses forces pour ne pas fondre en larmes devant ses manières de garçon manqué et s'accusait d'avoir failli à sa tâche d'éducatrice. Si elle savait ce qu'elle s'apprêtait à faire avec Stan... Elle s'approcha de sa mère et l'enlaça.

– Je pourrais emporter une robe que j'enfilerais juste avant d'entrer en ville.

– Prends-en donc deux, ma chérie, au cas où ton absence se prolongerait plus que prévu, dit Mme Neely en exhumant une toilette que Samantha avait cachée au fond de l'armoire.

Si elle écoutait sa mère, Samantha allait ployer sous une cargaison de jupons et de crinolines. Aussi se hâta-t-elle de protester :

– On ne s'absente pas plus de quelques jours, si

le temps le permet. Stan refuse de pousser plus loin qu'Ariposa.

Mme Neely tourna enfin vers elle ses yeux brillants de larmes, se bornant à hocher la tête, comme si sa fille la quittait pour toujours. Stan lui avait-il révélé leurs projets ? Vite elle repartit vers son miroir. A défaut d'être belle, elle était propre et soignée. Satisfaite, elle coiffa son chapeau de travers, posa un baiser sur la joue maternelle et ramassa ses fontes.

Stan sortait déjà les chevaux de l'écurie. L'étalon de Samantha, joyau de l'élevage de son père, s'ébrouait fougueusement au soleil. Il ne s'était pas suffisamment dégourdi les jambes, depuis quelques semaines, et risquait fort de descendre la montagne au galop. Elle lui donna une pomme, le rassurant de la voix pendant que Stan le sanglait avec efficacité. Tandis qu'elle s'émouvait de la beauté des branches gainées de gelée, de la sensualité des corps chauds des chevaux, du fait qu'ils allaient bientôt se retrouver seuls ensemble, lui ne se préoccupait que des tâches matérielles.

Son chapeau rabattu sur les yeux, sa veste en mouton retourné moulant sa large carrure, ses muscles puissants roulant sous la toile de jean... jamais elle n'avait regardé un homme de cette façon et, pour la première fois, elle constata que Stan avait certainement plus de dix ans de plus qu'elle. Années apparemment bien remplies, contrairement aux siennes passées dans un cocon.

– Tu veux que je t'aide à monter en selle ? demanda-t-il avec un zeste d'impatience.

Samantha le gratifia d'un regard dédaigneux,

glissa le pied dans l'étrier et se jucha à califourchon avec une grâce qui laissa Stan pantois.

Elle retint l'étalon qui piaffait d'impatience et balaya les alentours du regard. Elle aperçut le Dr Ramsey qui observait la scène de sa fenêtre, les yeux injectés ; le forgeron, qui allumait le feu dans sa forge et qui s'interrompit pour lui adresser un geste de la main ; un petit groupe de bûcherons en route pour la scierie, qui s'arrêta pour voir le patron enfourcher son cheval. Levant le bras pour saluer sa famille, Samantha lâcha la bride à l'étalon qui prit immédiatement le galop.

Bientôt, elle entendit Stan foncer à sa poursuite, pestant contre cette indocile qui lui filait sous le nez au lieu de le laisser ouvrir la voie. Mieux valait qu'il sache d'entrée de jeu à qui il avait affaire.

Le village était bâti sur une vaste prairie, si bien qu'ils ne risquaient rien à laisser les chevaux le traverser à bride abattue. Le cheval de Stan la dépassa bientôt. Peu lui importait ; pour le moment, elle se livrait au vent qui lui fouettait le visage ; à son heure, elle lui damerait le pion. Le sentier se rétrécissait et Stan dut ralentir l'allure. Samantha se retrouva à sa hauteur. Il se borna à pousser un grognement quand il la vit. Ça commençait mal. Comment engager la conversation avec un ours mal léché quand on n'est pas très loquace soi-même ?

– De quel coin d'Amérique es-tu originaire ?

Piètre entrée en matière, se dit-elle.

– Boston.

Une ville assurément bien plus chic que son Spring Creek natal.

– Depuis combien de temps vis-tu au village ?

– Depuis un certain temps.

– Tu es toujours aussi bavard ou c'est moi qui te rends laconique ? demanda-t-elle, prise d'une subite envie de le tuer.

Stan tourna la tête, le temps de voir son expression, puis se concentra de nouveau sur la route.

– Tu es une sacrée enquiquineuse, tu sais ?

Ravie de l'avoir arraché à son mutisme, elle se mit à siffloter, curieuse d'éprouver son stoïcisme – elle sifflait comme une casserole.

Au moment où ils s'engageaient dans le dédale d'un éboulis rocheux, elle le vit rentrer les épaules et pousser sa monture en avant. Elle pressa l'allure pour le talonner, sifflant de façon plus stridente en admirant la forêt de pins qui dévalait à flanc de montagne.

– Ça suffit ! rugit-il enfin.

– On s'est levé du mauvais pied ? Ça promet pour la suite ! Je suppose que tu es du genre vite fait, bien fait et on ne remercie même pas la dame après, hein ?

Il lui décocha un regard fielleux.

– Qu'est-ce que tu me racontes, encore ?

– Je te faisais part de mes impressions de voyage. Tu aimes la lecture ?

Il ralentit pour lui permettre de chevaucher à sa hauteur.

– Tu as l'intention de me harceler jusqu'à ce que je parle ?

– Quelle finesse ! Je te laisse le choix du sujet, lança-t-elle avec une désinvolture qu'elle était loin de ressentir.

A cheval, Stan était encore plus impressionnant

qu'à pied, si bien qu'elle regrettait presque d'avoir attiré son attention.

– Comme tu ne t'y connais guère en ce qui concerne les cours du bois de construction ou du mercure, on est obligés de se cantonner aux sujets personnels, n'est-ce pas ?

Très éloquent, quand l'envie l'en prenait, nota Samantha qui répondit :

– Et toi, tu t'y connais, en agriculture ou en élevage ?

– Pas du tout. Mais dis-moi, si l'agriculture te tient tant à cœur, tu serais bien mieux dans la vallée. Le climat y est nettement plus clément et la terre, plus fertile.

Samantha ne tomba pas dans le panneau.

– Peut-être, mais la terre coûte cher. J'ai à peine de quoi acheter quatre planches pour une cabane, de la semence, des greffons – certainement pas assez pour acheter un terrain. Mon père a eu la sagesse d'investir selon ses moyens. Je me contenterai de ce qu'il m'a donné.

– Comment pourrait-il t'avoir donné ce qui ne lui appartient pas puisque je te répète que tout ce côté de la montagne m'appartient ? Tu as le titre de propriété ?

Samantha se tortilla sur sa selle, s'obstinant à regarder droit devant elle.

– Ne compte pas sur moi pour te répondre. Si je l'avais, tu chercherais à me le dérober.

Il poussa un soupir d'exaspération.

– Quelle idée ! Si le terrain ne se trouve pas de mon côté de la montagne, je n'ai que faire de ton papier ; si la terre m'appartient, ton titre ne vaut rien. Je te demandais des précisions parce que la description des lieux y figure, ce qui nous aiderait à localiser ton terrain.

Samantha réfléchit un instant avant d'admettre :

– Des murailles rocheuses le ceignent. On y mentionne un rocher en forme de hache... Ce genre de relief. Comme je n'ai encore rien trouvé qui y ressemble, je pensais attendre le printemps pour m'aventurer plus loin.

– Dès notre retour, j'essaierai de localiser l'endroit. Mais je t'avertis qu'il y a tout un tas de faux documents qui circulent parce que les Mexicains avaient une idée assez floue aussi bien des délimitations d'un terrain que de la tenue de registres. Qui sait si ton père ne s'est pas fait gruger par un de ces brigands ?

Samantha se raidit sous l'insulte.

– Mon père est un homme extrêmement intelligent qui sait jauger les caractères. Il ne perdrait ni son temps ni son argent en transactions illégales.

– C'est un rêveur... Il est allé jusqu'à me raconter que les véritables propriétaires de l'Amérique, c'étaient les Indiens ; qu'il fallait négocier avec eux, et non pas avec les Espagnols.

– Il a sans doute raison. Malheureusement, le gouvernement des Etats-Unis n'a jamais respecté leurs droits et, comme les Espagnols, a réquisitionné leurs territoires de chasse.

– Les Indiens ne sont pas propriétaires du sol, s'impatienta Stan. L'idée de propriété leur est étrangère. Et puis, bon Dieu ! les Espagnols ont simplement estimé qu'il y avait suffisamment de terre à la ronde pour tout le monde et ils se sont servis sans faire de mal à personne. Les temps ont changé : dans le monde moderne, on ne peut se servir librement. D'où l'existence de titres de propriété, d'arpenteurs, de tribunaux pour défendre les droits du propriétaire. Les Indiens, eux, n'ont jamais revendiqué la propriété du sol de façon légale.

– Dans ce cas, je suppose que si les Chinois traversaient l'océan pour envahir notre pays et décrétaient que la terre était propriété de leur gouvernement et non des individus, tu dirais aussi que c'est ça, le monde moderne, et tu te résignerais.

– Les Chinois n'ont pas l'intention d'envahir le pays, que je sache.

– Je parie que les Indiens se disaient la même chose, marmonna-t-elle.

– Il paraît. Ils ont combattu et ont perdu la bataille. La terre revient au vainqueur. Ce n'est pas nouveau.

– Si je me souviens bien, Guillaume le Conquérant a préféré s'approprier l'Angleterre en incitant ses soldats à épouser des Saxonnes, méthode plus efficace que de chasser les nobles qui se vengeaient en fomentant des troubles.

Samantha crut remarquer une lueur d'intérêt sur le visage de Stan. Enfin il se rendait compte qu'elle avait de la cervelle !

– Si ça peut te faire plaisir, j'irai me chercher une princesse indienne et je l'épouserai.

Elle était en train de concocter une réponse caustique quand un coup de feu déchira la paix du matin.

Samantha se laissa aussitôt glisser le long du flanc de sa monture et, pendue à l'encolure, la poussa vers l'abri d'une caverne.

19

Bien qu'il s'y fût plus ou moins préparé, le coup de feu fit sursauter Stan qui s'était laissé captiver par la conversation de Samantha. Quand il la vit basculer le long du flanc de son étalon, il fut pris d'une mortelle angoisse. Il dévala la piste à sa poursuite.

Il la vit engager son cheval entre deux parois rocheuses et, quand elle fut à l'abri, le bout du canon de sa carabine puis sa tête pointèrent hors de la grotte. Elle scruta les environs pour deviner d'où venait le danger. Colt au poing, Stan sauta de sa selle et se faufila derrière un rocher, à portée de voix de la jeune femme.

La cachette choisie par Samantha constituait un observatoire idéal pour surprendre tout intrus qui descendrait le sentier, non pas ceux qui le remonteraient.

– Reste accroupie ! souffla-t-il. S'ils arrivent d'en face, on ne les verra qu'à la dernière minute.

Elle se renfonça dans l'anfractuosité rocheuse et vérifia ses munitions.

– J'ai eu l'impression que la balle était dans mon dos, mais je ne l'ai pas entendue siffler à mes oreilles. Tu avais prévu cette attaque, hein ?

– Evidemment.

Droit devant, il crut surprendre un mouvement dans les sapins, juste au détour du sentier qu'ils avaient passé quelques minutes plus tôt.

– C'est la deuxième fois qu'on te tire dessus

depuis notre arrivée. L'incendie n'était qu'un accident, n'est-ce pas ?

– Pas du tout ! Quelqu'un a volontairement mis le feu à un tas de petit bois et de chiffons imbibés de pétrole dans la pièce qui se trouve au-dessus de mon bureau. On cherchait certainement à m'asphyxier.

Samantha surprit soudain un éclair d'argent, en haut de la piste et visa.

– Ne tire que quand tu auras bien distingué ta cible. Joe se trouve quelque part là-haut.

– Tu aurais pu me prévenir que tu servais d'appât pour attirer le meurtrier, s'indigna-t-elle.

– Et si c'était toi, le meurtrier ?

Il ne prit même pas la peine de se retourner vers elle pour lâcher cette odieuse remarque. Comment pouvait-il envisager de coucher avec elle alors qu'il la soupçonnait de vouloir le tuer ? C'était ignoble ! Une minute plus tard, Joe dégringolait la piste dans leur direction en faisant signe à Stan de le suivre. Stan rengaina son colt, prit sa carabine accrochée à sa selle et quitta sa cachette. Samantha le suivit. Il lui ordonna de rester à l'abri. Mais la jeune femme apaisa son étalon qui frémissait de nervosité et l'enfourcha.

– Bon sang, Samantha ! Il y en a peut-être toute une bande, dans les parages. Retourne te mettre à l'abri ! s'emporta-t-il en bloquant ses rênes d'un air furieux.

– J'en doute, à moins que Joe ne soit là pour t'assassiner. Je ne suis pas le genre de femme fragile qu'il faut protéger, Talbott. Je suis capable de me débrouiller seule.

Elle n'eut qu'à reculer sur la selle pour que l'étalon se dresse sur les postérieurs, arrachant les rênes au poing de Stan.

A quoi bon discutailler avec cette entêtée ? Qu'elle se fasse tuer si ça lui chantait ! Ce qui ne l'empêcha pas de garder sa carabine bien en main pour scruter les alentours d'un regard vigilant tout en chevauchant à sa suite.

Joe les attendait en bas du sentier. Il leur désigna une forme noire étendue un peu à l'écart et qui détonnait dans le paysage. Stan obligea Samantha à rester à distance. Cette fois, elle ne regimba pas.

– Il vous visait d'ici parce qu'on a un excellent point de vue sur le sentier. Un instant de plus et la demoiselle et vous, vous vous seriez trouvés juste dans sa ligne de mire.

Stan mit pied à terre et alla examiner le cadavre.

– Tu n'étais pas obligé de le tuer. J'aurais bien aimé lui poser quelques questions.

Joe l'Indien prit la mouche :

– Il braquait son fusil sur vous. Dans ces cas-là, moi je tire.

Stan ne répliqua pas, se fiant à l'hostilité de Joe qui, à jeun, était un garde du corps d'élite. Et puis, pour tenir aussi longtemps dans ces territoires sauvages, on ne pouvait se contenter de respecter les lois policées de la côte Est. Stan s'accroupit devant le mort dont il fouilla les poches.

– C'est un des ouvriers de la scierie, pas vrai ? Que pouvait-il bien avoir contre moi ?

Il exhuma quelques pièces de monnaie, des billets de banque, une fiche de paie, un paquet de tabac ainsi qu'un étui en cuir contenant une affiche pliée et un daguerréotype pâli représentant une femme.

– Rien, que je sache. On l'a embauché en décembre dernier et il n'était pas très vaillant.

Stan présenta l'affiche à Samantha.

– Sa tête est mise à prix pour attaque de diligence. Un mètre soixante-quinze, quatre-vingts kilos, cheveux châtains clairsemés, moustache, tatouage à la main droite...

Joe souleva la main droite du cadavre qui refroidissait déjà et lui montra le tatouage.

– Ça colle.

– Un voleur minable, ajouta Stan avec une grimace de dégoût. Ne me raconte pas que ce crétin ne cherchait à m'assassiner que pour me voler ! Il aurait mieux fait de profiter de mon sommeil pour emporter le coffre-fort.

Samantha les observait à distance tout en caressant l'encolure de son cheval.

– Il s'agit peut-être d'un tueur à gages.

– Au saloon, il ne jetait pas l'argent par les fenêtres. Sans doute parce que celui qui l'a embauché ne voulait pas le payer avant que la besogne soit achevée.

– Ramène-le au village, interroge les gars et puis enterre-le. Si tu récoltes des renseignements intéressants, tu sais où me trouver.

– Et s'il n'était pas seul ? Cette fois, vous risquez plus que votre peau, déclara Joe, jetant un coup d'œil à Samantha.

– Je saurai me défendre, assura-t-elle.

Joe ne semblait pas convaincu.

– Je veillerai sur elle, répliqua Stan. Je doute qu'il y en ait d'autres.

– On se retrouve au *Régis,* dans ce cas ? demanda Joe qui ne semblait pas satisfait.

Stan ravala un sourire. Bien sûr qu'il serait au *Régis*. Avec une femme, et pour vingt-quatre heures de plaisir délectable. Ces heures seraient plus délicieuses encore puisqu'il n'aurait plus à rester constamment sur le qui-vive.

– En route pour le *Régis* ! lança-t-il en sautant à cheval avec une jovialité qui accentua la maussaderie de Samantha. A propos... Merci, Joe. Je te revaudrai ça.

– Vous m'en devez fichtrement plus que ça, je vous le dis, moi, patron, grommela Joe.

Difficile d'évaluer le prix d'une vie humaine, songea Stan en piquant des deux pour rattraper Samantha. Toute la matinée il avait essayé de ne pas la regarder, mais, pour l'heure, il avait envie de se faire plaisir. Ses cheveux avaient poussé, en quelques mois, et ses boucles dansaient capricieusement sous le bord de son chapeau. Comme elle marchait au pas à côté de lui, faute de pouvoir admirer ses cils noirs et fournis frangeant les yeux verts, il se régala de la courbe mutine de son nez. Plus encore que son visage, c'était ce qui se nichait sous la chemise de cotonnade bleue qui l'émoustillait.

Elle ne portait pas de corset. D'ailleurs, aucune des dames Neely n'en portait, ce qui avait fait l'objet de bien des conversations de fin de soirée, au saloon, où les hommes ivres se demandaient si leurs rondeurs superbes étaient un cadeau de la nature ou un artifice. Stan penchait pour la première hypothèse.

– Tu as connu beaucoup d'hommes ? demanda-t-il d'une voix bourrue.

– Bien plus que je ne l'aurais voulu. Quelle question stupide !

De cette réponse, plutôt vague, il déduisit qu'elle avait quelque expérience, et probablement pas des plus agréables. Sa tenue et ses manières garçonnières étaient probablement étudiées pour décourager les hommes. Qui sait si elle ne s'était pas fait violer, au cours de cette guerre de Sécession qui avait rudement éprouvé hommes et femmes ? Leur brève rencontre risquait d'en être gâchée mais puisqu'elle y avait consenti, il parviendrait peut-être à lui prouver qu'on peut trouver plaisir au sexe. Et il pourrait renouveler l'expérience de temps à autre, s'il permettait aux Neely de rester.

Ce qui était bien risqué ! songea-t-il, contrarié par le cours que prenaient ses pensées. Les femmes, ces créatures insidieuses, envahissent l'existence, quand on les laisse faire. Non, mieux valait les tenir à distance et aller les trouver quand l'envie l'en prenait.

Au coucher du soleil, ils atteignirent une zone de plat. Stan, sentant l'impatience de sa compagne, se garda de tout commentaire.

– Tu as prévu un bivouac, avant d'arriver à la ville ? La nuit tombe sans qu'on voie trace de civilisation.

– Il nous reste encore un bout de chemin à parcourir mais si tu es lasse, on peut s'arrêter ici, dit-il en cherchant alentour un emplacement adéquat.

– Je ne suis pas fatiguée. Ce sont les chevaux qui ont besoin de repos... et surtout, j'ai promis à ma mère de me mettre en robe.

– Une robe ? fit-il, amusé. Tu as l'intention de la passer par-dessus ton pantalon ?

– Ça ne te regarde pas. Préviens-moi simplement quand on approchera de la ville, que je puisse me changer.

Stan se fichait pas mal de sa tenue. Il brûlait seulement d'assouvir son désir. Il avait trop attendu.

– On va dresser le camp. La ville, ce sera pour demain. D'ailleurs, on y serait arrivés si tard qu'on n'aurait pas pu commencer nos recherches.

Il poussa son cheval vers un coin qui semblait idéal tout en cherchant un moyen d'inciter Samantha à partager son sac de couchage. Ombrageuse comme elle l'était, l'opération s'annonçait délicate. Dresser le camp, en revanche, ne posait aucun problème à la jeune femme. Elle avait entravé, pansé et nourri son cheval avant que Stan eût déchargé leur paquetage. Les flammes ronflaient sous la cafetière quand il commença à soigner son cheval. Et le temps qu'elle fasse cuire les galettes et réchauffer les haricots, il avait tué un lapin. Collaboration aisée et efficace ; ils se complétaient sans avoir à échanger une parole.

Tandis qu'il dégustait son dîner à la belle étoile, Stan s'amusa à imaginer les femmes qu'il fréquentait, à l'époque où il vivait sur la côte Est. Il n'aurait eu qu'à prononcer le mot de scorpion pour qu'elles refusent illico de descendre de cheval alors que Samantha en avait déjà écrasé un sans même réfléchir. Au point que s'il tuait un serpent, elle lui proposerait certainement de le manger grillé. C'était comme camper avec un partenaire masculin.

Cependant, toute ressemblance avec un homme

s'arrêtait là. Les volutes cuivrées des flammes remodelaient les rondeurs qui se cachaient sous sa chemise. Et quand elle prenait la parole, c'était de cette voix rauque et passionnée qui affolait les sens de Stan. Tout cela l'émoustillait tant qu'il rabattit son chapeau sur les yeux. Pour le plaisir de se laisser caresser par sa voix, il la taquina :

– Tu es un vrai cordon-bleu, dis-moi ! Tes galettes étaient succulentes.

– Ma mère cuisine mille fois mieux, dit Samantha en sirotant son café. Tout le monde devrait savoir se préparer à manger. Quand j'aurai ma ferme, il faudra bien que je prépare mes repas, alors autant apprendre à le faire correctement.

– Je suppose que vous aviez une propriété, dans le Tennessee. Pourquoi n'y êtes-vous pas restées en attendant que ton père ait achevé d'explorer la Californie ?

– La guerre de Sécession a prélevé son tribut sur nos employés. Ceux qui ont survécu sont rongés de haine. Nous soutenions les Nordistes, tout le monde le savait, si bien que nos anciens amis et voisins nous ont soudain traités en ennemis. Ce n'était pas si terrible pendant la guerre, quand tout le monde s'entraidait, mais après la défaite, la situation est devenue épouvantable.

Stan, lui, avait quitté Boston avant le début des hostilités et n'avait jamais songé à s'engager. Il ne supportait pas l'idée de retourner dans l'Est, même pour combattre. Cinq mille kilomètres entre lui et ses origines ne lui paraissaient pas suffisants ; il avait même envisagé de s'embarquer pour l'Extrême-Orient, mais, à l'époque, il n'avait pas un sou.

Voilà pourquoi il était venu s'enterrer dans ce trou pour oublier le conflit qui faisait rage en lui. Il se rendait compte à présent à quel point il s'était coupé de la civilisation.

Il se leva. L'heure était venue de se préparer pour la nuit.

– Si tu veux, on peut commencer maintenant les vingt-quatre heures. On aurait plus chaud si on partageait les mêmes couvertures.

20

Samantha prit ses couvertures.

– On cherche d'abord mon père. En attendant, je couche seule. Fais de beaux rêves.

– Je ne t'ai pas menti : on est en train de le chercher. Simplement, on pourrait rentrer plus tôt au village si on commençait dès maintenant les vingt-quatre heures d'amour.

Samantha observa du coin de l'œil ce beau spécimen mâle nonchalamment allongé sur ses couvertures, les mains sous la nuque. Elle aurait pu s'étendre auprès de lui pour en finir. Avec un flegme que démentaient ses mains qui tremblaient, elle décréta :

– Non, je veux un lit confortable et des draps frais lavés.

Il grogna pour marquer sa contrariété et, se rasseyant, ôta ses bottes.

– Etale ta couverture à côté de la mienne.

Faisant la sourde oreille, Samantha s'éloigna de

l'autre côté du feu. Stan étouffa un juron et la rejoignit avec couvertures, bottes et fusil. Elle le dévisagea avec haine et s'apprêta à se coucher tout habillée, sans même enlever ses bottes.

– Si on dort trop loin l'un de l'autre et qu'un bruit suspect nous réveille, on risque de se tirer mutuellement dessus en essayant de se défendre, expliqua Stan, exaspéré. Couche-toi sans crainte, je ne me lèverai pas au milieu de la nuit pour te violer – ce qui pourrait d'ailleurs t'arriver quel que soit l'endroit où je m'installe pour dormir.

Avec réticence, Samantha se laissa tomber sur sa couverture, à deux pas de Stan qui était en train d'enlever sa chemise. L'estomac soudain noué à ce spectacle, elle ne put même pas se pencher pour se déchausser. Les muscles de son torse bruni prenaient des reflets de bronze à la lueur des flammes. Elle n'aurait eu qu'à tendre la main pour l'effleurer. Savoir ce qu'il attendait d'elle l'émoustilla si violemment que le bout de ses seins se tendit quand elle baissa les yeux vers la toison qui moussait sur ses pectoraux.

Soudain, Stan se pencha vers elle et, lui maintenant la jambe d'une main, tira sa botte de l'autre. Paralysée par ces attouchements, elle ferma les yeux, tenta d'oublier ses sensations quand il lui prit l'autre jambe. Elle eut l'impression d'une caresse intime.

– Tu peux rouvrir les yeux, je suis dans le lit, fit-il ensuite, goguenard.

– Tu ne pourrais pas porter un caleçon, comme tout le monde ? grommela-t-elle en lui tournant le dos et en remontant sa couverture jusqu'au menton avant de déboutonner son pantalon pour dormir un peu plus à l'aise.

– Moi, je sais que tu ne portes pas de corset. Tu as un caleçon ou tes culottes à volants ?

– Mon père considère les corsets comme une aberration. Quant au reste de mes dessous, à toi de deviner.

– Il ne me reste plus longtemps à attendre. Demain soir, je connaîtrai tes petits secrets...

Ils atteignirent Ariposa le lendemain. La petite ville minière, qui avait connu des jours plus prospères, n'était guère plus qu'un ramassis de vieilles bicoques délabrées, ce qui n'empêcha pas Samantha de se sentir gauche, juchée à califourchon sur son cheval en longue jupe de serge qui remontait au-dessus de ses bottes. Malaise accentué par le regard gourmand que Stan jetait à son mollet gainé de soie.

Comment, dans cette tenue, sauter de cheval avec grâce ? Force lui fut d'accepter l'aide de Stan. Il lui empoigna la taille avec sans-gêne et la souleva comme si elle ne pesait pas plus lourd qu'une plume.

– Bon ! On commence par quoi ? demanda-t-elle en s'écartant vivement de lui.

– Par l'écurie de louage. Ton père montait un cheval aussi fougueux que le tien. Cette race ne vaut pas tripette, dans nos montagnes, bien qu'elle fascine certains de nos éleveurs. Quelqu'un se souviendra sans doute de ce cheval.

Stan avait deviné juste. Les employés de l'écurie se rappelaient le bel étalon de Neely, passé chez eux au début de l'été. Ils ne purent toutefois préciser la date ni la direction dans laquelle était reparti le cavalier. Samantha sortit de sa poche une miniature de son père.

Le daguerréotype passa de main en main. Les hommes hochèrent la tête.

– Ça lui ressemble, dit l'un. Y a un bout de temps, mais je dirais que c'est lui.

Samantha aurait voulu taper du pied, les forcer à se souvenir sans la moindre équivoque ; se maîtrisant, elle rempocha le portrait. Apparemment, son père était bien descendu vivant de la montagne. Elle jeta un coup d'œil hésitant à Stan dont le visage restait de marbre. L'aurait-elle accusé du meurtre à tort ? Bien qu'elle ne crût plus à cette hypothèse depuis un moment, en acquérir confirmation la soulagea.

– Et maintenant, où allons-nous ? demanda-t-elle quand, après avoir laissé les chevaux à l'écurie, ils retraversèrent la grand-rue.

– A l'hôtel.

Samantha s'arrêta net. Le bas de sa jupe traînait dans la poussière et son feutre à large bord jurait avec sa tenue, mais elle se moquait bien d'attirer les regards.

Stan revint sur ses pas pour se retrouver à sa hauteur. Bien qu'il ne la dominât que d'une tête, il était deux fois plus large qu'elle et, sous son manteau, elle vit rouler les muscles de son torse quand il tendit le bras pour l'attirer à lui.

– Ton père est forcément passé à l'hôtel. S'il faut que je t'explique chacune de mes démarches, tu ferais aussi bien d'aller attendre dans une chambre que j'aie terminé mon enquête.

Décidément, l'appréhension la rendait sotte. Elle se hâta de rattraper Stan qui repartait déjà vers l'hôtel. Et, en effet, le réceptionniste se souvenait du passage d'Emmanuel Neely.

– Vous pensez ! Il haranguait les Chinois employés à la construction du chemin de fer pour les convaincre qu'ils se faisaient exploiter et les pousser à se regrouper pour signer une pétition. J'ai jamais entendu un phénomène pareil. Il a eu de la chance d'échapper au lynchage !

– Vous a-t-il précisé où il se rendait ensuite ?

– San Francisco ou Sacramento, je dirais. Il était rudement furieux. Il s'est procuré les noms des directeurs du chemin de fer et il est parti à toute vitesse.

– Donnez-nous une chambre pour la nuit, dit Stan en posant un billet sur le comptoir. Hawkins traîne toujours à l'emporium ?

L'employé présenta le registre à Stan qui s'y inscrivit avec Samantha comme mari et femme.

– A ce qu'il paraît... C'est pas vraiment le genre de bonhomme qu'on aurait envie de fréquenter.

Stan reposa avec bruit le crayon sur le comptoir.

– Qu'on nous monte de quoi prendre un bain !

Il jeta leurs sacs de selle sur son épaule et se dirigea vers l'escalier. Samantha ramassa ses jupes pour le rattraper.

– Est-on loin de Sacramento ? demanda-t-elle d'une voix essoufflée en grimpant les marches à sa suite.

– Ton père a dû se mettre en tête d'aller perturber la réunion du comité de direction de San Francisco. La ville se trouve au moins à une journée de cheval.

Il longea le couloir, repéra la chambre correspondant au numéro, ouvrit la porte.

– Ne pourrait-on profiter de ce qu'il est tôt pour poursuivre notre route ? On serait là-bas à la tombée de la nuit, l'implora-t-elle, tellement absorbée qu'elle le suivit à l'intérieur sans y penser.

Mais quand Stan se planta devant elle, la détaillant avec le regard gourmand que porte un homme sur une femme désirable, elle se sentit tout émoustillée.

– Aux termes de notre accord, je ne vais pas plus loin qu'Ariposa. Je vais embaucher Hawkins pour poursuivre les recherches jusqu'à San Francisco, décréta-t-il en lâchant brutalement les sacs, la faisant sursauter.

– Ne pourrait-on prolonger le contrat ?

Une lueur d'intérêt s'alluma dans le regard de Stan. Il lui ôta son feutre, passa les doigts dans ses boucles rousses ébouriffées et lui massa les tempes. Samantha s'efforçait de ne pas trembler comme une feuille. Elle se sentait si bizarre qu'elle se demanda si elle ne couvait pas quelque chose.

– Tu m'accorderais quarante-huit heures ? demanda-t-il.

Samantha, qui croyait avoir compris ce que les hommes font aux femmes quand ils les entraînent au lit, en fut effarée. Quarante-huit heures ! Quelle endurance ! Et pourtant, que faire sinon accepter ?

– D'accord, mais après San Francisco.

Stan fronça les sourcils, puis écarta les mains de Samantha pour ouvrir son manteau. Glissant les doigts sur le corsage trop ample, il hocha lentement la tête.

– C'est entendu – à condition de chevaucher à un train d'enfer jusqu'à San Francisco ; à condition aussi que tu ne racontes pas à l'arrivée que la chevauchée t'a éreintée.

Quand Stan jeta clé et pourboire sur le bureau du réceptionniste, Samantha franchit en trombe le seuil de l'hôtel pour cacher son embarras à l'employé qui se demandait manifestement ce qu'ils avaient bien pu fabriquer en si peu de temps. Et dans un lit juste suffisant pour un couple de taille normale. Avec un géant comme Stan, ils n'auraient guère eu d'autre choix que se coucher l'un sur l'autre.

– Va faire seller les chevaux pendant que je reprends contact avec Hawkins, ordonna Stan quand ils se retrouvèrent devant les écuries de louage.

Samantha s'aperçut qu'elle avait gardé sa jupe. La chevauchée promettait d'être tout, sauf une partie de plaisir.

Stan s'approcha et, lui relevant le menton, il murmura, le regard presque tendre :

– Elle me plaît, ta jupe, et ça m'occupera l'esprit pendant le voyage.

Elle le regarda s'éloigner, le corps en feu.

21

Les chevaux étaient prêts quand Stan reparut. Il vérifia les sangles, prit Samantha par la taille pour la hisser en selle. Il la sentit se raidir. Au diable les convenances ! D'autant qu'il venait de rempiler pour une journée et une nuit de tourment – sans même avoir eu droit à un acompte.

Non que la traque lui déplût. S'il avait pu coucher chaque nuit avec cette diablesse de rouquine, ça ne l'aurait pas dérangé de pourchasser Neely à travers toute la Californie. On était en hiver, la morte-saison ; ses hommes pouvaient se passer de lui une semaine ou deux. Et puis n'avait-il pas travaillé d'arrache-pied dans le but de s'offrir un peu de distraction ?

Tout en sortant de la ville à la suite de Samantha dont le joli postérieur ondulait délicieusement sur la selle, il se moquait qu'elle ne ressemblât à aucune autre ; l'important, c'était qu'elle fût femme et consentante.

Tandis qu'ils traversaient la vallée, il se surprit pourtant à lui commenter le paysage, attendant avec impatience ses questions. Elle s'y connaissait infiniment plus que lui en agriculture, au point qu'il dut souvent la retenir de faire un détour jusqu'à une ferme pour se documenter. Esprit ouvert, d'une logique incisive, elle était curieuse de la moindre information, qu'elle assimilait pour l'ajouter à la somme impressionnante de ses connaissances. En longeant le chemin de fer, ils en vinrent à discuter des droits des hommes qui posaient les rails au péril de leur vie, de la nécessité de la croissance et de moyens de transport rapides. Idéaliste indécrottable, Samantha affirmait que jamais la fin ne justife les moyens quand Stan la tira à bas de son cheval.

– Je vais t'embrasser. Ensuite, tu me diras si la fin justifie les moyens.

Elle ouvrit la bouche pour protester ; Stan en profita pour y glisser la langue. Cédant un instant à la panique, Samantha se débattit puis noua les bras autour du cou de Stan avec tant d'abandon qu'il la plaqua contre lui, étonné de la douceur de ses seins contre son torse d'acier. Profitant de ce qu'elle relevait la tête pour reprendre son souffle, il posa la bouche sur la peau satinée de sa gorge. Elle se laissa butiner sans protester. Craignant de l'effaroucher s'il dégrafait son corsage, Stan soupira et lui planta un baiser sur la joue.

– Ne vaudrait-il pas mieux reprendre notre route ? On a raté le vapeur, mais en galopant à bride abattue, on pourra être à San Francisco – et au lit – à minuit.

Toute autre qu'elle eût battu des cils avec coquetterie, détourné le regard ou souri avec arrogance. Pas Samantha. Elle le dévisageait avec un étonnement admiratif qu'il trouvait grisant. Il lui caressa les lèvres du doigt.

– Samantha...

– Je crains que la chevauchée ne m'ait éreintée, malheureusement, murmura-t-elle avant de s'éloigner pour desseller les chevaux.

Fou de désir comme il l'était, il l'aurait prise là, sur-le-champ, n'était l'envie qu'il avait de lui apprendre à goûter les jeux de l'amour, de la combler.

– Que crois-tu que ces hommes du chemin de fer ont fait à mon père, si c'est bien eux qu'il est allé trouver ? demanda Samantha tandis qu'ils installaient le bivouac.

– Ils l'ont mis dans une barque et expédié jusqu'en Chine.

– Tu rigoles ?

Stan haussa les épaules et jeta une poignée de grains de café dans le pot d'eau.

– Ces gars du chemin de fer ne sont guère connus pour leur patience ou pour leur bonté d'âme. Ils ne s'embarrassent pas de scrupules quand il s'agit de faire sauter des montagnes et d'envoyer des centaines d'ouvriers à la mort. Mais rassure-toi : à moins qu'il ne se soit mis en tête de proclamer ses opinions dans les journaux pour agiter les foules, ton père ne les dérangera pas plus qu'un insecte qui leur bourdonnerait aux oreilles.

– Mon père est un inventeur. Il fabrique des machines pour résoudre les problèmes. Malheureusement, il a son avis sur tout et ne peut pas se retenir d'exprimer ses opinons à haute voix.

– J'ai remarqué, dit Stan en la regardant en coin. Ça ne lui plaira pas beaucoup de te voir en ma compagnie.

– Encore faut-il que nous le retrouvions. Généralement, il nous écrit, durant ses voyages, et ne s'absente jamais si longtemps. Je me demande s'il ne lui est pas arrivé malheur.

– J'ai engagé Hawkins pour qu'il nous aide. Avant de partir, n'oublie pas de lui remettre ta miniature.

Samantha acquiesça, la mine si affligée que Stan, d'ordinaire peu compatissant, en fut remué. Agacé, il se détourna pour tisonner le feu.

Le jour se leva, clair et exceptionnellement tiède pour la saison. Ils roulèrent leur manteau dans leur paquetage et reprirent la route, profitant du beau soleil. Samantha avait renfilé sa jupe de serge. Stan n'avait pas encore réussi à voir ce qu'elle portait sous la drôle de veste rose qui lui allait du menton à la taille. Les mouvements de ses bras se perdaient dans l'ampleur des manches et le corsage était si ample qu'il dissimulait sa silhouette, au grand dépit de Stan.

Il décida d'éviter les zones peuplées, le long du fleuve, ainsi que les appontements où ils auraient pu rattraper le vapeur : il voulait la garder un peu plus longtemps pour lui seul. Toutefois, la baie de San Francisco se rapprochait inéluctablement, et Samantha s'agitait sur sa selle.

– Sommes-nous près de la côte ? Vais-je enfin voir l'océan ?

– On est juste au sud de la baie, annonça Stan qui connaissait la région. Pour l'océan, il faut faire un détour, mais on peut y aller, si tu veux.

Elle leva vers lui ces yeux brillants auxquels il ne pouvait plus résister. Aussi quittèrent-ils la piste pour chevaucher à travers des champs d'herbe folle qui s'étendaient jusqu'à l'horizon.

Stan dénicha un coin abrité du vent, derrière une dune. Il entrava les chevaux pendant que Samantha s'élançait à perdre haleine dans le sable en soulevant sa jupe. Et quand il eut à son tour franchi la dune de son pas de flâneur, Samantha se trouvait déjà au bord de l'eau. Elle avait enlevé bottes, bas et veste et se tenait debout dans les vagues qui déferlaient à ses pieds, collant sa jupe contre ses jambes. Stan enfonça les poings dans ses poches pour résister à l'envie de la rejoindre.

Les mouettes criaient dans le ciel tandis que le

soleil d'hiver allumait des reflets d'or dans ses boucles agitées par la brise. Elle contemplait l'océan, extatique, les bras enserrant sa poitrine. Les vagues se ruaient à ses pieds et tourbillonnaient avant de refluer. Dans son vêtement ruisselant qui la moulait de façon sculpturale, elle apparut à Stan telle une déesse marine, en si parfaite harmonie avec les éléments qu'il se sentit étreint par une étrange nostalgie.

C'est alors qu'il vit fondre l'énorme houle droit sur elle. Samantha ne connaissait rien aux caprices de la mer. Il courut comme un fou sur le sable qui se dérobait et, poussant un cri, l'empoigna, battant en retraite à l'instant où la lame déferlait, aspirant le sable sous leurs pieds, les aspergeant d'écume.

Ils trébuchèrent et tombèrent si rudement sur la plage que Samantha fut prise de fou rire. Ils étaient trempés, grelottants, pleins de sable, et elle riait à gorge déployée, se pendant au cou de Stan. Et lui, le souffle coupé par la chute, gardait les yeux fermés pour mieux savourer le bonheur de sentir son corps sous le sien.

Leurs lèvres se trouvèrent. Stan garda les yeux clos, goûtant pleinement cet instant de total abandon. Les vagues se brisaient à leurs pieds, mais il n'avait conscience que de la chaleur de Samantha. Il fouilla longuement sa bouche de la langue, sentit la jeune femme se cambrer, offrir ses seins à ses caresses. Il en prit un entre ses doigts et le fit rouler délicatement. Elle geignit sous lui, creusa les reins. Ivre de désir, il l'embrassa à pleine bouche, lui pétrissant les seins.

Samantha poussait de petits cris – plaisir ? indignation ? L'odeur des embruns se mêlait à celle de son corps. Ses ongles s'enfonçaient dans le dos de Stan. Lorsqu'il rabattit sa jupe jusqu'à la taille, elle se tortilla, l'affolant, tandis qu'il glissait la main sous son corsage, touchant enfin sa peau satinée. Un gémissement de plaisir fusa des lèvres de Samantha quand il s'empara de son sein nu. Leurs corps s'épousaient avec l'ardeur naturelle, incontrôlable des vagues qui déferlaient sur le sable et les rochers.

Stan dénoua les rubans du pantalon orné de dentelle, écarta celui-ci. Samantha cria, mais se mit bientôt à bouger au rythme de ses caresses. Tout allait bien. Il ne faisait rien de mal. Samantha était consentante.

Il aurait voulu se désaltérer à ses seins, mais son corsage l'en empêchait. Plus tard... quand ils s'enlaceraient dans la douceur des draps. Il caressa sa poitrine, effleura la courbe des hanches, la rondeur des fesses. Samantha gémit et s'arc-bouta. Stan ouvrit les yeux et vit le ventre irisé comme une fine porcelaine, les cuisses ouvertes où moussait un nid de boucles rousses.

Il ne se souciait plus du vent qui soufflait en rafales. Il touchait au port. Il s'allongea de tout son poids sur Samantha, cherchant ses lèvres, titillant ses seins. Elle agrippa son dos, mais ne le repoussa pas. Il souleva les hanches et se glissa dans la chaleur de ses cuisses. Samantha haleta, un instant déconcertée par cette intrusion, puis elle lui rendit ses baisers.

Tout était comme ce devait être. L'océan se ruait à l'assaut de la grève, la chaleur de leurs corps les enveloppait comme une bulle, les protégeant du vent glacé. Doucement, Stan poussa, si lentement qu'il crut ne pouvoir se retenir quand elle résista un peu, tremblante. Il la caressa, l'implora. Bientôt elle bougea de nouveau sous lui, offerte et gémissante. Il l'empoigna aux reins et plongea en elle d'un seul coup.

Elle poussa un grand cri tandis qu'il la déchirait. Stan jura, mais il ne pouvait plus s'arrêter. Il avait trop longtemps attendu, s'était trop longtemps retenu...

Enfin elle réagit, se souleva pour venir au-devant de lui, heureuse de le sentir en elle, l'agrippant quand il se retirait. Il accéléra la cadence jusqu'à l'instant où, avec un gémissement de regret, il s'arracha à la douceur de Samantha pour se répandre dans le sable.

22

Les yeux clos, Samantha offrait son visage brûlant à la brise marine. Les mouettes criaient au-dessus d'elle et les vagues venaient inlassablement se briser sur la plage. Elle n'osait imaginer à quoi elle ressemblait avec sa jupe remontée jusqu'à la taille, impudiquement offerte. Stan l'avait abandonnée. Allait-elle mourir ? Elle avait si mal...

Elle reçut la claque glacée d'un linge humide entre les cuisses et glapit d'indignation. Ouvrant les yeux, elle voulut se redresser. Du plat de la main, Stan l'obligea à rester immobile et se mit à baigner sa chair meurtrie avec le détachement efficace d'un médecin. Son visage sévère aux lèvres pincées décourageait toute protestation. Pourquoi une telle colère ?

Il l'avait presque violée dans ce coin désert, à même le sable, elle qui rêvait d'étreintes romantiques dans un cadre feutré. Et pourtant, étrangement, elle n'éprouvait aucun regret, aucune amertume. Elle aurait même été bien, bercée par le clapotis des vagues, si Stan avait consenti à la laisser tranquille.

Sa chemise mouillée moulait son torse puissant, en dessinait chaque muscle. Elle aurait aimé le voir nu, le toucher... Ils auraient pu faire tant de choses délectables s'ils avaient pris leur temps.

En tout cas, désormais, elle savait comment on fait l'amour. Cela la rendait-il davantage femme ? Probablement pas. Elle se dressa sur son séant, rabattit sa jupe sur ses jambes, et tourna les yeux vers l'océan plutôt que de croiser le regard furibond que Stan braquait sur elle.

– Pourquoi diable ne m'as-tu pas dit que tu n'avais jamais... ? demanda-t-il, criant pour se faire entendre par-dessus le mugissement du vent.

– Tu ne m'as pas posé la question, que je sache, répliqua-t-elle avec froideur, refusant de se laisser gagner par sa colère.

Elle frissonnait, à présent, et luttait contre les larmes, elle qui ne pleurait jamais.

– Tu m'as dit que tu avais connu plus d'hommes que tu ne le voulais !

Il se remit debout d'un bond en finissant de boutonner son jean trempé. Samantha regarda avec une curiosité non déguisée la ligne de poils sombres sur son ventre. Elle le sentait encore en elle. Les quarante-huit heures venant à peine de commencer, Stan y mettait-il fin parce qu'il était déçu par son inexpérience ?

– Je n'avais pas compris la question dans ce sens-là. D'ailleurs, si j'avais saisi l'allusion, j'aurais pris cela pour une insulte et je t'aurais sans doute tiré une balle dans la tête. Ce que je devrais faire tout de suite, mais je n'arrive pas à décider si c'est moi ou bien les femmes en général que tu insultes en nous supposant à ce point dépravées.

– Qu'est-ce que j'étais censé comprendre quand tu as accepté ce fichu marché ?

Samantha se leva en soupirant. S'il voulait la bagarre, il l'aurait !

– Que je suis prête à tout pour retrouver mon père. Eh bien ? On s'en va ou tu veux une autre séance de jambes en l'air pour prouver tes prouesses viriles ?

Allait-il la frapper ? Par mesure de précaution, elle recula d'un pas... et se prit les pieds dans sa jupe. Stan la rattrapa par le coude et la redressa, effleurant ses seins dans la manœuvre. Elle s'écarta vivement, mais il ne lâcha pas prise.

– Ne me raconte pas que j'étais le seul à avoir envie de faire l'amour ! (Il plissa les yeux.) Et tu es aussi prête que moi à recommencer.

Le corps soudain embrasé, elle frémit de la tête aux pieds et s'avoua que Stan disait vrai. Effarée, elle empoigna sa jupe et s'enfuit en direction de la dune.

– On cherche d'abord mon père, lui cria-t-elle, escaladant la pente sablonneuse.

En quelques enjambées, il l'eut rattrapée et, la prenant par la taille, il la souleva dans les airs. Elle lui rendit son baiser avec une égale passion tandis qu'il la faisait glisser contre lui.

– Et ensuite, on trouve un lit, hein ? souffla-t-il en plongeant son regard dans le sien. Mais ne compte pas sur moi pour t'épouser.

– Même si tu étais le dernier homme vivant, je ne t'épouserais pas !

– Parfait. Dans ce cas, l'affaire est réglée. Allons-y.

Il tourna les talons et se mit en route, sans plus se préoccuper d'elle. Elle s'arrêta pour ramasser bottes et bas qu'elle enfila à l'abri de la dune. Stan était déjà en train de vérifier leurs paquetages et de désentraver les chevaux.

Malgré sa grossière indélicatesse, il eut la courtoisie de dérouler son paquetage pour lui lancer son manteau et de lui proposer d'avancer au pas si elle désirait chevaucher en amazone, seule concession à laquelle il condescendrait après ce qui s'était passé entre eux.

Le défiant du regard, elle sauta en selle, étouffant un gémissement.

Peu à peu, elle s'intéressa au paysage qui se civilisait à l'approche de la ville. Les étendues sauvages cédaient la place à une campagne pimpante. Une diligence les dépassa à grand fracas, forçant un chariot à se ranger sur le bas-côté. Le conducteur de celui-ci se mit à jurer en brandissant le poing. Au loin, Samantha vit l'éclat du soleil qui se réfléchissait dans l'eau et les bateaux danser dans le port. La ligne basse des maisons monta à l'horizon, lui masquant progressivement la baie.

La traversée de la ville se déroula dans un festival d'odeurs, de sons et d'images. Des Chinois trottinaient, tirant des charrettes à bras. Des hommes en redingote et haut-de-forme flânaient en donnant le bras à des dames vêtues de toilettes à tournures. Personne ne prêtait attention au rude montagnard et à la cavalière qui le suivait, chevauchant à califourchon malgré sa jupe.

Samantha regretta de ne pas avoir enfilé une robe quand Stan fit halte devant un hôtel cossu dont l'imposante porte à double battant s'ouvrait et se fermait sur des hommes d'affaires respectables. Elle n'aperçut pas une seule femme dans les parages.

– Comme je suis fagotée ! murmura-t-elle à Stan qui l'aidait à descendre de cheval.

– Et après ? répondit-il avec brusquerie. Personne ne nous connaît.

Faisant contre mauvaise fortune bon cœur, elle s'enveloppa dans son manteau pour dissimuler son corsage mal ajusté, puis, à la grande surprise de Stan, elle lui prit le bras et se laissa guider à l'intérieur.

Impressionnée par le cadre majestueux, elle s'efforça de ne pas regarder le lustre qui scintillait de mille feux ni le miroir surchargé qui surplombait la réception. Cette fois encore, Stan commanda un tub et Samantha se garda bien de protester. Elle ne partirait à la recherche de son père qu'une fois présentable.

Un groom monta leurs sacoches de selle jusqu'à la chambre. Eblouie par une telle débauche de luxe,

Samantha se cramponnait au bras de Stan, s'efforçant de paraître à l'aise devant le tapis rouge et l'escalier en acajou.

Quand ils furent enfin seuls au milieu de la chambre au lit immense et aux tentures de velours bleu, Samantha prit une profonde inspiration pour se donner du courage. Peu importait que cette chambre fût deux fois plus vaste que la précédente, Stan l'emplissait tout autant de sa présence et elle ne voyait que lui.

Elle étudia ses gestes tandis qu'il se débarrassait de son manteau, le jetait sur le lit et fouillait dans son paquetage, étonnée de constater à quel point ce décor grandiose lui seyait.

Stan rassembla les vêtements propres qu'il avait sortis de son sac et, comme s'il se rendait seulement compte de la présence de Samantha, il déclara :

– Je vais aux bains publics ! Ensuite il faudra que je reprenne quelques contacts avant qu'on puisse commencer à poser des questions à la ronde.

Quel soulagement qu'il n'ait pas l'intention de prendre son bain avec elle ! Toutefois, il lui déplaisait de rester seule.

– Combien de temps comptes-tu t'absenter ?

– Le temps qu'il faudra. Est-ce là l'unique robe que tu aies emportée ? s'exclama-t-il, affligé, en jetant un coup d'œil à sa tenue de rechange.

On frappa, puis le groom entra pour installer une vaste baignoire en cuivre tandis que deux femmes de chambre apportaient des seaux d'eau bouillante.

– J'ai aussi une robe en drap de laine.

– Dans ce cas, je te ferai livrer quelque chose de décent. J'ai l'intention de me rendre au comité de direction du chemin de fer et il vaudrait mieux que tu m'accompagnes.

Il partit avant qu'elle ait eu le temps de mesurer la portée de ses décisions laconiques. Avec un petit effort, elle arrivait à s'imaginer traînée par Stan devant le comité du chemin de fer, mais une « tenue décente »...

Elle suivit avec impatience l'évolution des femmes de chambre. Une fois seule, elle se déshabilla à la hâte. Quel bonheur de se prélasser dans un bain parfumé !

Quand on lui monta un repas, elle alla ouvrir drapée dans une couverture, une serviette enroulée autour de la tête. La femme de chambre, probablement habituée à bien d'autres excentricités, ne parut pas s'en formaliser. Samantha lui confia sa robe pour qu'elle y donne un coup de fer. Un peu réconfortée, la jeune femme s'attabla et dévora à belles dents en guettant le retour de Stan.

Il ne revenait pas. Son festin terminé, elle prit du linge propre au fond de son sac, se changea et s'enveloppa dans la couverture pour observer de la fenêtre le va-et-vient de la rue.

On frappa de nouveau. La femme de chambre avec sa robe, certainement. Samantha alla ouvrir. Des livreurs coiffés d'une casquette rouge entrèrent à la queue leu leu, déposèrent sur le lit d'innombrables paquets et ressortirent en file indienne.

23

Samantha faisait les cent pas dans la chambre d'hôtel. A chaque virage qu'elle prenait sur le tapis moelleux, sa crinoline décrivait un brusque arc de cercle, rebondissant du lit à l'armoire, ratant de peu la table de toilette quand elle revenait sur ses pas. La soie verte froufroutait sur les cerceaux, la suivant comme une traîne. Une débauche de dentelle ornait le devant du corsage et les manches amples – dentelle assortie à celle de sous-vêtements dissimulés sous les aunes de tissu de la robe.

Bas de soie et escarpins complétaient cette fabuleuse toilette assemblée en si peu de temps que Samantha s'interrogeait sur l'intimité des relations qui unissaient Stan à la couturière responsable de ce chef-d'œuvre.

Pourquoi avait-elle les nerfs à vif ? Parce que Stan ne l'avait pas jugée suffisamment élégante pour s'afficher avec elle à son bras ? Parce qu'il l'assimilait au genre de filles dont on rétribue les services avec des toilettes ? Ah, elle lui aurait volontiers arraché les yeux s'il n'avait été le seul à pouvoir l'aider à retrouver son père !

Lorsqu'il reparut enfin, Samantha était tellement exaspérée qu'elle lui jeta à la figure le châle en cachemire de grand prix, et elle allait continuer avec la boîte à gants quand il lui happa le poignet.

– Mais qu'est-ce qui te prend ?

Il lui attrapa l'autre main à temps pour éviter une gifle.

– Espèce de... Pour qui me prends-tu, à vouloir

me faire jouer les chiens déguisés ? hurla-t-elle, essayant de libérer sa main pour le frapper.

Stan la fit pivoter et lui plaqua le dos contre son torse. Mine de rien, il referma les doigts sur un de ses seins et en effleura le mamelon.

– J'aurais dû deviner qu'une harpie comme toi n'apprécierait pas à sa juste valeur le mal que je me donnais ! C'est toi qui t'inquiétais de ton allure. Mais tu préférerais sans doute que je t'emmène devant ces gens influents dans la robe du dimanche de ta mère retouchée à ta taille ?

– Pourquoi pas ? s'indigna Samantha, tentant de repousser sa main.

– Tu pourras l'enfiler pour aller dîner. Le temps presse : nous sommes invités à la réunion du comité de direction qui se tient cet après-midi, dit-il en la libérant enfin.

Il avait réussi à les introduire auprès du comité des chemins de fer ? Comment s'y était-il pris ?

Le regardant, elle le trouva soudain impressionnant dans sa redingote et sa chemise à jabot. Il s'était fait raser et rafraîchir les cheveux. Etrange que cet inconnu fort séduisant, qui n'avait certainement qu'à cligner de l'œil pour que les femmes le suivent au lit, l'ait choisie, elle, pour maîtresse.

– Qu'y a-t-il ? Ma tenue te déplaît ?

– Non, bien sûr que non. Tu es très bien, seulement tu...

Il lui avait montré tant de facettes qu'elle doutait de jamais connaître le vrai Stan Talbott.

Il lui saisit le menton et l'embrassa, puis il caressa sa gorge en un geste possessif.

– Nous poursuivrons cette conversation plus tard,

murmura-t-il, quand tu auras ôté tous tes dessous de luxe.

Elle frissonna, soudain emplie de désir. Stan la scruta avec un regard brûlant de passion avant de s'écarter d'elle. Prenant son châle sur le lit, il le lui lança et sortit sans l'attendre.

Le comité du chemin de fer siégeait à la banque, dans une vaste pièce élégamment meublée.

Mise en présence de ces hommes qui œuvraient à la transformation du continent, Samantha ne fut guère impressionnée – ils ressemblaient à des gens ordinaires, et même dépourvus de distinction.

– Content de vous revoir, Talbott, dit un homme aux favoris noirs. Vos affaires sont florissantes, paraît-il.

– A long terme, le bois de charpente rapportera plus que la mine, répondit Stan. Et maintenant, messieurs, permettez-moi de vous présenter Mlle Samantha Neely, une amie de la famille.

Samantha salua de la tête, s'efforçant de sourire aimablement à ces grippe-sous qui la lorgnaient avec convoitise. Il lui sembla que l'homme au bout de la table fronçait légèrement les sourcils. Le nom de Neely lui évoquait-il de mauvais souvenirs ?

– Le père de Mlle Neely a disparu peu de temps après avoir quitté mon territoire, et nous avons tout lieu de croire qu'il est venu dans cette ville. Il tient parfois des discours quelque peu révolutionnaires, mais c'est un inventeur de génie. Nous pensions retrouver sa trace chez vous, au cas où l'un d'entre vous aurait recouru à ses talents, puisqu'il avait parlé de venir vous exposer certaines de ses idées.

Habile formulation... Samantha surprit le tic irrité qui tirailla le coin de la bouche de l'homme du bout de la table. Stan leur nomma Emmanuel Neely, le décrivit. Quand il eut terminé sa péroraison, l'homme aux favoris prit la parole :

– Votre père nous aurait été fort utile, mademoiselle, dit-il en ne regardant que Stan. Il aurait pu trouver un moyen de franchir le col sans qu'on soit obligés d'utiliser ces luges qui coûtent un prix astronomique. Mais non, je n'ai malheureusement pas eu l'occasion de le rencontrer.

Difficile de deviner s'il mentait, lui, alors que d'autres étaient manifestement coupables de mensonge par omission. Un malaise planait sur l'assemblée. Stan l'entraînait vers la sortie quand elle prit la parole d'une voix posée :

– Mon père est un homme doux et généreux. Il a beau avoir des opinions que certains n'apprécient pas, c'est un être pacifique. Sa disparition a laissé ma mère et mes sœurs anéanties ; mon oncle est mort sur la piste de l'Ouest alors qu'il nous conduisait jusqu'ici pour retrouver sa trace, laissant un jeune fils orphelin qui aurait bien besoin d'un père pour le guider. Si vous avez entendu parler de lui, je vous supplie de nous le signaler. Pour ma part, j'ai la ferme intention de poursuivre mes recherches.

Stan lui pinça le coude. Elle n'en eut cure, occupée qu'elle était à scruter chacun de ces hommes. L'un détourna le regard ; un autre prit un air vaguement compatissant ; un troisième jeta un coup d'œil à sa montre de gousset. Furieuse, elle tourna les talons et sortit comme une furie.

– Bon sang, Samantha, tu n'avais pas à leur raconter ces choses ! grommela-t-il en courant derrière elle. Maintenant ils vont surveiller nos faits et gestes.

– Parfait. Qu'ils nous fassent disparaître, nous aussi, comme ça on retrouvera mon père !

– Rien ne nous prouve qu'ils savent quoi que ce soit au sujet de ton père, dit Stan en l'obligeant à ralentir l'allure.

– A d'autres ! J'en aurais d'ailleurs confirmation si je retournais écouter aux portes.

– Tu t'exposerais à de graves ennuis. Ces hommes-là sont des requins.

– Tu es mieux placé que moi pour le savoir.

– Je n'ai pas tué ton père, même si l'envie m'en a parfois démangé.

Samantha n'en doutait pas, sinon elle n'aurait pas fait avec Stan ce qu'elle venait de faire... et s'apprêtait à recommencer, se dit-elle en rougissant tandis qu'ils approchaient de l'hôtel.

– Et moi je brûle de te descendre depuis notre arrivée au village, Stan Talbott, grommela-t-elle en traversant le hall.

– Tu mens très mal. Tu désires me voir étendu raide... pour que je te fasse l'amour.

Samantha voulut le gifler, mais il lui saisit le poignet avant qu'elle ne les ait précipités au bas de l'escalier. Peu à peu, le vertige la grisait. Allaient-ils reprendre leurs ébats, alors qu'il ne faisait pas encore nuit ?

– Il faut aller enquêter dans les écuries de louage ainsi que dans les hôtels, lui rappela-t-elle.

Stan sortit la clé de la chambre de sa poche.

– Il y a des dizaines d'écuries et des centaines d'hôtels. Je paie Hawkins pour qu'il se charge de la besogne, dit-il en la poussant à l'intérieur.

Il lança son manteau sur un fauteuil sans quitter Samantha des yeux. Elle se sentit fondre de désir. Il déboutonna son gilet.

– Stan, tu avais promis... fit-elle, haletante.

Le gilet suivit le même chemin que le manteau.

– Je t'ai promis de t'aider à trouver ton père et je m'y emploie. J'ai graissé pas mal de pattes pour obtenir une audience du comité, j'ai interrogé une foule d'hommes susceptibles d'avoir croisé ton père, j'ai loué les services de Hawkins. A présent, il ne reste plus qu'à attendre.

Attendre et faire l'amour. Samantha se sentait perdue. C'était une chose d'avoir cédé à une folle impulsion, sur la plage, et une autre de se déshabiller froidement dans une chambre devant lui. Si curieuse qu'elle fût de revivre ses étreintes dans un lit, elle ne pouvait se résoudre à coopérer avec son suborneur.

– L'heure du dîner approche et tu m'avais promis que nous le prendrions à l'extérieur.

Stan s'assit pour ôter ses bottes.

– J'ai changé d'avis. Tu veux que je déboutonne ta robe ?

– Non. Oui... Je...

En un clin d'œil, il dégrafa la rangée de boutons. Bientôt Samantha se retrouva quasiment nue, vêtue de sa seule chemise de soie. Gênée, elle plaqua les mains sur sa poitrine. Stan les en détacha, effleurant au passage le bout de ses seins.

– Ce sera beaucoup mieux, cette fois, Samantha. Quand je serai en toi, tu ne voudras plus que je me retire.

Elle n'avait pas voulu qu'il se retire, la première fois ! Et elle souhaitait ses caresses.

Il dénoua les rubans de sa chemise et glissa la main sous le tissu. Elle manqua défaillir entre ses bras.

– C'est bien, ne résiste pas. Laisse-toi faire. C'est parfaitement naturel, entre un homme et une femme, murmurait-il d'une voix grisante et grave.

Il lui mordilla l'oreille, pétrit un de ses seins, coula son autre main vers le creux de ses cuisses. Elle renversa la tête en arrière et poussa un gémissement étouffé.

– C'est ça, mon amour, laisse-toi aller...

Il referma la bouche sur son sein, lui arrachant un cri de plaisir, puis la déposa au creux du lit.

24

Stan se déshabilla en hâte. Il avait un torse splendide, dont les muscles roulaient sous la peau couleur de bronze doré. Samantha tressaillit de désir quand son pantalon glissa sur le tapis, offrant à son regard langoureux l'homme superbe que son corps appelait.

Il se coucha contre elle, l'irradiant de sa chaleur, se pencha pour lui donner un long baiser. Samantha ferma les yeux, se concentrant sur les mille et une sensations qui l'envahissaient. Stan prit un de ses seins entre ses lèvres, parsema bientôt son corps de baisers légers. Quand il introduisit la langue en elle, elle se tordit, creusa les reins, l'implora jusqu'à ce qu'il remonte et la recouvre de tout son corps. Un frisson la secoua et elle baissa le regard vers son membre durci.

– Oui, regarde-moi, Samantha. Je tiens à ce que tu saches que c'est bien moi et pas un autre, fit-il d'une voix rauque.

Elle n'avait jamais désiré d'autre homme que lui, évidence tout aussi aveuglante que le désir de Stan pour elle. Quand leurs lèvres se joignirent, elle se cambra pour aller à la rencontre de son corps.

Elle poussa un cri quand il la pénétra, puis quand, par des mouvements de plus en plus rapides, il l'entraîna jusqu'à perdre haleine, jusqu'à perdre conscience... Soudain, ce fut un feu d'artifice. Stan gémit, s'arc-bouta, immobile. Elle refusa de le libérer. Pas cette fois.

Quand ils se réveillèrent, ils refirent l'amour avec tendresse, puis se firent monter un repas qu'ils mangèrent au lit entre deux étreintes fougueuses.

Samantha se montrait provocante, déterminée à profiter au maximum des quarante-huit heures prévues. Enfin, les sens apaisés, elle demeura immobile, heureuse d'entendre le souffle régulier de Stan. Ses jambes mêlées aux siennes, sa main dans ses cheveux, blottie contre son torse, elle se sentait en sécurité pour la première fois de sa vie.

Ils se réveillèrent vers midi. Stan se souleva sur un bras et se pencha sur Samantha, prenant un de ses seins dans sa paume. Elle se sentit fragile et très féminine.

– Il faut qu'on voie Hawkins, dit-il. Je suppose que tu ne serais pas d'accord pour repousser d'un jour ou deux le rendez-vous...

Le drap, en glissant, dévoila son corps viril, de nouveau prêt à l'amour. Samantha leva les yeux vers les siens et, fascinée, y lut du regret, du désir... et une certaine tendresse, ce qui la surprit de la part d'un homme qu'elle croyait insensible.

– J'aimerais bien, mais je crains que cela ne soit impossible.

Stan eut un sourire un peu fat et, lui caressant la joue, murmura :

– Pardonne-moi, j'oubliais que tu étais une néophyte... Tu es si douée.

– Juste une fois, si tu veux, souffla-t-elle contre sa bouche.

Elle se pendit à son cou, les reins cambrés.

– Bien que cela me coûte, je préfère en rester là. Il faut que tu récupères, dit-il.

Il roula de côté et, d'un bond, sauta du lit. Samantha s'étira langoureusement, observant Stan, paupières mi-closes, histoire de vérifier le pouvoir qu'elle avait sur lui.

– On pourra remonter dès qu'on en aura fini avec Hawkins, conclut-il.

Elle aurait jubilé d'exercer un tel empire sur lui si elle-même n'avait éprouvé pareil désir. Que feraient-ils, une fois de retour dans la montagne, si leur faim ne s'apaisait pas ? Elle n'osait y penser. Mais peut-être qu'une nuit de plus suffirait à les lasser l'un de l'autre.

Elle passa derrière le paravent pour faire sa toilette. Stan ramassa ses vêtements éparpillés sur le tapis et les disposa à cheval sur le panneau. Elle se sentait tout aussi étrange habillée que nue, la veille, et, loin d'en ressentir de la gêne, attendait la suite avec des frémissements d'impatience.

Stan l'accueillit avec un vrai sourire quand elle reparut. Il peigna des doigts ses boucles rousses puis, la faisant pivoter, défit le nœud de sa robe pour le renouer avec art.

– Nous avons passé un contrat, dit-elle. A toi, maintenant, d'en acquitter ta part et ce soir, nous réglerons définitivement l'affaire.

Il lui caressa la nuque tandis qu'elle ouvrait la porte.

– Ce ne sera pas si simple que tu le crois.

Ils déjeunèrent donc avec le dénommé Hawkins, pisteur au profil d'aigle, aux pommettes hautes et saillantes qui trahissaient ses origines indiennes – et peut-être aussi espagnoles. Il observait Samantha avec méfiance et n'adressait la parole qu'à Stan. Or la jeune femme n'avait pas l'habitude d'être tenue à l'écart. Quand elle lui posa une question et qu'il répondit à Stan, elle le rappela à l'ordre en faisant tinter sa cuillère contre son verre. Hawkins sursauta et reporta son attention sur elle.

– Comment croyez-vous pouvoir retrouver mon père si vous ne faites aucune attention à sa fille ? Un aveugle ne nous servira à rien.

Hawkins la considéra, le visage impassible.

– Un aveugle voit parfois mieux qu'un homme

ayant ses deux yeux. Cela dit, je ne suis pas frappé de cécité. Si vous lui ressemblez, je retrouverais votre père au milieu d'une foule.

– Pour lui ressembler, elle lui ressemble, en effet ! Trop même. Il possède un cheval qui est le jumeau du sien. Accompagne-moi à l'écurie, je vais te le montrer. Samantha, je te reconduis d'abord à l'hôtel.

– J'irai où bon me semble ! s'écria-t-elle en se levant sans prendre la main que lui tendait Stan.

Quand ils atteignirent la bâtisse, Samantha s'élança au pas de course vers l'étalon. L'animal sortit la tête de son box, quêtant des caresses.

– J'ai oublié de lui apporter une pomme ! s'exclama-t-elle, chagrinée.

Hawkins étudiait la jeune femme avec curiosité. Il s'avança, paume tendue. L'étalon poussa un petit hennissement de bonheur et happa les morceaux de sucre qu'on lui offrait.

– Jamais vu ce genre de bête, dit Hawkins en caressant l'encolure soyeuse. Votre père les élève ?

– Il en avait commencé l'élevage, puis il m'a passé la main avant la guerre, quand il s'est toqué des munitions. Il monte un pur-sang pareil à celui-ci.

Hawkins flatta le cheval, faisant courir son regard de Samantha à Stan qui avait posé le bras sur l'épaule de la jeune femme en un geste possessif destiné à la protéger du cheval et d'un éventuel rival. Hawkins sourit puis assena une claque sur le garrot de l'étalon.

– Cette bête me serait tout aussi utile que le daguerréotype pour retrouver la piste de votre père.

Samantha jeta des coups d'œil alarmés aux deux hommes.

– Mlle Neely tient à son cheval comme à la prunelle de ses yeux, dit Stan.

– Je prendrai grand soin de lui, affirma Hawkins, regardant Samantha, pour une fois. Je vous donne mon cheval en échange. Il est mieux adapté à la haute montagne. Je vous ramènerai le vôtre quand j'aurai fini ma mission.

Céder son étalon ? Pas question !

– Je vais d'abord examiner votre cheval, afin de voir si le mien sera bien traité.

La lumière d'après-midi pâlissait quand ils reprirent le chemin de l'hôtel. Samantha gardait un silence inhabituel. Elle avait accepté la proposition de Hawkins. L'homme soignait bien son cheval, robuste bête de bonne race. Elle ne perdait pas au change.

– Merci, Stan, dit-elle à mi-voix.

– De quoi ? J'ai ce que je voulais. J'espère seulement que ton père valait ton sacrifice, bougonna-t-il sans la regarder.

Elle comprit que, à force de vivre en solitaire, Stan était mal à l'aise devant des sentiments sincèrement exprimés.

Il lui tint galamment la porte de l'hôtel, puis se figea soudain à ses côtés, fou de rage. A la vue de l'homme qui s'avançait vers eux, Samantha ne put retenir un gémissement de détresse.

25

– Vous ici, Talbott ! Ça, par exemple ! s'exclama le Dr Ramsey en s'inclinant devant Stan qui refusait de lui serrer la main. Mademoiselle Neely ! Quelle jolie toilette ! Madame votre mère approuverait, j'en suis sûr.

La stupeur cloua le bec à Samantha, ce qui arrangea Stan. Voyager avec elle était certes compromettant, mais sans preuve qu'ils partageaient la même chambre, personne ne pouvait les accuser de rien.

Il eut soudain une idée de génie.

– Si vous ne cessez pas immédiatement de déshabiller Mlle Neely du regard, je considérerai votre attitude comme une insulte et vous m'en rendrez raison, Ramsey. Quant à vous, Samantha, pourquoi n'allez-vous pas rejoindre Jeanne dans sa chambre pour vous y rafraîchir ? J'ai prévenu mon frère que nous les retrouverions sur les quais.

Il lui glissa discrètement la clé de la chambre dans la main.

Elle battit des paupières, lui adressa un regard effaré et, sur une petite révérence à Ramsey, disparut dans l'escalier.

Assommé par une telle débauche d'informations, Ramsey reprit toutefois rapidement contenance et afficha un rictus sarcastique.

– Eh bien, avez-vous retrouvé enfin le père prodigue ?

– Pas encore... bien que cela ne vous regarde pas. Et maintenant, si vous n'avez rien d'autre à me dire, ayez la courtoisie de m'excuser. Je dois aller louer une voiture.

Il s'éloigna, se félicitant d'avoir rivé son clou à Ramsey. Il y avait un escalier de service, par lequel il pourrait monter en catimini au premier. Il n'allait pas renoncer à sa dernière nuit d'extase.

– Je ne comprends pas ce qui vous presse d'aller aux quais, à cette heure, dit Ramsey dans son dos.

Rongeant son frein, Stan héla un groom.

– Mlle Neely loge chez mon frère et ma belle-sœur. Eh bien, votre curiosité est-elle satisfaite, Ramsey ?

Il chargea le groom de louer une voiture et d'aller chercher les chevaux à l'écurie.

– J'ignorais que vous eussiez un frère à San Francisco.

– Il y a bien des choses que vous ne savez pas et que vous ne saurez jamais, s'il ne tient qu'à moi, mon bon.

Stan tourna au coin de l'hôtel et remonta l'allée latérale, à la recherche d'une autre entrée. Ramsey était bien capable de ne pas bouger de la réception en attendant la suite des événements. Quoi d'étonnant à ce que le docteur les ait trouvés dans cet hôtel-là ? Etant un homme d'habitudes, Stan y descendait toujours. En revanche, il ne s'expliquait pas la raison de la présence du médecin à San Francisco.

Il découvrit enfin l'escalier de service et en grimpa les marches quatre à quatre, espérant que Samantha l'attendrait dans ses dessous affriolants. Il se promit de lui en acheter de plus osés et la vision de la jeune femme ainsi vêtue le rendit fou de désir.

Samantha ouvrit précautionneusement la porte avant de se rabattre bien vite contre le mur pour le laisser rentrer.

Elle s'était changée et portait son affreuse jupe en serge.

– J'ai vu qu'on amenait nos chevaux devant l'hôtel, dit-elle d'une voix lointaine. J'ai cru que tu étais prêt à partir.

Stan, se collant à son dos, lui enlaça la taille. Elle était si mince qu'elle semblait flotter entre ses bras et pourtant suffisamment grande pour qu'il puisse poser le menton sur sa tête.

– On a peut-être réussi à duper Ramsey.

Elle ne tenta pas de se dérober à son étreinte, et il lui en fut reconnaissant.

– Ces hommes qui sortent du saloon... dit-elle, songeuse. Ne seraient-ce pas certains de tes mineurs ?

Ils traversaient la rue, l'index pointé sur le cheval de Talbott. Samantha bénit le ciel d'avoir récupéré celui de Hawkins.

– Ils vont envahir la réception, me réclamer. On ferait mieux de décamper.

– Que font-ils ici, en plein milieu de la semaine ?

– Du diable si je le sais ! Je suppose que, intrigué par notre départ, Ramsey a voulu nous filer et a rameuté quelques compagnons de beuverie pour veiller sur lui.

Dès son arrivée au village, Samantha avait perçu l'animosité qui régnait entre Stan et Ramsey. Or, le bon docteur les avait protégées, sa famille et elle, à sa façon. Cet ivrogne serait-il descendu pour défendre sa vertu ? Pensive, elle leva la superbe robe que

Stan lui avait achetée. On ne fourrait pas une si jolie toilette dans des fontes.

Stan lui lança un drôle de regard.

– Si tu veux la garder, je vais demander à la femme de chambre de l'emballer et je l'enverrai chez mon frère. Sinon tu n'as qu'à la laisser ici.

Tant d'indifférence et de désinvolture la surprirent. Son cousin Jeff recourait lui aussi à ces tactiques défensives quand il voulait faire croire qu'il était un homme – et un dur. Elle serra la robe contre son cœur.

– Oui, je voudrais la garder.

Il observa la façon dont elle agrippait l'étoffe et hocha la tête, la mine impassible.

– C'est entendu.

Il sortit de la chambre sans un regard en arrière. Que fallait-il conclure ? Qu'il avait dépensé une fortune pour cette toilette, si bien que la laisser constituerait un affront ? Oui, ce devait être cela. Pourquoi échafauder des hypothèses compliquées ?

La femme de chambre vint s'occuper de la robe tandis qu'un groom descendait leurs sacoches de selle. Samantha traversa la réception à sa suite en feignant de ne pas remarquer Ramsey qui se cachait derrière son journal. Quant aux mineurs, ils s'étaient volatilisés.

Stan l'attendait dehors. Il l'aida à prendre place dans le cabriolet – elle regretta de ne plus porter sa belle robe –, vérifia que leurs deux chevaux étaient solidement attachés à l'arrière, jeta un coup d'œil au chargement des bagages et monta enfin s'asseoir auprès d'elle. A cet instant, le Dr Ramsey apparut sur le seuil de l'hôtel pour assister au départ. Il eût été bien sûr préférable qu'il la voie en compagnie de la mystérieuse Jeanne, mais qu'y faire ? Et puis, sa mère la savait à San Francisco avec Stan ; elle n'avait rien de plus qu'une nuit de frénésie sensuelle à cacher.

– Et maintenant, où allons-nous ? murmura-t-elle tandis que l'attelage descendait les rues en pente qui menaient à la baie.

– Chez mon frère. Il n'y a pas beaucoup d'hôtels convenables dans cette ville. Ça ne m'étonnerait pas de Ramsey qu'il les passe tous en revue pour vérifier si nous n'y avons pas pris une chambre.

– J'étais persuadée que tu t'étais inventé un frère.

– Non, hélas ! Matthew et sa femme Jeanne possèdent un ranch dans la vallée. On y passera la nuit, ce qui corroborera notre histoire.

– Pourquoi hélas ?

– Parce qu'ils sont assez à cheval sur les principes, ce qui nous contraindra à faire chambre à part.

Samantha, silencieuse, regarda défiler les rues, s'efforçant de démêler l'imbroglio de ses sentiments. Loin d'être soulagée que les circonstances aient brutalement mis un terme à leur marché, elle avait l'impression qu'on avait brisé net sa lune de miel.

Une fois sur les quais, Stan monta les chevaux sellés à bord du vapeur dont la cheminée vomissait déjà des nuages de fumée. Samantha avait espéré qu'ils pourraient prolonger le séjour, poser des questions à la ronde, trouver d'autres pistes, mais la farouche détermination qu'elle lisait dans le regard de Stan excluait cette possibilité.

Il garda ses distances quand le bateau s'éloigna du quai et lui proposa de descendre s'abriter du vent. Samantha déclina son offre. C'était la première fois qu'elle prenait le vapeur, elle ne voulait rien perdre de la traversée de la baie.

Adossé à la paroi de la cabine, mains dans les poches, Stan fixait les eaux, l'air maussade. Il devait être furieux d'avoir été frustré de son dû. Soudain, il vint s'accouder au bastingage.

– Ramsey va jaser, d'autant que je nous ai inscrits comme mari et femme dans le registre de l'hôtel. Tout le monde va imaginer le pire.

– A juste raison.

Cette insouciance était un peu forcée, mais Samantha n'avait plus le choix. Elle avait pris sa décision et il ne restait plus qu'à s'accommoder des faits. Stan s'appuya la hanche contre la rambarde et se tourna vers elle, bras croisés.

– Tu n'as pas l'air de comprendre que les gens vont penser que tu es une fille facile. A moins que je ne leur prouve le contraire... Et le seul moyen de le leur prouver, c'est que tu t'installes chez moi.

Samantha dévisagea Stan. Son expression était impassible, comme à l'accoutumée. On aurait pu le croire insensible, mais Samantha avait vu le désir embraser son regard, vu ses lèvres dures se faire douces et caressantes. C'était un être humain pareil aux autres – un poil plus agaçant.

– Je ne suis pas née de la dernière pluie. A près de vingt-cinq ans, je suis tout à fait capable de me débrouiller seule sans avoir besoin de devenir la maîtresse de personne sous un prétexte aussi futile.

Il jura entre ses dents, sans la quitter des yeux.

– Futile ? Détrompe-toi. Seule la respectabilité évidente de ta famille a retenu les hommes de s'en prendre à votre vertu. Mais tous les lubriques du village n'attendent que le moment où cette barrière volera en éclats.

– Parce que vivre avec toi me rendrait ma respectabilité ?

– Mon fusil te protégerait. Les hommes ne portent pas la main sur ce qui m'appartient.

Il jouait les héros, alors qu'en réalité il s'assurait d'avoir une femme dans son lit !

– C'est gentil à toi de me le proposer, mais je sais me servir d'une arme, moi aussi. Et comme je m'inquiète davantage de l'opinion de ma famille que de celle d'une bande de lubriques, ma réponse est non.

Serrant les dents, il fit face au large.

– Je m'en doutais ! On pourrait raconter qu'on s'est mariés pendant le voyage. Tu n'as qu'à dire à ta mère que j'ai fait de toi une femme honnête. Comme je ne suis pas du genre qui épouse, tu n'as pas à redouter que je te cherche une remplaçante. On s'entend si bien, au lit...

La stupeur laissa Samantha sans voix. Quelle façon romantique de demander sa main !

– Je ne sais comment refuser une offre aussi généreuse, finit-elle par dire d'un ton sec. Sache que je ne serai pas ta... ta putain.

Stan parut foudroyé. Il lui lança un regard noir.

– Au moins, tu ne mâches pas tes mots ! (Il regarda de nouveau la baie où le soleil se couchait.) Tu ne songes pas plus que moi au mariage. Ce que tu veux, c'est ta fichue vallée, pour pouvoir élever des chevaux. Ça, je peux te l'offrir. C'est rare de s'entendre aussi bien au lit avec quelqu'un, et toi et moi aurions plus de mal que tu ne le crois à y renoncer. D'ailleurs, si nous étions seuls, je saurais bien t'en convaincre.

Il touchait là un point sensible. Au fond d'elle-même, elle attendait qu'il leur trouve un lit où faire l'amour avant d'arriver chez son frère, tant elle mourait d'envie de sentir ses bras l'enlacer... tout autant qu'elle brûlait de l'assommer avec la crosse de sa carabine pour lui faire ravaler ses grossiers propos !

– Je ne suis pas la seule à parler crûment, dit-elle avec un ricanement qui tira une grimace de douleur à Stan. Tu ne sais pas plus que moi où se trouve ma vallée !

– Mais j'ai les moyens de la localiser ; pas toi. J'ai également l'argent qui nous permettra de l'aménager quand nous l'aurons trouvée.

Il crispa les doigts sur le bastingage. Le vapeur manœuvrait pour accoster. Samantha étouffa un soupir de désespoir. Ces chamailleries leur faisaient perdre un temps précieux.

– J'ai honte de le dire, mais je suis presque tentée d'accepter. Si je n'avais pas reçu une éducation aussi stricte... Mais non ! Ça ne marcherait pas. Et puis, je n'ai pas le droit d'humilier ma famille. Ni de faire honte aux enfants que nous aurons peut-être. Je suis déterminée à livrer bataille seule.

– Ta famille n'a pas à le savoir et nous n'aurons pas d'enfants, répliqua-t-il en se redressant tandis qu'on abaissait la passerelle. Des enfants ! Ah, non, merci bien !

– Charmante façon de montrer à une femme à

quel point on la désire ! s'exclama Samantha, folle de rage.

Empoignant sa jupe, elle partit d'un pas énergique récupérer les bagages.

26

Maudissant l'entêtée rouquine tout autant que sa propre détresse, Stan mena les chevaux à terre sans quitter Samantha des yeux.

L'approche du crépuscule n'empêchait pas la jeune femme de déambuler avec allégresse le long des docks, ignorant le regard des marins. Croyait-elle ressembler à un homme au point qu'ils la prendraient pour l'un d'entre eux ? Attirante comme elle l'était ?

Attirante, cette tigresse en jupon ? Qu'est-ce qui lui prenait, tout à coup ? Son air angélique, sa fausse innocence... Sauf que son innocence, elle l'avait perdue par sa faute à lui... Ce souvenir lui arracha un gémissement. Tirant les chevaux par la bride, il se lança à la poursuite de Samantha, cette fille avec laquelle il aimait tant faire l'amour qu'il en oubliait la raison pour laquelle il ne voulait pas d'une femme à demeure.

Samantha monta en selle sans lui adresser la parole. Il en fut soulagé. Il aurait ainsi le temps de réfléchir à un stratagème pour la faire changer d'avis avant de retourner au village. C'est alors qu'une petite église en pisé, dressée sur la plaza qu'ils longeaient, orienta ses réflexions dans une direction différente. Il arriverait à supporter de vivre avec Samantha car, à la différence des autres femmes, elle vaquerait à ses occupations sans être toute la journée sur son dos ; elle ne fourrerait pas son nez dans ses affaires. Et au lit... La fin justifiant les moyens, il se félicita d'avoir découvert comment convaincre Samantha de céder à ses propositions malhonnêtes. Ragaillardi, il remonta en sifflotant l'allée qui menait au ranch de son frère.

Une domestique vint ouvrir. Samantha se dandina d'un pied sur l'autre, mal à l'aise, coulant à Stan des regards méfiants. Parfait. Plus il la déstabiliserait, plus son stratagème aurait de chances de réussir.

Jeanne parut dans un nuage de parfum coûteux et une envolée de traîne froufroutante et sauta au cou de Stan.

– Tu aurais dû nous avertir de ton arrivée ! On ne t'a pas vu depuis des lustres ! Entre donc, mon cher beau-frère.

– Je te présente Samantha Neely. Sa famille s'est installée au village voilà quelques mois. Samantha, je te présente Jeanne Montgomery, la femme de mon frère.

Il la sentit intriguée qu'il ne portât pas le même nom de famille que son frère, mais, polie, elle s'abstint de poser des questions.

– Soyez la bienvenue, mademoiselle. Connaissant les habitudes abominables de Stan, je suppose que le voyage vous a épuisée. Que diriez-vous d'une tasse de café ?

Jeanne fit signe à une domestique qui fila à la

cuisine et continua d'observer Samantha et son beau-frère avec une vive curiosité.

– Où est Matthew ? demanda Stan, désireux de fuir avant que les deux femmes le prennent pour objet de leurs moqueries.

– A l'écurie, auprès d'une des juments. A l'entendre, on jurerait que les animaux sont incapables de mettre bas sans notre aide.

Samantha releva brusquement la tête.

– Cela le dérangerait-il si je le rejoignais ? Nous élevions des chevaux avant de venir dans l'Ouest.

Stan réprima un sourire devant la mine ahurie de sa belle-sœur. Lorsqu'elle l'interrogea du regard, il haussa les épaules avec désinvolture.

– Ne te dérange pas, je vais lui montrer le chemin, dit-il, ravi de s'échapper.

– J'espère que je ne l'ai pas choquée ? demanda Samantha quand ils traversèrent l'écurie plongée dans les ténèbres.

– Je crois plutôt qu'elle meurt de curiosité. Ce n'est pas souvent que j'arrive chez eux avec une femme.

Au fond de l'écurie, une lanterne suspendue à une poutre dispensait un rond de lumière. Un poêle à bois ronflait à proximité. Deux hommes maintenaient la jument qui gisait dans la paille ensanglantée de sa stalle. Ils ne relevèrent la tête que quand Samantha s'agenouilla à leur côté. Celui qui avait des cheveux clairs lança à Stan un coup d'œil étonné quand Samantha demanda :

– Le poulain se présente mal ?

– La patte est coincée, répondit-il sèchement avant de revenir à la jument qui ruait de nouveau.

– Samantha possède un étalon qui bat de loin tous tes chevaux de labour, Squirt, expliqua Stan en s'adossant au bat-flanc.

Squirt et Matthew lui décochèrent un regard dédaigneux.

– Si tu n'es pas venu pour nous donner un coup de main, fiche le camp, frérot, dit Matthew.

– J'ai la main plus petite. Laissez-moi vous aider, décréta Samantha qui jeta son manteau à Stan.

La jument souffla, rua, tenta de rouler sur elle-même. Matthew l'immobilisa et s'écarta pour faire place à Samantha.

– Vous allez gâter votre robe. Ce qui donnera à Stan l'occasion de vous en racheter une. Il n'est bon qu'à ça.

Imperturbable, Samantha introduisit délicatement la main et, sous le regard fasciné des trois hommes, elle guida le poulain hors du ventre maternel. La jument hennissait de douleur, lançant ses sabots de tous côtés. Matthew et le garçon d'écurie la maintenaient au sol de toutes leurs forces. Enfin, le poulain glissa dans les bras de Samantha.

– Vous avez réussi ! Soyez bénie, chère inconnue ! s'exclama Matthew qui, fou de joie, étreignit Samantha tout en admirant le poulain parfaitement formé qui cherchait à retrouver la chaleur de sa mère.

– Chasse gardée, frérot, tâche de t'en souvenir ! s'écria Stan.

Samantha leva vers lui son regard mouillé de larmes.

– N'est-il pas superbe ? As-tu jamais vu rien de plus extraordinaire ?

Sa robe était fichue. La voir bercer cette hideuse

créature aux pattes démesurées, trop faible pour tenir debout, raviva des souvenirs si douloureux qu'il faillit crier. Lui aussi il avait prononcé ces paroles, et ce n'était pas pour la naissance d'un poulain ; paroles qui, loin d'être accueillies par ce regard extatique que Samantha fixait sur lui, n'avaient suscité que réprobation. Pour ne pas lui gâcher son plaisir, il s'accroupit à côté d'elle et caressa l'animal nouveau-né avant que Matthew le couche contre le flanc de la jument.

– Il est superbe, en effet, mais j'ai en face de moi un être infiniment plus merveilleux.

La stupeur avec laquelle Samantha reçut le compliment le fit sourire. Se penchant vers elle, il lui posa un baiser sur le bout du nez et murmura :

– La jument, ma chère. Toi, tu es dans un état...

Elle lui décocha un coup de poing à l'épaule, manquant de peu le faire tomber. Il éclata de rire. Matthew en parut si surpris qu'il faillit en ravaler son sourire. Il les observa tour à tour tandis qu'ils s'extirpaient de la paille.

– Bien que nous n'ayons pas été présentés, madame, je suis prêt à vous rémunérer pour que vous restiez auprès de Pretty Boy pendant une semaine ou deux. Et je ferai payer ceux qui viendront vous voir à l'œuvre.

Samantha s'essuya les mains à un chiffon.

– Vous seriez obligé de me donner plus d'argent que ce que le gouvernement pourrait sortir de sa planche à billets.

– Je te présente Samantha Neely, comédienne hors pair. Sam, voici mon frère Matthew et son fidèle Squirt, dans la paille.

– Enchantée, dit Samantha. Je ne vous serre pas la main...

Elle échangea un signe de tête avec le petit homme qui s'affairait toujours auprès de la jument, examina le poulain et leva les yeux vers le sosie blond de Stan qui se tenait près d'elle.

– Que fait une femme aussi remarquable avec un type comme Stan ? demanda Matthew.

– Elle souffre, plaisanta-t-elle. Et maintenant, il faut que j'aille me débarbouiller. Stan, je me passerai de toi si tu préfères prolonger le plaisir des retrouvailles.

– Jeanne va sans doute s'évanouir à ta vue. Je t'accompagne pour la relever. (Stan ajouta, à l'adresse de son frère :) Je ne plaisantais pas, tout à l'heure : bas les pattes !

Samantha le toisa avec dédain.

– Qui voudrait porter la main sur moi, sale comme je suis ? Mais toi, garde les tiennes dans tes poches.

Le rire tonitruant de Matthew les suivit jusque dans la cour. Stan songea à la prendre au mot et à l'enlacer. Redoutant toutefois d'y laisser quelques plumes, il réserva l'empoignade pour plus tard – et dans un lit. Et pour la première fois depuis dix ans, il trouva la perspective excitante.

– Vas-tu capturer des chevaux sauvages, comme le faisait ton père ? Je pourrais t'acheter des poulinières, si tu voulais.

– J'organiserai ma vallée comme je l'entends. Je ne t'ai pas demandé de venir y faire la loi.

– Pourtant, je t'assure qu'on serait bien, tous les deux, dit-il en la prenant aux épaules.

La lune se reflétait dans les profondeurs de ses yeux verts dans lesquels il finirait par se noyer s'il n'assouvissait pas son désir. Avant d'avoir le temps de réfléchir, il prit sa bouche. C'était si bon de l'étreindre... Elle s'abandonna, ouvrant les lèvres sous les siennes. Son ardeur, l'innocence de son abandon l'excitèrent sans mesure. Comment tiendrait-il toute la nuit sans la posséder ? Sa place, désormais, était dans son lit.

Il l'écarta de lui et plongea les yeux dans les siens. Sous la lune, ses joues avaient une pâleur qui contrastait avec le feu éclatant de sa chevelure. Il caressa tendrement son visage et murmura :

– Samantha... épouse-moi !

27

L'épouser ? Elle le dévisagea, cherchant une trace de rire ou de sarcasme. Redoutant d'avoir mal compris ses paroles, elle demeura silencieuse.

– J'ai toujours admiré la façon dont tu sais te taire pour mieux parler à bon escient mais là, tu pousses un peu, Samantha Neely. Ta réponse remettra en question bien des choses dans ma vie.

Etait-ce une ombre d'incertitude qui passa sur son visage aux traits durs ? Non, ce devait être le clair de lune qui lui jouait des tours. Stan Talbott ne connaissait pas l'incertitude. Et d'abord il ne lui avait pas posé une question mais donné un ordre. Constatation qui, bizarrement, la rassura.

– Je t'ai prévenu dès le début que rien ne t'obligeait à m'épouser ; le mariage n'entrait pas dans le contrat. Et maintenant, tu peux aller dormir soulagé.

– Soulagé ? Je suis frustré, oui ! J'y réfléchis depuis le début de l'après-midi. Tu peux te fier à mon expérience : c'est la seule solution, et l'attirance que nous ressentons l'un pour l'autre ne cessera de nous dévorer tant que nous ne ferons rien pour l'apaiser. La perspective d'entrer dans ta chambre par la fenêtre pour éviter ta mère ne me tente guère... J'ai passé l'âge. Non, je te veux dans mon lit toutes les nuits. C'est la seule solution viable, Samantha.

Abasourdie, elle le contempla. Ses cheveux bouclaient dans son cou et ses oreilles, elle avait envie d'y glisser les doigts. Il avait les yeux cernés et ses pommettes trop saillantes dénotaient une certaine tension. Il lui enfonçait les doigts dans les épaules avec une violence, un désespoir qui prouvaient sa sincérité.

– Cela ne cessera jamais ? balbutia-t-elle.

Le désir les submergeait, coulait telle de la lave dans leurs veines, leur faisait battre le cœur si fort qu'il les assourdissait comme le tonnerre. Bientôt, elle allait le supplier de caresser ses seins – sachant parfaitement où ce geste les mènerait.

– Jamais ? Je ne sais pas. D'habitude, je ne reste pas aussi longtemps avec la même femme. Mais je ne vois pas pourquoi toi et moi refuserions ce que peut lui donner l'autre. C'est un instinct complètement élémentaire et je suis las de le faire taire.

Que Stan lui eût avoué qu'il la désirait, n'était-ce

pas déjà énorme ? Il avait peut-être raison d'affirmer qu'ils se feraient mutuellement du bien.

– Combien de temps m'accordes-tu pour te donner une réponse ? demanda-t-elle, épuisée par cette longue journée qui avait suivi une nuit presque blanche.

– Il y a un prêtre, ici. Nous n'en avons pas, au village. Il faudra te décider avant notre départ, dit-il en la relâchant.

– Ne me bouscule pas. Je ne suis pas certaine que tu aies tout ton bon sens.

Elle s'éloignait. Il la retint et la plaqua contre son torse. La bouche dans ses cheveux, il lui effleura délicatement les seins.

– C'est si je ne te désirais pas que je serais fou, Samantha. J'ignore comment tu as échappé au désir des autres hommes, mais moi, je ne te laisserai pas partir.

Charmée malgré elle, Samantha posa la tête sur son épaule, frissonnant sous ses baisers. La lucidité reviendrait bien assez tôt. Pour le moment, elle savourait sans retenue le bonheur d'être désirable et désirée.

Un bruit de voix et de pas les fit se séparer. Samantha regagna la maison. Par chance, Jeanne eut la politesse de ravaler ses questions et de l'envoyer prendre un bain avant d'aller dormir. Bientôt, Samantha se retrouva au chaud dans un lit moelleux.

Elle eut peine à trouver le sommeil, cependant, dérangée par le bruit des voix, dans la pièce voisine. Elle imaginait fort bien l'interrogatoire auquel Matthew et Jeanne devaient soumettre Stan. Il était à même d'y faire face seul, habitué qu'il était à ne compter que sur lui. Il n'avait besoin de personne, encore moins d'une épouse. Peut-être était-ce justement pour cela qu'il avait arrêté son choix sur elle – elle ne serait jamais une femme mariée au sens classique du terme.

Soudain glacée, Samantha s'enfonça plus douillettement sous l'édredon. Un courant d'air froid s'infiltra entre les draps. Elle tâtonna pour se couvrir et sa main rencontra quelque chose de dur, de chaud – et d'incontestablement viril.

Elle étouffa un cri en découvrant Stan dans le lit, les yeux pétillants de malice.

Elle roula à l'extrémité opposée, doutant que la distance fût suffisante pour la mettre à l'abri.

– Que fais-tu ici ? demanda-t-elle, soudain bien réveillée.

– J'ai pensé que tu aimerais aller au village avant que tout le monde se réveille et nous harcèle de questions. Jeanne est dévorée de curiosité. Ce n'est pas dans mes habitudes d'amener une femme sous son toit.

– Ce n'est pas dans tes habitudes de venir leur rendre visite du tout, d'après ce que j'ai cru comprendre, et s'ils te surprennent au lit avec moi, toute question sera superflue. Maintenant, sors de là, Talbott, que je m'habille.

– Ce serait bien plus rapide si je t'aidais.

Il saisit le bas de sa chemise de nuit, tira pour la remonter et repoussa les couvertures pour admirer le travail.

Samantha plia les genoux, prête à la riposte, mais Stan, plus rapide, bondit et agrippa sa chemise tandis qu'elle se levait pour lui échapper.

Elle n'eut d'autre choix que de lui abandonner le vêtement pour se libérer. Stan poussa un sifflement admiratif en voyant chatoyer ses boucles rousses sur ses épaules nues à la lumière de l'aube. Samantha voulut attraper le drap pour s'en couvrir, mais Stan, le coinçant sous lui, lui enlaça la taille et la tira en arrière pour se lover contre elle et prendre un de ses seins dans la bouche.

Samantha poussa un cri d'extase et de colère car la chaleur de ses lèvres se propageait en elle, déclenchant des sensations irrésistibles. Il l'allongea sur les couvertures et passa à l'autre sein.

– J'ai faim, souffla-t-il.

Il insinua une main entre ses cuisses pour bien se faire comprendre et Samantha fut parcourue d'un long frisson.

– C'est bon, n'est-ce pas ? Moi aussi je ressens la même chose.

Il la caressa avec tendresse, pressa et frotta, jouant des doigts avec une agilité étonnante.

– Je pourrais te donner du plaisir de cette façon, tu sais, murmura-t-il. Je peux t'en donner dans diverses positions. Je voudrais t'aimer dans la cascade que je connais ; nous attendrons la chaleur étouffante de l'été et, pour ne pas suffoquer de désir, nous plongerons dans l'eau glacée.

Elle suffoquait déjà, et il le savait. Il se coucha sur elle, triomphant, pour l'abandonner une seconde plus tard au vent froid qui entrait par la fenêtre restée ouverte.

– Allez, debout, femme lascive ! Nous allons au village.

A quoi rimait de cacher sa nudité, après cela ? Samantha accepta la main qu'il lui tendait pour l'aider à se lever. Son corps était tendu de désir. Stan, lui aussi, était prêt à l'amour. Pourquoi leur refusait-il l'apaisement des sens ?

Il gagna la penderie et y farfouilla un moment avant d'en sortir un carré de coton blanc. Cela ressemblait à une chemise de dessous et elle l'enfila docilement. Les manches ballon s'arrêtaient au coude ; l'encolure, très échancrée, plongeait un peu trop audacieusement entre les seins. Avant qu'elle ait pu protester, Stan lui jeta une jupe bariolée, dévorant des yeux son décolleté pendant qu'elle achevait de s'habiller.

– Cela fera l'affaire, dit-il.

– A condition que j'enfile mon manteau par-dessus.

– A condition surtout qu'on ne croise pas d'hommes dans les parages. Tu es ravissante, dans ce costume. J'aime savoir que tu ne portes rien dessous. Il fait trop chaud pour mettre ta fourrure. Contente-toi d'un châle. Je t'achèterai un bijou pour le fermer, ce qui m'évitera de faire le coup de poing avec tous les gars du coin.

Quand il eut fini de la bombarder d'ordres, elle s'écria :

– Retourne-toi ! Je dois encore passer mes bas.

Retroussant les lèvres sur un sourire carnassier, il la poussa jusqu'au lit et se chargea lui-même de l'opération. Il en profita pour se permettre toutes les audaces. Le regard chargé de désir, il la remit debout et effleura le volant qui bordait l'encolure de sa chemise, puis caressa au passage le bout de son sein dressé. Frémissante, Samantha attendit la suite, certaine qu'il allait apaiser le feu qui les consumait.

Il retira sa main, brisant l'enchantement.

– Au village, et au trot ! dit-il. Nous avons un rendez-vous. Ensuite, je te culbuterai sur le premier tas de foin venu et...

Ce qu'il lui murmura au creux de l'oreille la fit rougir comme une pivoine et vibrer de désir.

28

Ils descendirent à cheval le chemin de terre qui menait au village. La journée s'annonçait tout aussi splendide que la veille. Samantha s'arrêta pour admirer les bâtisses dont les murs de pisé prenaient un reflet doré sous les rayons du soleil. Dans la cour d'une des maisons, une couverture multicolore séchait sur un buisson ; du faîte d'un arbre proche, un oiseau lançait ses trilles. C'était magnifique ! Et la vue de Stan Talbott, ses larges épaules élégamment prises dans une redingote, l'emplissait d'une grisante joie de vivre.

Elle aimait qu'il la considère comme sienne, aimait également avoir un amant que lui envieraient toutes les femmes.

Preuve lui en fut donnée quand une jolie brune au regard de braise sortit balayer le seuil de sa bicoque. Elle décocha un sourire aguicheur à Stan, remuant ses jupes pour l'émoustiller. Il ne parut même pas la remarquer. Samantha gratifia l'insolente d'un regard de triomphe et poussa son cheval à la hauteur de celui de Stan.

– Qu'est-ce que c'est que ces airs suffisants ? s'étonna-t-il.

– Je me faisais plaisir en jouant les femmes possessives.

Il plissa les paupières d'un air entendu en jetant un coup d'œil à la femme qui le lorgnait toujours.

– Tigresse, va ! Je suis sûr qu'un jour je m'en mordrai les doigts, mais la possessivité est partagée. Attends-moi ici, je n'en ai que pour quelques minutes, dit-il en faisant halte non loin de l'église délabrée.

Il sauta de cheval et s'enfonça dans une venelle noyée d'ombre. Pour se donner une contenance, Samantha remonta les pans de son châle ; puis elle les noua ; enfin elle conclut qu'elle serait moins ridicule si elle mettait pied à terre. De l'autre côté de la rue, un commerçant ouvrait sa boutique en faisant claquer les volets. Un orfèvre, d'après l'enseigne qui oscillait au-dessus de la porte. Peut-être y dénicherait-elle un fermoir pour son châle.

Elle attacha son cheval et alla se planter devant la vitrine. L'artisan vint la rejoindre et se lança dans un monologue en espagnol.

– Pas moyen de te laisser seule deux minutes !

Stan surgit à son côté et dit trois mots à l'homme qui hocha la tête et retourna dans son échoppe. Samantha remarqua une ravissante broche d'argent rehaussée de motifs noirs tracés au pinceau.

– Je ne suis pas allée bien loin, quand même. Et puis cet homme n'a rien de dangereux.

– Suis-moi. Je vais te présenter quelqu'un.

La sirène du bateau à vapeur retentit, signalant son entrée dans le port. Samantha se retourna et se protégea les yeux du soleil aveuglant.

– Si tard déjà ! J'espère que cette personne nous offrira un petit déjeuner, sinon je vais tomber d'inanition.

Stan la prit par le cou, laissant pendre la main sur un sein que le léger contact fit aussitôt se dresser. Comment supporterait-elle de retourner au village si le désir qu'elle avait de lui l'empêchait de garder ses distances ? Toute à ses réflexions, elle ne se rendit pas compte que Stan l'entraînait sous le porche de l'église.

Ils remontèrent la travée. Un prêtre les attendait dans le chœur.

Stan s'agenouilla et tira Samantha pour l'inciter à l'imiter. Bien que la peur lui nouât l'estomac, la jeune femme fut heureuse de sentir la cuisse de Stan contre la sienne, ses doigts au creux de sa paume.

Un rayon de soleil entrait par la porte entrouverte, nimbant le lieu saint et ses occupants de lumière. Samantha regarda danser les particules de poussière tandis que le prêtre marmonnait des mots incompréhensibles. Sa peur s'estompait, cédant la place à une agréable sensation de paix. Stan la contemplait avec béatitude. Elle lui sourit. Il la baisa au front, puis il se releva avec elle. Elle l'entendit prononcer un « oui » d'une voix forte. Quand le prêtre se tourna vers elle, attendant une réponse identique, elle demeura interdite. Stan lui pressa les doigts avec insistance. Allait-elle faire un esclandre ? Non. Il avait eu raison de la piéger car autrement, jamais elle n'aurait consenti à l'épouser.

Elle lui adressa un sourire rayonnant et, soudain légère, murmura le « oui » qu'il attendait.

Emerveillé, incrédule, Stan sortit une alliance de sa poche et la lui glissa au doigt.

Tandis que le prêtre achevait de bredouiller ses bénédictions, et que Stan enlaçait Samantha, des ombres s'allongèrent sur le dallage.

Stan poussa Samantha derrière lui et fit face aux intrus.

– Nous n'attendions pas d'invités, mais puisque vous êtes là, vous pouvez nous féliciter. Je vous présente mon épouse, messieurs.

Une clameur assourdissante emplit la chapelle, tandis que les mineurs, derrière le Dr Ramsey, jetaient leur chapeau en l'air et venaient embrasser la mariée. Ecœuré, Stan constata que Joe avait rallié le groupe. Il ne perdait rien pour attendre. Joe le gratifia d'un regard insondable, écarta du coude un homme qui le gênait et s'avança vers Samantha.

– Je ne dirais pas que j'approuve votre choix, madame Talbott, mais s'il y en a une qui puisse le tenir un peu, c'est bien vous.

Stan finit par convaincre les hommes de quitter l'église pour aller trinquer à la santé des mariés dans un estaminet. Dès que l'occasion se présenta, Stan tira Joe à l'écart.

– Qu'est-ce que tu fabriques ? Comment se fait-il que cette bande d'affreux nous ait retrouvés ?

Joe but à la régalade, essuya sa moustache d'un

revers de manche et jaugea son employeur du regard.

– J'ai filé Ramsey quand j'ai appris qu'il avait quitté le village juste après vous deux. Le temps que je le rattrape, il vous avait retrouvés, à l'hôtel de San Francisco. Il avait déjà envoyé vos hommes à la recherche de votre frère... Jamais vous ne m'aviez parlé de ce frère. Pourquoi vous ne portez pas le même nom ? On a pris le premier vapeur de la matinée et comme vous aviez laissé votre cheval devant l'église...

Quand la fête tourna au chahut et que les blagues des mineurs finirent par faire rougir Samantha, Stan décida que l'heure de s'éclipser avait sonné.

– Suis-moi, lui murmura-t-il. J'aimerais poursuivre la fête en privé, si ça ne te dérange pas. Ces sacs à vin vont lever le coude jusqu'à rouler sous la table.

Samantha lui prit docilement la main. Constatant que son châle glissait, Stan repassa à la boutique de l'orfèvre lui acheter la broche qu'elle avait remarquée.

– Je n'ai pas envie de regagner immédiatement le ranch, dit-il.

– On est trop loin de l'océan ? suggéra-t-elle timidement tandis qu'il l'aidait à se mettre en selle.

– Que dirais-tu d'une rivière ?

Que ce serait bon de posséder de nouveau sa femme... meilleur, même, que la première fois car cette épouse-là avait la candeur de croire que Stan valait la peine qu'on le garde.

29

Stan dénicha un coin de berge paisible et étendit une couverture sur l'herbe. Malgré la fraîcheur du vent, on se serait cru au printemps. Samantha apprécia la clémence du climat de la Californie, son nouveau pays de femme mariée.

Les yeux fixés sur le ciel, elle observa les nuages dériver, sombrant dans une douce rêverie que favorisait une légère ivresse.

Stan s'agenouilla à côté d'elle.

– Je ne t'aime pas, tu sais ? souffla-t-elle quand il se pencha pour l'embrasser et glisser la main dans son chemisier.

– Aucune importance.

Samantha brûlait de désir. Elle leva les yeux vers le profil anguleux de Stan. Des rides d'expression creusaient son front trop souvent soucieux, compensées par des plis minuscules au coin des yeux, signe qu'il avait un jour su ce qu'était la gaieté. C'était un homme fait, doté de l'expérience et des préjugés d'un être d'habitudes. Bah ! il devait bien avoir un certain goût pour la nouveauté puisqu'il l'avait épousée...

– Tu m'as prise au piège, murmura-t-elle avec langueur en caressant son torse.

La brise lui effleurait les seins tandis que le regard brûlant de Stan lui donnait chaud au corps, sans l'émoustiller vraiment – un effet de l'ivresse, sans doute.

– Rien ne t'empêchait de refuser au lieu d'aller jusqu'au bout.

Tout en lui dévorant les seins de baisers, il glissa ses genoux entre ses cuisses et s'allongea sur elle, en appui sur les coudes.

– Comment aurais-je pu te planter là, devant l'autel ? minauda-t-elle, suffoquant quand il prit un de ses mamelons entre les lèvres. Jamais je n'aurais cru qu'on puisse m'aimer au point de m'épouser.

– Il t'arrivera peut-être de me haïr, Samantha, parce que je suis impossible à vivre. Mais quoi que je fasse, souviens-toi que je n'ai jamais aimé à ce point une autre femme avant toi.

Samantha déboutonna sa chemise et effleura les pectoraux d'acier.

– J'étais dans un tel brouillard que je n'ai pas la moindre idée de ce à quoi je me suis engagée, à l'église, mais je te promets que je serai toujours là quand tu auras besoin de moi... Si tant est que tu aies jamais besoin de moi, rectifia-t-elle.

– C'est maintenant que j'ai besoin de toi. Dis-moi que tu es prête, murmura-t-il de sa voix rauque en se frottant contre elle.

Eclatant de rire, elle attira sa tête et dévora sa bouche de baisers.

Ils s'aimèrent au soleil d'hiver, burent la bouteille de vin que Stan avait emportée pour leur pique-nique et refirent l'amour. Nus dans les bras l'un de l'autre, ils perdaient la notion du temps. Stan la réchauffait de son corps et elle caressait ses hanches étroites, son ventre dont la virilité l'émerveillait.

Un petit hoquet lui échappa et elle soupira :

– On a fini le vin.

– Je me charge de te maintenir en permanence en état d'ivresse. Tu fais preuve d'une imagination délirante quand tu ne joues pas les prudes.

Il se redressa et l'assit sur ses cuisses. Samantha se tortilla, déclenchant une réaction immédiate.

– A ce rythme, tu vas finir par me donner l'impression que je suis trop vieux.

– Tu aurais mieux fait de boire davantage, répondit-elle en remettant son chemisier.

Elle le laissa lui enfiler ses bas et s'abandonna, la tête au creux de son épaule. Il les lissa avec soin le long de ses jambes, posa la main entre ses cuisses. Elle s'y frotta d'instinct. Brusquement, il se leva. L'heure était venue de reprendre pied dans la réalité. Le soleil déclinait à l'horizon ; le vent fraîchissait. Mieux valait poursuivre la conversation dans un lit douillet.

Ils chevauchèrent en silence. A l'approche de la longue masse du ranch qui grandissait à l'horizon, Samantha se demanda comment Matthew et Jeanne allaient prendre ce mariage auquel il ne les avait pas conviés. Et de fait, cela paraissait incongru, après coup.

Dans la cour, Matthew les accueillit par un salut de la main, mais continua de vaquer à ses corvées sans leur poser de questions. Stan avait retrouvé son impassibilité quand il glissa à Samantha :

– Laisse-moi me débrouiller des explications.

En toute autre occasion, elle aurait protesté quand il la souleva de selle comme une petite fille ; cette fois, elle aima le réconfort des mains de son mari autour de sa taille ; leur mariage à la sauvette en perdait son aspect angoissant. Il l'abandonna sans un mot pour reconduire les chevaux à l'écurie. Elle songeait à prendre le prétexte du poulain pour le suivre quand Jeanne apparut sur le seuil et la héla. Il lui fallut afficher un sourire factice et la rejoindre pour l'aider à préparer le dîner. C'était la famille de Stan – après tout, il savait mieux que personne comment se comporter vis-à-vis d'elle. Et puis cela lui permettrait d'en découvrir davantage sur son mari si énigmatique.

Matthew et Jeanne se montrèrent affables durant tout le repas, se cantonnant à questionner Samantha sur sa famille et sur les méthodes de son père en ce qui concernait l'élevage des chevaux au lieu de s'étonner du laxisme de ses parents qui l'autorisaient à voyager sans chaperon en compagnie d'un homme.

Convaincue que Stan attendait la fin du repas pour leur annoncer leur mariage, Samantha s'efforça de se comporter normalement. Cependant, l'idée qu'ils n'allaient pas tarder à partager le même lit dans cette demeure étrangère l'incita à jeter des coups d'œil inquiets en direction des chambres. Il lui sembla soudain gênant que Matthew et Jeanne sachent ce que Stan et elle feraient une fois seuls.

Le repas achevé, ils s'installèrent au salon. Stan ne disait toujours rien. Samantha avait l'impression que ses hôtes l'observaient avec curiosité. Elle avait revêtu la robe offerte par son mari et tripotait nerveusement son alliance. C'était un lourd anneau ancien, qui avait déjà été porté.

– Tu es si lasse que tu n'entends même plus notre conversation, dit Stan, la tirant de ses rêveries. Inutile de rester par politesse ; tu peux aller te coucher.

A peine eut-elle refermé la porte de sa chambre

qu'elle entendit Matthew s'emporter... Bientôt les deux frères se mirent à crier en même temps, tandis que Jeanne s'efforçait d'apaiser la querelle. Le frère et la belle-sœur de Stan la trouvaient-ils si antipathique ?

Elle se savait quelconque, manquant du raffinement d'une femme du monde. Toutefois, elle était intelligente et Stan ne regretterait sans doute pas de l'avoir épousée. Alors, pourquoi se disputer ainsi ?

Soudain, la colère la prit. Poussant les doigts dans ses boucles emmêlées, elle s'élança hors de la chambre, déterminée à livrer bataille.

Au moment de franchir la porte du salon, elle s'immobilisa.

– Bon sang, Stan, s'exclamait Matthew, je t'ai toujours soutenu ! Mais cette fois, tu dépasses les bornes. Tu n'as pas le droit...

– C'est toi qui n'as pas le droit, Matthew, répondit Stan. C'est ma vie. Je n'ai pas besoin de ton approbation. Samantha et moi retournerons à jamais dans nos montagnes, si c'est ce que tu veux. Je tenais seulement à ce que tu saches que j'ai trouvé une femme avec qui j'ai l'intention de vivre. J'avais espéré que tu l'accepterais, mais si tu rejettes cette innocente...

Samantha s'apprêtait à se porter à la rescousse quand les paroles de Jeanne la figèrent sur place :

– Tu es déjà marié, Stan ! Qu'elle soit innocente ne te retient donc pas de ruiner sa réputation ?

Glacée, incapable de fuir, Samantha fixait Stan, espérant qu'il allait se défendre avec véhémence. Il tournait le dos au feu, ce qui laissait son visage dans l'ombre, mais la tension de son corps trahissait sa fureur.

– Melinda n'est plus ma femme ! cracha-t-il enfin. Elle a mon nom, ma fortune, tout ce qui m'a jamais appartenu. Elle m'a volé ma vie. Je suis venu ici m'en refaire une, et j'ai réussi. Je pensais que vous seriez heureux d'apprendre que j'avais trouvé une femme avec qui la partager. Je vois que je me suis trompé.

– Comment pourrions-nous te féliciter de recommencer ta vie en étant bigame ? s'exclama Matthew, incrédule.

– Rodriguez est un prêtre défroqué, ce mariage n'a donc aucune valeur, répondit Stan avec lassitude. C'est justement l'intérêt, parce que je n'ai pas envie de revivre pareil enfer.

Samantha crut défaillir. Une douleur sourde lui labourait la poitrine.

– Je ne crois pas un instant que cette jeune femme soit une autre Melinda, pas plus que je ne crois que tu as tué ton fils, dit Matthew. Tu n'es qu'un imbécile, Stan, et je ne te permettrai pas de gâcher l'existence de Samantha comme tu t'acharnes à ficher la tienne en l'air.

Quand le poing de Stan s'écrasa sur la mâchoire de Matthew, Samantha se précipita. Stan, penché au-dessus du corps prostré de son frère, se redressa comme un ressort et, sans un mot, alla se verser un cognac qu'il avala cul sec.

30

Matthew se releva en se frottant la mâchoire. Il jeta un coup d'œil à son frère, appuyé à la cheminée, le visage fermé, puis observa l'expression insondable de Samantha. Après qu'elle lui eut adressé un signe discret, il prit Jeanne par le bras, et tous deux quittèrent la pièce.

– J'aimerais bien que tu m'expliques... dit Samantha d'un ton posé que démentaient ses poings crispés.

– Il n'y a rien à expliquer, grommela Stan en se versant un troisième cognac.

Il resta le verre à la main, incapable même de tenter d'apaiser la tempête qui l'agitait en cherchant réconfort dans l'alcool, comme il l'avait fait dans sa jeunesse. Cette fois, il avait espéré éviter scènes et crises de nerfs, puisque sa relation avec Samantha reposait sur une entente physique où les sentiments n'avaient rien à voir. Apparemment, il s'était trompé. Mais il ne céderait pas.

Samantha avait blêmi et se mordait la lèvre.

– Ne te fiche pas de moi, Talbott... si toutefois c'est vraiment ton nom. Tu as beau être le gredin le plus retors de la sierra, je ne pense pas que tu m'aies menti de propos délibéré. Si tu ne veux pas me fournir d'explications, restons-en là, mais ne me raconte pas qu'il n'y a rien à expliquer. Je ne suis pas complètement idiote.

Il jouait avec son verre tout en scrutant le visage de Samantha. Elle avait l'œil sec et l'air calme. Aurait-il vu juste ? N'éprouvait-elle pour lui qu'une attirance charnelle ? L'expression d'adoration qu'elle avait parfois en le regardant n'était-elle que ruse féminine ?

– Je ne sais pas ce que tu as surpris de notre conversation. Quelles explications veux-tu ? Tout me paraît clair.

– Dès le début tu m'as dit que tu ne voulais pas te marier et j'étais disposée à respecter le marché que nous avons conclu. Aussi quel besoin as-tu eu de me ridiculiser en me conduisant devant ce prêtre fantoche ? Me méprises-tu à ce point ?

– Détrompe-toi. Je t'aime beaucoup, au contraire. Disons que j'ai voulu te faciliter les choses.

– Eh bien, tu t'es donné du mal pour rien ! C'est toi seul que cela arrangeait.

Elle avait l'esprit vif, se dit Stan.

– Nous aurions pu nous séparer sans drame le moment venu. En quoi un mariage d'opérette célébré par un prêtre d'opérette pourrait-il me faciliter les choses ? Mais ce n'est pas la véritable raison. En vérité, je voulais te garder auprès de moi et je savais que tu refuserais à cause de ta famille. Par ailleurs, j'étais certain que nous ne pourrions pas vivre tous les deux au village sans nous retrouver tôt ou tard dans le même lit.

Il s'attendait à une crise de nerfs. Il en fut pour ses frais. Immobile dans la pénombre, elle le fixait, silencieuse et méfiante.

– A quel moment comptais-tu m'annoncer que tu étais déjà marié ?

Stan poussa un soupir.

– Difficile de glisser un tel aveu dans la conversation...

Il aurait pu lui dire que Melinda n'était plus sa femme, mais à quoi bon ? Personne n'était au courant, pas même Matthew. Il lui avait laissé son nom et sa fortune contre sa liberté. Pourquoi rompre cet accord ? D'autant que, marié ou pas, il aurait agi de la même façon avec Samantha. Il n'avait aucune intention de se remarier jamais.

– C'est quand même plus franc... A propos, tu t'appelles réellement Talbott ?

– J'ai permis à Melinda de garder le nom de Montgomery. Talbott était le nom du village quand je l'ai acheté.

Elle hocha la tête et sortit du salon. Stan la suivit des yeux, le cœur lourd. Il n'avait pas voulu que leur histoire s'achève si vite, même si elle était condamnée à plus ou moins brève échéance. Et, au fond, n'était-ce pas mieux ainsi ?

Au moins Samantha ignorerait-elle à quel point il était ignoble et ne lui demanderait-elle pas comment il avait tué son fils.

– Harriet, je ne trouve pas très judicieux d'encourager Aigle noir, dit Alice Neely en étendant un torchon sur la corde à linge.

– Je ne l'encourage pas, maman. Aigle noir souhaitait apprendre à lire, alors je lui enseigne l'alphabet.

Alice soupira, regrettant que Samantha ne soit pas là pour expliquer les choses à sa cadette avec son tact habituel.

– C'est ce que tu crois, mais il a une autre idée en tête. De même que les autres villageois, surtout depuis que tu les as chassés du bazar quand ils y traînaient sans rien acheter.

– Samantha les aurait renvoyés aussi, à ma place ! s'indigna Harriet. Aigle noir est trop âgé pour se contenter d'un livre d'images pour apprendre à lire. Il retient mieux les mots quand il les associe avec les marchandises du magasin.

Alice épingla une taie d'oreiller sur la corde.

– Dans ce cas, demande à Mlle Whitaker ou à Chef Coyote d'assister à la leçon. Ce serait d'ailleurs à Mlle Whitaker de lui apprendre à lire – c'est elle, l'institutrice du village. Tu comprends bien que je n'ai pas le temps de te servir de chaperon toute la journée.

– Mlle Whitaker est pétrie de préjugés contre les Indiens. Et puis, c'est une ignorante. Elle ne pense qu'à flirter avec M. Bradshaw.

– Eh bien, demande à Chef Coyote de te servir de chaperon puisque c'est à son petit-fils que tu fais la classe.

– Je ne crois pas qu'il comprendrait. Les Indiens n'ont pas l'air de se soucier de chaperonner les filles. Pourquoi ne pas demander à Bernadette ?

– J'ai besoin de ta sœur à la cuisine. Sans compter que c'est une tête de linotte. Il me faut la garder à l'œil sans arrêt.

– J'en parlerai à Chef Coyote. J'aimerais bien que le Dr Ramsey revienne parce qu'il assistait à nos leçons et suggérait parfois des méthodes très intéressantes. Ça tombe vraiment mal qu'il ait dû s'absenter au même moment que M. Talbott et Samantha.

– Le Dr Ramsey a suffisamment à faire. Samantha

ne tardera plus et trouvera une solution. En attendant, je ne veux plus de tête-à-tête avec Aigle noir.

– Alors que tu as laissé Samantha partir seule avec M. Talbott ?

Comment expliquer à Harriet que Samantha n'en aurait, de toute façon, fait qu'à sa tête ? Inutile d'encourager la cadette à la rébellion. Par ailleurs, Samantha savait se défendre. Enfin, comment aurait-elle pu avouer que ce voyage constituait à ses yeux la dernière chance de son aînée de ne pas rester vieille fille ?

– Je l'ai laissée partir avec lui parce qu'il est infiniment plus important de retrouver ton père que d'apprendre à lire à Aigle noir.

Jeff surgit en trombe, maculant la lessive de poussière.

– Ils arrivent ! Je peux prendre le cheval pour aller à leur rencontre ?

Alice secoua un drap taché de terre et toisa son neveu avec sévérité.

– Qui est-ce qui arrive ?

Sourire radieux aux lèvres, Jeff ôta ses lunettes pour les essuyer à son pantalon et annonça :

– Tous ceux qui sont descendus à Ariposa, sûrement. Comment je pourrais savoir si je n'y vais pas ?

Samantha et Talbott étaient de retour... Soulagée, Alice regarda Jeff d'un air sévère.

– Fais attention... si j'apprends que tu as descendu la côte au grand galop, tu seras privé de cheval pendant un mois !

Jeff poussa des cris de joie et détala en direction de l'écurie.

Quand Ramsey et sa bande entrèrent au village,

un comité d'accueil s'était formé pour leur souhaiter la bienvenue. Ravi, le médecin vit que Stan et Samantha manquaient à l'appel. Il fila directement à la mission, laissant à ses compagnons le soin d'apprendre aux habitués du saloon qu'une des demoiselles Neely était casée.

Samantha encouragea son cheval d'une tape sur l'encolure. Leur voyage touchait bientôt à son terme. Stan avait à peine desserré les dents depuis le ranch, et le silence était si lourd qu'elle en venait à apprécier la compagnie amicale de sa monture.

Et comment le rompre ? Sous quel prétexte ? Elle lui avait donné ses quarante-huit heures d'amour ; Talbott avait lancé un pisteur sur les traces d'Emmanuel Neely. Le contrat rempli, il ne restait plus qu'à se séparer.

Facile à dire... La curiosité dévorait Samantha. Qui était cette mystérieuse Melinda ? Quels tourments avait-elle infligés à Stan pour qu'il se méfie à ce point des femmes ?

Dieu merci, personne ne saurait qu'elle s'était donnée à lui. Stan lui avait promis de faire jurer le secret à Ramsey et aux mineurs. Sans doute devrait-il leur graisser la patte. Bah ! peu importait la méthode, du moment que la rumeur ne se propageait pas.

Elle redoutait pourtant que Stan ne les chasse du village, elle et les siens. Il pouvait engager des juristes, des avocats, les faire expulser... ou se charger lui-même de la besogne.

Perdue dans ses réflexions lugubres, Samantha

cheminait sans prêter attention à ce qui l'entourait. Soudain, Stan poussa une exclamation étouffée. Etonnée, elle leva la tête... et se pétrifia.

Flottant au-dessus de la foule massée sur la plaza, une bannière proclamait : LONGUE VIE AUX MARIÉS !

31

La foule reflua sur les deux cavaliers qu'elle enferma dans ses remous. Les jumelles, survoltées, sautaient sur place tandis que Mme Neely et le Dr Ramsey affichaient un sourire indulgent. La mine toujours aussi acide, Joe l'Indien s'avança pour prendre les chevaux par les rênes.

Contrariée par cet accueil en fanfare, Samantha vit Stan mettre pied à terre, stoïque, et lui tendre les bras pour l'aider à sauter de selle. Difficile de lui faire un affront en public. Convaincus par le témoignage du Dr Ramsey qui l'avait vue passer devant le prêtre, les membres de sa famille la croyaient mariée à Stan. Et comme, depuis, ils avaient dormi plusieurs nuits dans la vallée, personne ne croirait qu'il ne s'était rien passé entre eux. Et, de fait, ils avaient si bien accompli leur devoir conjugal qu'elle ne pourrait mentir à sa mère sur ce point.

Sentant ses jambes fléchir, elle s'agrippa à Stan qui lui enlaça la taille ; faiblesse qui s'accentua quand Joe détacha leurs sacoches pour les jeter sous le porche de l'hôtel de Stan – le domicile conjugal où on attendait qu'elle s'installe.

Alice Neely s'approcha et étreignit Stan avant de l'embrasser sur les deux joues.

– Bienvenue dans la famille, monsieur Talbott. Je savais que vous étiez un homme d'honneur.

Loin de la détromper, Stan tendit la joue aux jumelles accourues pour le féliciter tandis qu'un rugissement d'allégresse soulevait la foule. Chacun voulait embrasser la mariée. Stan écarta promptement les jumelles et saisit au collet le premier de la file. Samantha poussa un soupir de soulagement quand il la reprit sous son aile protectrice pour fendre la foule à la suite de Mme Neelly qui regagnait le restaurant. Sautillant à leur côté, Bernadette claironna :

– On vous a préparé un repas de noces somptueux. Maman a fait un énorme gâteau et le Dr Ramsey a apporté des fruits confits, si bien que l'intérieur est aussi joli que le glaçage. Oh, Samantha, j'aurais tellement aimé assister à ton mariage !

Au lieu de révéler qu'ils n'étaient pas mariés, Stan accueillit avec solennité le chef-d'œuvre en sucre glacé.

On leur tendit un couteau. Samantha le prit, hésitante. Stan referma la main sur la sienne et l'aida à découper le tiers supérieur de la pièce montée dont il lui offrit la première part. Une clameur fusa quand, après en avoir grignoté un morceau, elle la présenta à Stan. On se serait cru à une vraie noce. Il est vrai que Stan avait de l'expérience en ce domaine, même si son premier mariage avait constitué un événement mondain dans la société chic de Boston !

Grinçant des dents, Samantha examinait son soi-disant mari qui prêtait complaisamment l'oreille au babil de sa « belle-mère ». Comment avait-il l'audace de poursuivre cette farce dont elle-même ne savait plus comment se dépêtrer ? N'empêche qu'il passerait la nuit tout seul !

Quand il l'enlaça pour ouvrir le bal, elle lui lança un regard menaçant.

– Aurais-tu une meilleure idée ? demanda-t-il d'un ton brusque en lui désignant les villageois en liesse. Personne ne croira qu'on n'a pas couché ensemble et si j'avouais qu'on n'est pas mariés, ta mère me planterait un couteau dans le dos avant de vous emmener Dieu sait où. La rumeur se propagera dans la vallée et ta famille et toi serez couvertes d'opprobre.

– Je refuse de coucher avec toi. L'adultère, très peu pour moi.

Stan la plaqua contre lui et l'entraîna dans un tourbillon endiablé, au grand ravissement de la foule.

– Cela ferait-il une différence si je n'étais pas marié ?

L'œil noir, elle grommela :

– Je ne suis pas non plus une fille publique !

– Dans ce cas, arrange-toi pour éviter de croiser mon chemin. Ce n'est pas l'espace qui manque, à l'hôtel.

La musique s'arrêta et, avant qu'elle ait eu le temps de clouer le bec à Stan, les hommes se bousculèrent autour d'elle pour l'inviter à danser. Le Dr Ramsay l'emporta de haute lutte et Stan s'éloigna.

Samantha dut ensuite assister, impuissante, au transport de sa malle qu'on déposa sous le porche de l'hôtel où sa selle et sa carabine attendaient probablement qu'on les monte dans la chambre conjugale. Stan aurait-il le front de faire transférer son lit et son matelas, signalant ainsi à tout le monde que son épouse tenait à faire lit à part ?

Les danses s'enchaînaient sans relâche et, les uns après les autres, les villageois entraînaient Samantha sur la piste. Bientôt la jeune femme mourait de soif et elle accueillit avec plaisir le verre de limonade que lui porta Stan.

L'enlaçant, il la guida vers un siège.

– Je ne tiens pas à ce que mon épouse s'évanouisse en public. Les gens en tireraient des conclusion erronées.

– Ta sollicitude me touche.

Machinalement, elle sonda la foule pour repérer les membres de sa famille.

– Aurais-tu aperçu Harriet ? J'espère qu'elle est à la cuisine parce que, avec le whisky qui coule à flots...

Stan partit avec elle à la recherche de sa sœur. Il avait intérêt, lui aussi, à maintenir le calme dans les rangs de ses villageois.

A peine eurent-ils échappé au vacarme du salon qu'un cri étouffé leur parvint. Stan fonça, tête baissée, Samantha dans son sillage. Quelqu'un se rua hors de la cuisine avec une lanterne qui projeta un pinceau de lumière sur la cabane, au fond de la cour.

La scène apparut dans toute son horreur.

La chevelure d'or de Harriet s'agitait frénétiquement derrière la lourde silhouette d'un homme qui la plaquait contre le mur. Samantha, poussant un hurlement de rage, se précipita mais Stan, plus rapide, empoigna l'homme au collet et lui décocha un puissant direct à la mâchoire, suivi d'un coup de poing à l'estomac. L'homme tomba à genoux, plié en deux.

Harriet s'effondra entre les bras de Samantha, sanglotant contre son épaule, pendant que Stan relevait l'homme pour l'assommer avec tant de force qu'on entendit les os se broyer.

Un attroupement s'était formé autour d'eux. Joe l'Indien fendit la foule pour calmer Stan. Relevant l'homme, il le projeta vers deux costauds.

– Qu'est-ce qu'on va faire de lui ? demanda-t-il.

– Qu'on le pende ! s'écria Stan. (Il observa Harriet. Les cheveux défaits, le corsage de sa robe déchiré, elle tremblait comme une feuille. Stan crispa les mâchoires.) Ou lynchez-le, ajouta-t-il.

– Que préférez-vous, Harriet ?

– Le lynchage.

La foule poussa un hurlement enthousiaste. On partit chercher une corde.

– Où est Chef Coyote ? A-t-il toujours des plumes de poulet ? demanda Stan.

– Je vais préparer le goudron, dit le forgeron.

Samantha mena Harriet à sa mère et sonda l'expression de Stan. Il avait le regard froid mais rassurant. Loin d'être ivre, il maîtrisait parfaitement la situation. Il allait faire un exemple et canaliser la violence des villageois.

Bouleversée, Samantha regagna la maison.

Quand le vacarme s'apaisa enfin, Harriet dormait.

Pour se calmer les nerfs, Samantha s'affaira à remettre de l'ordre au salon. Les hommes devaient être allés fêter le lynchage au saloon. Que faire ? Gagner seule l'hôtel pour s'y installer, au risque de contrarier Stan ? Il n'apprécierait pas non plus qu'elle reste coucher chez sa mère...

Quand il entra sans prendre la peine de frapper, le dos raide, le visage fermé, elle sut qu'elle avait deviné juste – il serait venu la tirer du lit si elle avait eu l'effronterie d'aller se coucher sans lui.

Mme Neely parut peu après.

– Comment va Harriet ? s'enquit Stan.

– Elle dort. La leçon a été rude, mais, sans votre intervention, le traumatisme aurait été effroyable... Merci, monsieur Talbott.

Il hocha la tête et coula un regard méfiant à Samantha avant de répondre :

– Le coupable sait qu'on le pendra si jamais il reparaît dans le coin. Il n'était pas au village depuis longtemps, de sorte que je ne le connais pas bien. Que faisait votre fille avec lui en pleine nuit ?

Il prit la main de Samantha et la serra très fort. Elle perçut la colère qui vibrait en lui, bien qu'il s'efforçât de rester poli par égard pour Alice.

– Elle n'était pas avec lui. Elle venait de prendre congé d'Aigle noir, le petit-fils de Chef Coyote. J'ai bien peur que Harriet ne soit tombée amoureuse. Son agresseur l'a surprise tandis qu'elle s'attardait un peu dehors.

– Chef Coyote n'a pas de petit-fils ! Qui est donc cet Aigle noir ?

– Il est arrivé quelques jours après votre départ. Un jeune homme très gentil, qui parle très bien notre langue, en dépit de son type indien. Il est très séduisant, ce qui explique l'imprudence de Harriet. Elle lui apprend à lire.

Stan se passa la main sur le visage.

– ... Longs cheveux noirs, teint bistré, anneau d'or à l'oreille... ?

– Exactement. Vous le connaissez ?

– C'est le frère cadet de Hawkins.

– Pourquoi Hawkins aurait-il envoyé son frère ici ? s'étonna Samantha.

– Il vous a posé des questions ?

– Maintenant que j'y pense, tout un tas. Je le croyais curieux de nature, comme Jeff et Samantha.

Stan passa le bras autour des épaules de Samantha qu'il serra contre lui avant de poursuivre :

– On a embauché son frère pour retrouver votre mari. Hawkins est le meilleur pisteur à l'ouest des montagnes Rocheuses, non parce qu'il sait déchiffrer le crottin de cheval mais parce qu'il sait poser les bonnes questions aux gens qu'il faut. Il a sans doute envoyé son petit frère pour trouver d'autres indices, au cas où il perdrait la trace de votre mari dans la vallée. Hawkins junior ne s'appelle pas Aigle noir et il sait lire. Si mes souvenirs sont exacts, il a fait ses études à Harvard.

Alice Neely se rengorgea.

– Harriet n'a pas choisi au-dessous de sa condition, finalement. C'est un Indien ?

– Cela fait-il une différence ?

– Non. Je vous remercie encore, monsieur Talbott. Soyez le bienvenu dans la famille.

Il lui prit la main.

– Appelez-moi Stan, madame, et ne vous hâtez

pas tant de me souhaiter la bienvenue, au cas où Samantha aurait quelque chose à y redire.

Mais la jeune femme était bien trop lasse pour formuler des objections. Se libérant à regret des bras de Stan, elle s'éloigna d'un pas ferme vers l'hôtel.

32

– Prends le lit, si tu veux. Je vais dormir à côté, sur le canapé, dit Stan dans son dos.

Samantha étudiait la chambre, toute d'austérité masculine. Les montants du lit, dont le bois n'avait pas été dépouillé de son écorce, évoquaient des arbres nains et le matelas, qui disparaissait sous un amoncellement de peaux d'ours, avait l'air moelleux et confortable.

Dans un coin, se dressait une armoire devant laquelle on avait déposé sa malle. Elle se retint de sonder les zones d'ombre, la pièce adjacente, notamment, où il allait passer la nuit.

– On pourra faire apporter mon lit demain matin, dit-elle.

– Uniquement si tu souhaites remplacer celui-ci. Je n'ai pas envie que tout le village sache que nous faisons chambre à part, répliqua-t-il d'un ton cassant.

Et il entra dans la pièce voisine, dont il referma la porte de communication.

Geste parfaitement symbolique des jours et des semaines qui suivirent. Stan fit comme si Samantha n'existait pas. Il partait avant qu'elle ne se lève et restait absent toute la journée. La jeune femme était ravie. Le soir, en revanche, ils devaient se montrer ensemble, à cause du qu'en-dira-t-on.

Samantha n'était pas du genre à rester oisive dans cette maison de célibataire aux rouages bien graissés. Stan disposait d'une réserve impressionnante de chemises et de pantalons qu'il envoyait au blanchissage dans la vallée. Il mangeait la tambouille cuisinée sur les divers chantiers où il se rendait. Quant au ménage, les deux pièces du premier et le bureau du rez-de-chaussée n'exigeaient guère d'entretien.

A quoi s'occuper, puisqu'elle n'avait plus besoin de chasser pour se nourrir et qu'il faisait encore trop froid pour s'attaquer au jardinage ou pour explorer la montagne, à la recherche de sa vallée ? Elle n'avait ni chevaux ni bétail à soigner, n'aidait au restaurant qu'en cas de besoin, instruisait Jeff à l'occasion, mais elle ne se sentait pas plus à sa place chez sa mère que chez Stan.

Elle parvint à la conclusion qu'elle devait se bâtir son propre foyer. Et se dirigea, nerveuse, vers l'immense cuisine abandonnée de l'hôtel. La préparation des repas entrait dans les attributions d'une femme mariée. Il lui fallait un local adéquat. Or, ce qu'elle avait sous les yeux s'apparentait davantage à une grange qu'à une cuisine. Elle allait l'aménager. Cela l'occuperait.

Elle faillit capituler en découvrant un sol de terre battue avec pour tout mobilier un poêle antique. Puis elle dénicha des piles de tommettes dans une resserre poussiéreuse. Immédiatement conquise par la beauté du motif peint à la main – soleil d'or et mer d'azur –, elle alla chercher Bernadette qui, enthousiasmée, se mit tout de suite à assembler les carreaux, avant même d'avoir aplani le sol.

– Nous allons repeindre les murs, dit-elle. En jaune d'or.

Regardant les poutres noircies et les toiles d'araignées, Samantha fit la grimace.

– Première opération : on décrasse tout à la brosse et au savon.

– On pourra faire pousser des fleurs sur le rebord de la fenêtre ! s'écria la rêveuse Bernadette.

Samantha sourit et partit chercher seaux et main-d'œuvre.

En fin d'après-midi, Stan se mit en quête de Samantha et s'immobilisa, saisi, sur le seuil de la cuisine. A la lueur blême d'une lanterne qui se balançait au-dessus des têtes, des êtres noirs de crasse grattaient les vieux murs à la brosse au milieu d'une collection de balais et de têtes-de-loup.

Quand il se fut accoutumé à la pénombre, il découvrit Joe et quelques-uns de ses acolytes occupés à niveler le sol. Dans l'une des créatures crasseuses qui décapaient les murs, il reconnut Harriet... qui aurait dû être au bazar. Elle refusait à présent d'y rester seule, exigeant toujours la présence d'une autre femme, et comme toutes les femmes semblaient s'être rassemblées à la cuisine, il trouva logique qu'elle fût là. En revanche, il comprenait moins bien la raison de toute cette agitation.

Encore une invention diabolique signée Samantha ! A peine eut-il formulé mentalement cette accusation que la porte du jardin s'ouvrit à la volée sur sa jeune « épouse » vêtue d'un pantalon et d'une vieille veste, chargée d'un plateau de pots de fleurs. La figure et les mains maculées de terre, elle souriait aux anges.

– J'ai réussi à les planter toutes ! annonça-t-elle à la cantonade. Le village aura du thym et du basilic en suffisance, et chaque fenêtre aura son géranium.

– J'espère que tu n'as pas oublié de planter des arbres à savon... il va t'en falloir une sacrée quantité pour arriver à te décrasser.

Tous se figèrent quand Stan s'avança dans le rond de lumière. Que pouvaient-ils bien se raconter sur son compte pour que le silence tombe chaque fois qu'il s'approchait de Samantha ? Qu'ils ne se comportent pas en jeunes mariés devait en surprendre plus d'un. Mais Samantha et lui étaient des originaux. Pour leur clouer le bec, il se pencha vers Samantha et posa un baiser sur sa joue sale, geste qui suscita à la ronde un soulagement presque palpable.

– Je me demandais si tu finirais par te trouver une occupation, lui murmura-t-il à l'oreille en la soulageant de son plateau.

– J'aurai plus que mon content d'activités quand le temps me permettra de partir à la recherche de ma vallée, dit-elle avec froideur. Pour le moment, je m'estimerai heureuse quand j'aurai réussi à allumer ce poêle parce que mes semis ont besoin de chaleur.

– Et moi qui ai toujours cru que les poêles étaient destinés à cuire les aliments ! Pardonne-moi mon ignorance !

Peu à peu, tous s'époussetaient en hâte et s'éclipsaient. Stan se moquait éperdument de ce qu'ils pensaient, du moment qu'ils le laissaient seul en tête à tête avec Samantha.

– Je suppose que le restaurant est fermé, ce soir, puisque tu as réquisitionné tous les cuisiniers. Qu'as-tu prévu au menu ?

Elle recula d'un pas ; Stan avança d'un pas et demi. A présent qu'ils avaient appris à cohabiter sans être à couteaux tirés, il était temps de passer à la manœuvre suivante. Si elle croyait qu'il avait oublié le plaisir qu'ils avaient pris au lit et qu'il ne souhaitait pas renouveler l'expérience, elle se fichait le doigt dans l'œil.

– Bien sûr que le restaurant est ouvert ! Maman a préparé du ragoût dont on a surveillé la cuisson à tour de rôle.

– Tu as l'intention d'aller dîner dans cet état ou de te laver avant ?

Comment prendre cette suggestion ? Au premier degré, bien sûr.

– Je songeais à faire un brin de toilette dès que j'aurais achevé mes plantations. Va réserver une table. Je ne serai pas longue.

– La bouilloire que Joe garde sur le feu n'y suffira pas. Tu crois que ce poêle fonctionne ?

Stan examina le monstre de fer rouillé d'un œil sceptique avant de remonter ses manches de chemise.

– Maman pense que oui, maintenant que Joe l'a récuré, mais il consommera beaucoup de bois.

– Eh bien, cela nous permettra de nous débarrasser de la charpente et du plancher endommagés par l'incendie. Viens m'aider.

Samantha transporta ses pots sur le rebord d'une

fenêtre avant de suivre Stan. Ils prirent un fagot de bois à demi carbonisé et pendant que Stan le réduisait à l'état de bûchettes, Samantha alla ramasser des sarments de vigne secs et des morceaux de lattes de la tonnelle, qu'elle enfourna progressivement dans le poêle. Stan remplit d'eau un énorme chaudron.

– Il n'y a pas de rideaux dans la cuisine. Il va falloir que tu prennes ton bain là-haut, dit-il quand l'eau commença à chanter.

– Tu ne pourras jamais porter ce chaudron au premier ! Et puis il y a beaucoup trop d'eau. Je vais en puiser la quantité nécessaire.

– Prends le baquet accroché dans la soupente et monte-le dans ta chambre. Je me charge de te porter l'eau. Je passerai par l'escalier extérieur, pour éviter de faire le tour.

Il devina qu'elle hésitait entre l'envie de se rebeller contre un tel autoritarisme et le désir de prendre un bain. Il fut heureux de la trouver si transparente. Samantha, malgré son entêtement, n'avait pas un brin de perversité. Là où une autre aurait tiré avantage du désir qu'il avait d'elle, l'obstinée rouquine ne se rendait même pas compte qu'elle détenait cette arme, et l'eût-elle compris qu'elle n'aurait pas su l'exploiter. Cette naïveté, cette candeur, attendrissait Stan.

Quand il monta les premiers seaux d'eau, il la trouva plantée devant le baquet qu'elle venait de récurer. Son chemisier mouillé moulait exquisément ses seins ronds et fermes. Stan les dévora du regard, soudain tout émoustillé.

– Tu ne peux pas prendre ton bain tout habillée,

et si tu ne te presses pas, l'eau va refroidir. Je pars chercher le reste, dit-il d'une voix qui voilait son désir.

Quand il reparut, elle avait disposé serviettes et savon et avait enfilé un peignoir qui dissimulait ses formes au regard. Stan versa le reste d'eau chaude dans le baquet.

– Deux seaux de plus devraient suffire. Vas-y, à présent. Je t'aiderai à te laver les cheveux.

– Je saurai me débrouiller seule et il y a assez d'eau. File au restaurant. Je te rejoins sans tarder.

Elle ne bougeait toujours pas. Stan saisit les bords de son peignoir.

– Tu n'as pas l'air de comprendre que mes efforts méritent récompense. J'estime avoir fait preuve d'une patience d'ange. Alors maintenant, quitte ça et monte dans la baignoire !

Un long frisson la parcourut quand il effleura le bout de ses seins. Il eut du mal à résister à la tentation de prolonger sa caresse pour vérifier si elle était aussi excitée que lui. Mais il ne voulait pas la presser. Ils n'iraient pas plus loin que là où elle désirait aller.

– Ne me touche pas, Stan ! grommela-t-elle en serrant le peignoir contre elle. Si tu exiges un paiement pour m'avoir monté des seaux d'eau, garde-les ! J'irai me baigner à la rivière.

– Elle est gelée. Je veux seulement t'aider à te laver les cheveux. N'oublie pas également que je t'ai déjà vue nue.

De mauvaise grâce, elle le laissa lui ôter son peignoir. Stan dessina de son doigt mouillé le contour d'un sein, laissant une trace humide sur le mamelon.

Les yeux de Samantha passèrent du vert au gris foncé, preuve que le désir la consumait, elle aussi.

– Je reviens tout de suite. Lave-toi pendant que l'eau est chaude.

Il dévala l'escalier, éperdu de passion. Il allait faire installer des pompes dans toute la maison et peut-être une salle de bains. La vision de Samantha alanguie dans une baignoire pleine de mousse l'émoustilla plus encore.

Tout à sa rêverie érotique, Stan ne comprit pas ce qui lui transperçait l'épaule, tandis qu'il dégringolait les marches. Il n'avait pas entendu le coup de feu. Il entendit en revanche le hurlement de terreur de Samantha quand il s'effondra au bas de l'escalier, foudroyé par la douleur.

33

Le coup de feu déchira le cocon de chaude sensualité qui enveloppait Samantha, toujours plantée devant la baignoire d'où montaient des effluves de lavande qui embaumaient la chambre.

Elle empoigna sa carabine et se rua hors de la pièce. De la galerie, elle aperçut un homme en train de viser une cible hors de son champ visuel. Sans hésiter, elle fit feu. Mais le tireur avait dû l'entendre armer, car il riposta aussitôt. Trop tard ! Le coup qui devait lui sectionner la main lui troua la poitrine.

Samantha tituba, épouvantée, tandis que Joe déboulait, pistolet au poing, à l'instant où l'homme s'effondrait. Des renforts arrivèrent du saloon. Faisant appel à toute sa volonté, Samantha descendit ces marches au bas desquelles elle savait que l'attendait un cadavre. Elle ferma les yeux, lutta contre le vertige et, se cramponnant à la rambarde, força ses pieds à bouger. Elle entendit le Dr Ramsey s'époumoner. Cela ne plairait pas à Stan de se faire soigner par lui. Raison de plus pour qu'elle se dépêche de le rejoindre.

C'est en entendant les rugissements de fureur poussés par Stan qu'elle se rendit compte à quel point elle était terrorisée. Elle agrippa la rampe. Stan se rua vers elle, juste à temps pour l'attraper à bras-le-corps avant qu'elle perde l'équilibre. Bouleversée de joie de le voir en vie, elle s'accrocha à sa chemise et, secouée de sanglots, elle enfouit le visage au creux de son épaule.

– Tout va bien, Samantha, murmura-t-il. Ce n'est rien qu'une égratignure. Tu m'as sauvé la vie, mon trésor, ne pleure plus.

Une égratignure ? Un filet de sang ruisselait de sa tempe.

Elle poussa un cri d'horreur.

– Stan, tu es blessé ! Joe, s'écria-t-elle, allez chercher ma mère et dites-lui d'apporter de quoi faire un pansement !

Ayant recouvré son sang-froid, Samantha soutint Stan pour l'aider à remonter l'escalier.

– Assieds-toi dans ce fauteuil ! ordonna-t-elle une fois de retour dans la chambre.

Stan se laissa docilement pousser sur le siège. Tout tournait autour de lui ; cette jeune femme qui essorait un linge, était-ce bien Samantha ? Elle avait certes les mêmes boucles rousses, portait le même peignoir, mais jamais il n'avait vu tant de tendre sollicitude dans son regard ni senti une telle douceur dans ses mains.

– Il est temps que tu éclaires ma lanterne, murmura-t-elle quand elle eut nettoyé la plaie. J'aimerais savoir le fin mot de l'histoire, si je suis destinée à vivre avec l'homme à abattre... Il me semble que maman conseille de rester éveillé un moment après une blessure à la tête.

Les yeux clos, il l'entendit nettoyer les ustensiles dont elle s'était servie. Elle revint lui tâter le front.

– Tu n'as pas de fièvre. As-tu mal à la tête ? Pourquoi Joe ne nous envoie-t-il pas maman ? s'énerva-t-elle.

– Dans l'autre pièce, tu trouveras un coffret en bois, dans lequel je garde des poudres. Je t'indiquerai celle qu'il faudra diluer dans de l'eau. Cela me rendra mes forces.

Pourquoi possédait-il cet attirail digne d'un médecin ? se demanda-t-elle en revenant avec le coffret. Une fois le mélange prêt, elle lui souleva la tête. Stan but à petites gorgées, se délectant de la rondeur du sein de Samantha contre sa joue.

Un coup retentit à la porte et Joe entra, annonçant :

– J'ai discuté avec les gars. Pas un qui connaisse le tueur. Hank croit l'avoir aperçu dans les parages d'Ariposa. Paraît qu'il était connu dans le coin. Je vais envoyer quelqu'un se renseigner dans la vallée.

Joe se dandina d'un pied sur l'autre en lorgnant Samantha avec nervosité.

– Parle, dit Stan. Samantha a le droit de savoir

parce que, sans elle, je mangerais les pissenlits par la racine.

Joe hocha la tête, étudia Samantha un instant avant d'ôter son chapeau pour le tourner entre ses mains.

– D'après un des hommes descendus à Frisco avec le Dr Ramsey, un drôle de type de la côte Est qui logeait dans le même hôtel posait des questions à droite et à gauche sur vous et sur le village et sortait un rouleau de billets de banque pour délier les langues.

Un espion venu de la côte Est... Stan n'avait vraiment pas besoin de cela ! Il avait quitté Boston depuis dix ans et effacé ses traces, allant jusqu'à changer de nom. Sauf qu'il avait fait montre d'imprudence en rendant visite à Matthew...

– Envoie Bradshaw aux renseignements, ordonna-t-il. Si le petit frère de Hawkins est toujours dans les parages, qu'il mène une enquête discrète. Il s'agit sans doute d'un imbécile persuadé que je possède une mine prospère, mais autant l'empêcher de nuire.

Joe parti, Samantha s'approcha et posa sa paume fraîche sur son front.

– Tu n'extrais pas que du mercure dans ta mine, n'est-ce pas ?

Il ne s'attendait pas qu'elle attaque sous cet angle. Mais avec elle, il fallait toujours prévoir l'imprévu.

– Ce n'est pas ma mine. Chacun des hommes a droit à son pourcentage des bénéfices. On a décidé qu'en exploitant le gisement ensemble, ça irait plus vite et à moindres risques.

– Comment se fait-il que tu sois le seul à avoir de l'argent ?

– Parce que je suis propriétaire du terrain. J'ai acheté les concessions pour une bouchée de pain – toutes avaient été prospectées à outrance, si bien que plus personne ne croyait qu'il y eût encore de l'or. Moi je ne voulais que cette fichue montagne où m'isoler. Il y a du bois et du mercure, ainsi que d'autres minerais susceptibles de rapporter gros si on pouvait les transporter. J'étais disposé à attendre le moment opportun quand un crétin a trouvé une pépite d'or. Si je n'étais pas intervenu, ç'aurait été la foire d'empoigne. Tout comme moi, Bradshaw et les autres en avaient leur dose des meurtres et du travail de forçat qu'implique l'extraction de quelques grammes d'or, alors on a décidé de taire cette découverte. On exploite la veine en secret, personne n'empiète sur la concession du voisin et on n'a pas de problèmes de vol d'outillage ni d'équipes obligées de travailler vingt heures d'affilée. Chacun est payé en fonction du travail accompli. Si la plupart dépensent leurs bénéfices dans l'alcool, moi je les place judicieusement.

Comme il aimait sa main sur son front, qui lui lissait les cheveux en arrière... Sa migraine se dissipait ; encore un peu, et il s'endormirait.

– Ta mort n'aurait donc apporté à tes hommes qu'une part de bénéfice supplémentaire ?

– Elle les aurait surtout obligés à s'atteler à la comptabilité, à trouver de nouveaux débouchés et à choisir un responsable qui dirige le village et prenne les décisions. Je doute que l'un d'entre eux souhaite endosser de telles responsabilités, répondit-il, somnolent.

– Dans ce cas, nous pouvons abandonner cette hypothèse. Comment te sens-tu ?

– Trop paresseux pour m'extirper de ce fauteuil, c'est tout.

– Si tu dors là-dedans, tu seras plein de courbatures. Tiens-toi à moi, je vais t'accompagner jusqu'au lit.

Secrètement enchanté de la proposition, Stan s'appuya de tout son poids sur Samantha. Ses jambes faillirent se dérober sous lui. Elle l'aida à s'allonger, lui ôta sa chemise, puis ses bottes.

– Allonge-toi près de moi, dit-il.

Sans se faire prier, elle souffla la chandelle et se coucha. Il l'attira tout contre lui, sans même chercher à caresser ses seins sous le peignoir entrebâillé. Demain il serait bien temps d'explorer les charmes de cette rousse ensorceleuse qu'il avait la ferme intention de faire sienne.

34

– Samantha ? Ouvre la porte, je suis chargé. Tante Alice m'a dit de te monter un plateau.

Les yeux lourds de sommeil, Samantha vit qu'un rayon de soleil se glissait le long du plancher, diffusant sa lumière parmi les ténèbres de la chambre. Elle jeta les jambes hors du lit. Un bras, autour de sa taille, l'empêchait de se lever. Stan ! Elle se réveilla tout à fait. Son peignoir s'était ouvert durant la nuit et la main de Stan retrouva vie, chercha la chaleur de sa peau sous le coton, remontant jusqu'à ses seins nus. Elle tenta de se dégager ; il l'enserrait dans un étau puissant. Il avait les yeux fermés, mais le sourire aux lèvres. Elle lui envoya un coup de coude.

– Laisse-moi me lever. Jeff attend.

– Il finira par s'en aller.

Il l'attira contre lui, lui prodiguant mille agaceries.

Soudain affolée, Samantha se dégagea. C'était la période la plus mal choisie du mois pour ce genre d'ébats ! Cela suffisait de tromper tout le monde avec ce simulacre de mariage ; elle ne se laisserait pas piéger par une grossesse.

Stan poussa un grognement et s'affala sur le ventre tandis que Samantha, refermant son peignoir, se dirigeait vers la porte. Jeff la dévisagea avec curiosité, coula un regard vers Stan et posa le plateau sur la table.

– Tante Alice a pensé que tu ne serais pas d'attaque pour préparer le petit déjeuner.

Un nouveau coup d'œil à Stan et il chuchota :

– C'est vrai qu'on a voulu le tuer ?

– Oui. Remercie maman pour moi et dis-lui que tout va bien.

Jeff s'en alla de mauvaise grâce et claqua la porte sur lui.

– Rappelle-moi de l'envoyer se perdre au fond d'une galerie de mine pour lui apprendre à être discret, gémit Stan dont la migraine s'était réveillée avec le vacarme.

– C'est toi qu'on aurait dû oublier au fond d'une mine, oui ! le gronda-t-elle en le servant de café.

Comment va ta tête ? As-tu besoin de reprendre de ta poudre ?

Il se retourna sur le dos avec précaution, s'efforçant de ne pas décoller la tête de l'oreiller.

– Tu n'arriveras pas à boire allongé. Je vais t'aider à te redresser si tu veux.

Elle comprit à la lueur qui s'alluma dans les yeux de Stan qu'elle venait de commettre une erreur. Elle s'empressa de lui ôter ses illusions.

– Le café est bouillant. Gare aux brûlures !

Subitement renfrogné, Stan se redressa seul en bougonnant :

– Je me demande quelle idée j'ai eue d'épouser une harpie dotée de plus de cervelle que nécessaire alors qu'il y a une ribambelle d'écervelées qui s'entre-tueraient pour avoir l'honneur de partager ma couche...

– Parce que tu as le goût de la difficulté.

Elle déposa le bol près du lit, avant d'aller fouiller dans sa malle pour prendre des vêtements propres.

– Si j'aimais à ce point la difficulté, j'aurais essayé de creuser un tunnel jusqu'en Chine, bougonna-t-il en sirotant son café. Quant à ta garde-robe, tu pourrais la renouveler à mes frais. Je te dois bien ça.

Samantha repoussa l'offre d'un haussement d'épaules et sortit une de ses vieilles chemises de travail ainsi qu'un jean.

– Je gagnerai tôt ou tard ma pitance, je ne m'inquiète pas pour ça. Et ce n'est pas au lit que je veux dire. J'ai commandé du tissu pour me coudre des dessous, annonça-t-elle en passant dans la pièce voisine pour s'habiller.

– Ecoute... je te remercie de m'avoir sauvé la vie.

Hum... c'est la première fois que tu tires sur quelqu'un ?

– Quand on porte une arme, il faut être préparé à s'en servir. Je l'ai su le jour même où j'ai commencé à m'entraîner.

– Ce n'est pas la même chose de tirer sur une cible ou d'abattre du gibier. La prochaine fois, ne t'en mêle pas... Je ne vaux pas tous ces tracas.

Samantha le fixa, interloquée. Avec ses joues bleuies de barbe et le pansement ensanglanté qui ceignait ses boucles noires ébouriffées, il avait l'allure d'un hors-la-loi – et peut-être en était-il un. A la différence que les hors-la-loi n'ont pas de conscience alors que Stan Talbott en avait une, et qui le tourmentait.

Au cours des jours suivants, Stan resta confiné à l'hôtel pendant que Joe menait l'enquête dans la vallée. Plus d'une fois, Samantha le surprit en train de l'observer tandis qu'elle posait le carrelage de la cuisine ou confectionnait le repas. Son regard la troublait, mais elle n'avait pas l'intention de se laisser fléchir. Il l'avait dupée, utilisée, forcée à déménager ! Elle maîtriserait les vagues de désir qu'il faisait naître en elle. Plus jamais elle ne permettrait à cet homme de l'humilier.

– Si tu n'as rien de mieux à faire, pourquoi ne finirais-tu pas de badigeonner le mur ?

– Il ne manque pas de fainéants au village. Embauches-en quelques-uns pour achever la besogne.

– Je n'ai pas confiance. Ils font tout en dépit du bon sens.

Elle suspendit sa tâche et, s'asseyant sur les talons, le regarda vérifier si les semis avaient germé.

– Ta soupe est cuite ? Elle mijote depuis des heures.

– Sers-toi ! dit-elle en se remettant à l'ouvrage.

– Où est le temps où les femmes étaient aux petits soins pour moi ? lança-t-il, amusé.

– Je suppose qu'il doit y en avoir une flopée qui meurent d'envie d'attirer l'attention d'un ours mal léché, mais je ne compte pas au nombre de ces malheureuses.

Faute de table, Stan s'assit par terre.

– Tu es tout aussi revêche que moi, Samantha, parce que le désir nous mine l'un et l'autre. Le besoin de procréer est parfaitement naturel. Pourquoi le réprimer ?

– Mon œil ! C'est toi qui ne sais pas te contrôler.

Il se renfrogna, mais avant qu'il n'ait pu riposter, la voix de Joe retentit dans la cour. Samantha alla chercher un autre bol qu'elle remplit de soupe pour le garde du corps. Vexé par cette trahison, Stan la fusilla du regard.

Joe entra et avala sa soupe en leur jetant des regards circonspects.

– Elle me harcèlera jusqu'à ce que j'avoue tout, Joe. Alors si tu veux m'éviter des ennuis, crache le morceau.

Curieuse façon de présenter les choses... Elle n'avait jamais harcelé personne. Toutefois, elle avait le droit de savoir qui tenait tant à abattre Stan et pourquoi.

– Les nouvelles vont à la vitesse du vent, ces derniers temps, déclara-t-il, enfin. Le type de la côte Est a décampé dès qu'il a appris que vous n'étiez pas mort... Fameuse, votre soupe, m'dame Talbott.

– Reprenez-en donc, si ça vous tente, Joe. Mais continuez à nous faire languir, et je renverserai la marmite sur votre tête !

Stan faillit s'étrangler de rire. Joe poursuivit avec mauvaise humeur :

– Le gars qui a voulu vous tuer avait claqué une somme rondelette aux tables de jeu d'Ariposa. J'ai pas de preuve, mais deux hommes de la vallée jurent que le type de l'Est leur a proposé de payer leurs dettes s'ils vous réglaient votre compte. Apparemment, il a fini par en dégoter un qui a accepté.

Ce n'étaient donc pas les villageois qui s'obstinaient à attenter à sa vie. Stan posa son bol par terre.

– Tu as retrouvé le petit frère de Hawkins ?

– Oui. Il est parti sur la piste de l'homme de l'Est.

– Et on sait comment il s'appelle, ce Yankee ?

– Harry Clark. Ça vous dit quelque chose ?

– Cela m'étonnerait que ce soit son vrai nom. On te l'a décrit ?

– Grand et mince. Environ un mètre quatre-vingts. Cheveux châtain clair. Elégant. La coqueluche de ces dames.

– Anderson ! Bon Dieu ! s'écria Stan, les traits soudain durs.

Sans un mot, il sortit de la cuisine, laissant Samantha et Joe à leur perplexité.

– Joe, savez-vous qui est cet Anderson ?

– Du diable si j'en ai la moindre idée, m'dame Talbott.

Samantha observa par la fenêtre un moineau qui picorait.

– Vous ou moi aurions intérêt à le découvrir.

– Pour arracher les vers du nez à Stan Talbott, il faudrait le soûler, dit Joe, lugubre. Or il n'est pas du genre à s'enivrer facilement. Vous voyez une autre méthode ?

Oh que oui, elle en voyait une ! Cependant, elle ne se sentait pas assez rouée pour lui arracher des confidences sur l'oreiller. Et elle n'était même pas mariée avec lui.

Mais elle l'aimait...

35

Stan passa ses pieds bottés par-dessus un des accoudoirs du canapé, se cala la joue contre l'autre. Fichtrement trop court, ce lit de fortune ! Il aurait mieux fait de rester dormir au camp des mineurs. Et pas seulement à cause de l'inconfort du canapé.

Derrière la porte close qui séparait sa chambre de celle de Samantha, il ne percevait plus aucun bruit. Il l'avait entendue s'affairer, un peu plus tôt dans la soirée – transporter des seaux d'eau, fourrager dans sa malle. Il l'avait même surprise pendant l'essayage d'un nouveau jean qu'elle venait de se confectionner. La toile, plus fine que celle de ses pantalons habituels, moulait sa taille de guêpe, son petit derrière rond. Quant à ses jambes interminables... Il lui avait interdit de sortir dans cette tenue ; elle risquait d'avoir tous les hommes à ses trousses. Furieuse, elle lui avait jeté sa brosse à la figure.

Il poussa un long soupir, tenta d'étendre plus confortablement les jambes. Il s'en voulait de l'avoir insultée alors qu'elle faisait de son mieux pour l'impressionner. Deux jours auparavant, il lui aurait sauté dessus, ravi qu'elle l'émoustille en se trémoussant devant lui. Désormais, il n'était plus question de la retrouver au lit ni de jouer les maris – c'eût été trop dangereux, tant qu'Anderson rôdait dans les parages. Mais était-ce bien Anderson ? Dans ce cas, que lui voulait-il ? Comment avait-il retrouvé sa trace depuis Boston ? Si Anderson découvrait l'existence de Samantha, il risquait de l'éliminer... à moins qu'il ne se borne à lui révéler le passé, ce qui la ferait fuir pour toujours.

Quel dommage que personne n'ait encore trouvé sa vallée ; il aurait pu l'y expédier, la mettant ainsi à l'abri d'Anderson, puis, une fois tout danger écarté, il aurait peut-être réussi à la convaincre de revenir dans son lit.

Il en était là de ses réflexions quand Samantha entra dans sa chambre vêtue d'une longue chemise de nuit en cotonnade si fine que son superbe corps se dessina à la lumière de la lampe. Les sens de Stan s'enflammèrent aussitôt.

– Nous avons à parler, toi et moi, annonça-t-elle d'un ton sans réplique.

– Drôle de tenue, pour une conversation sérieuse.

– J'espérais forcer ton attention.

Elle s'assit, ce qui eut pour résultat de placer ses seins juste dans la ligne de mire de Stan.

– Elle t'est complètement acquise. Seulement je ne suis pas certain d'être capable de comprendre un mot de ce que tu vas me dire. Tu ne portes même pas de culotte là-dessous, je parie ?

Gênée, elle rabattit ses jambes sous elle, ce qui incita Stan à porter le regard sur la fourche que formait le haut de ses cuisses.

– Ce n'est pas la bonne période, déclara-t-elle d'un petit air vertueux. Chasse ces pensées lubriques de ton esprit et parlons plutôt de ce Clark, alias Anderson.

Si elle savait... Elle venait de lui fournir l'ouverture dont il avait besoin pour la pousser à le fuir. Stan ferma les yeux, cherchant la force d'exhumer une histoire enterrée depuis dix ans. Il ne voulait pas en parler, il ne voulait pas perdre Samantha. Il avait besoin d'elle, de son innocence, de sa tendresse, de son intelligence.

– Viens au lit, on bavardera après. Je prendrai des précautions.

Alors seulement il osa lever les yeux vers son visage. Il y lut un désir aussi violent que le sien ; le choc lui coupa le souffle, creusant une brèche dans la carapace derrière laquelle il se protégeait depuis des années. Elle avait envie de lui – malgré le chagrin, la souffrance qu'il lui avait causés. Quelle folie !

– Il n'y a pas que cela qui me retient, et tu le sais, dit-elle. Cet Anderson a-t-il un rapport avec l'épouse que tu as laissée sur la côte Est ?

– Harry Anderson est son demi-frère – entre

autres. Rien ne prouve toutefois qu'il s'agit bien de lui.

– Tu m'as dit que tu n'étais pas vraiment marié. Est-ce la raison pour laquelle cet homme est venu jusqu'ici ?

Pourquoi ne la prenait-il pas de force et ciao ? Le Stan Talbott d'avant l'aurait fait, lui. A présent, il ne pouvait vivre sans elle. Elle lui insufflait sa force. Qui sait ? Si la chance leur en était donnée, peut-être pourraient-ils établir une relation équilibrée, où ils s'épauleraient.

Mais non, c'était impossible. Aussi Stan poussa-t-il un soupir de tristesse avant de fournir la réponse dont Samantha n'avait vraiment pas besoin.

– Harry a certainement découvert que Melinda ne peut plus rien m'extorquer, maintenant que nous avons divorcé. Et naturellement, en te révélant cela, je romps les termes de l'accord que j'ai passé avec elle.

– Tu t'appelles en réalité Stan Montgomery ; tu es divorcé mais ta femme porte toujours ton nom. Je suppose que vous gardez le divorce secret parce qu'elle se prétend toujours ta femme – ta veuve, plus exactement. Que vient faire son demi-frère dans l'histoire ?

Comment lui révéler la suite ? Il venait de lui dire qu'il était divorcé, donc libre de l'épouser – ce qu'il n'avait pas fait – et elle n'avait même pas tiqué.

– Harry est son amant. Et ce depuis qu'elle a l'âge de savoir ce qu'est un amant.

Voilà, c'était dit. L'horreur de cette révélation avait de quoi scandaliser son côté puritain de

Sudiste. Sur son visage se peignit une expression de dégoût mêlé de compassion et de curiosité.

– Ce sont des choses qui arrivent, dit-il en haussant les épaules. Ils sont nés dans un coin perdu et se sont raccrochés l'un à l'autre pour combattre la solitude. Leurs parents étaient... des égoïstes qui les ont sevrés d'affection. Harry et Melinda ont découvert ensemble l'existence de l'amour... du moins à leur façon. Dieu merci, Harry et Melinda ne sont pas parents par le sang. Ils auraient pu se marier, mais ni l'un ni l'autre n'avait le moindre sou. Harry a fini par partir pour la ville où il s'est trouvé une riche épouse. Ensuite il a fait venir Melinda qu'il a présentée comme sa sœur.

– Et il l'a jetée dans tes bras à cause de ta fortune. Quel âge avais-tu ? Et combien de temps es-tu resté marié ?

– Je n'étais qu'un jeune fou pétri d'idéalisme. Melinda m'a laissé croire que j'étais son sauveur. Il me restait encore deux ans d'études avant de décrocher mon diplôme. Je voulais le passer en Ecosse, mais ce n'était pas un endroit assez chic pour une créature aussi raffinée que Melinda. Quel naïf j'étais...

– Un diplôme ? Ah ! je comprends ! Tu es médecin, petit cachottier !

– Dr Montgomery, pour vous servir, madame, et pour le bien que ça fait à la société... Je n'ai jamais exercé. Je suis rentré d'Ecosse pour découvrir que mon père était mort en me léguant toute sa fortune et que ma femme se donnait du bon temps en croquant l'héritage. Il m'a fallu un an pour me rendre compte que Melinda ne serait jamais une femme de médecin, pas plus que l'épouse aimante d'un homme riche.

Samantha l'observa en silence, émue par sa souffrance.

– Et tu t'es reproché d'avoir négligé ta jeune épouse pendant deux ans, conclut-elle enfin.

– En effet. J'avais mûri, dans l'intervalle. Je n'avais pas mené une vie de moine, moi non plus, pendant ces deux années. Nous n'avions pas exactement fait un mariage d'amour, mais j'avais l'intention que ça marche et il n'y avait pas de raison pour que tout rate.

– Si. Il y avait Harry.

– Harry, oui. Allez, Samantha, va te coucher. Demain matin, je trouverai un moyen de t'expédier chez mon frère, ce qui permettra à Hawkins de te joindre plus facilement, quand il aura des nouvelles de ton père.

– Je refuse. J'aime mieux retourner vivre chez ma mère, si tu veux me chasser. Pourquoi te fatiguer à protéger ma réputation ? Je savais que tu te lasserais de moi tôt ou tard. Et tu as atteint ton but. Tout le monde nous croira mariés, mais incapables de nous supporter.

Elle se leva pour regagner sa chambre, l'expression indéchiffrable. Stan eût préféré qu'elle fasse une crise de nerfs, qu'elle lui braque sa carabine sur le cœur.

– Ce n'est pas à cause de toi, Samantha, mais de moi. Le seul moyen que j'aie trouvé pour que Melinda accepte de divorcer sans provoquer de scandale a été de lui abandonner mon nom et tous mes biens. Or si je t'épouse officiellement, le divorce deviendra public. Légalement, je ne sais ce qui se passerait si je t'épousais sous le nom de Stan Talbott, pas plus que si je violais mes engagements en utilisant le nom de Montgomery. Et puis ce ne serait pas correct de ma part de lier ton destin au mien.

Elle lui sourit, les larmes aux yeux. Il ne supportait pas de la voir pleurer alors qu'il ne pouvait la consoler.

– Je sais que je ne possède pas les qualités qu'un homme attend d'une épouse, dit-elle. Le printemps venu, j'oublierai probablement de préparer tes repas ou d'épousseter les meubles. Je ne suis pas une créature fragile qui a besoin de la protection d'un homme. Dans ce cas, à quoi me servirait un mari ? Je n'avais pas envisagé de me marier, de toute façon, et jouer au couple m'a paru une expérience agréable. J'en ai toutefois conclu que nous faisons l'un comme l'autre de bien piètres conjoints.

Sur ce, elle l'abandonna à la solitude de son canapé.

36

Samantha retourna chez sa mère le lendemain.

Alice Neely alla trouver Stan pour tenter de le ramener à la raison. Les pieds sur son bureau, ce dernier l'écouta en silence, acquiesça sans un mot quand elle eut débité sa tirade et se mit à lancer des fléchettes sur le portrait de George Washington accroché au mur. A bout d'arguments, Mme Neely prit congé de Stan avec une dignité admirable.

Joe braqua sur Stan un long regard réprobateur avant d'aller s'enivrer au saloon. Ramsey le traita de tous les noms et partit tenir compagnie à Joe. Stan serait bien allé les rejoindre, mais boire n'eût fait que le rendre si hargneux qu'il aurait risqué de traîner Samantha par les cheveux, voire de la violenter. Or, si Harry et ses tueurs rôdaient dans les parages, il devait garder toute sa vigilance.

Chef Coyote choisit ce moment précis pour voler son meilleur cheval et se mettre en route pour une destination inconnue. Faute de pouvoir quitter le village, Stan envoya un de ses hommes à sa poursuite.

La première nuit, Stan voulut coucher dans le lit de Samantha. L'odeur de lavande qui imprégnait les draps – l'odeur de la jeune femme – l'assaillit. Il retourna dormir sur le canapé.

Le lendemain matin, il s'attaqua au lit et, lâchant une bordée de jurons, en arracha les draps... et découvrit une culotte de soie. Il porta le matelas dehors pour l'aérer et trouva un gant de jardinage sous le lit.

Un de ses livres était resté ouvert sur la table ; un petit chapeau pendait à un clou du vestibule ; ses plantations s'étaient multipliées jusqu'à envahir le rebord de la fenêtre du bureau et la balustrade de la galerie du premier. Pas moyen de faire un pas chez lui sans tomber sur un objet appartenant à Samantha et chaque souvenir d'elle lui perçait le cœur. Pourtant il laissa le livre à sa place, arrosa les jardinières, rangea la culotte de soie dans sa malle.

Il accrocha le gant à côté du chapeau, bien en vue, au cas où elle reviendrait inspecter ses semis.

Il éplucha ensuite sa comptabilité, puis fit un saut au bazar pour examiner les livres de comptes que tenait Harriet... et les oublia totalement quand il vit Samantha derrière le comptoir où elle remplaçait momentanément sa sœur. Elle lui demanda des nouvelles de ses plantes et il l'invita à venir s'en occuper quand elle le souhaiterait. Puis il ressortit comme s'il n'était passé que pour cela.

Stan comprit qu'il avait commis une lourde erreur quand, dans l'après-midi, il entendit siffloter dans la cuisine. Ses boucles cuivrées en partie dissimulées sous un fichu, ses longs doigts maculés de terre, ses jambes interminables moulées dans un étroit pantalon de serge, Samantha repiquait ses plantes. Son sifflement tremblota à peine quand Stan entra... pour ressortir presque aussitôt, troublé par le sourire de la jeune femme. Des nombreuses erreurs qu'il avait faites dans sa vie, sa liaison avec Samantha Neely était la pire. Pensant qu'un petit coup de whisky le requinquerait, il rejoignit Joe et Ramsey au saloon.

Dès qu'il le vit, Joe emporta sa bouteille et alla s'asseoir à une table. Furieux, Stan s'ouvrit une autre bouteille et se versa une copieuse rasade.

– Ça manque un peu d'ambiance, dit Ramsey. Talbott, voulez-vous que je vous tire dessus ?

– Vous ne toucheriez pas un éléphant, même à jeun, répliqua Stan d'un ton acide.

Les yeux injectés, Ramsey empoigna la barre qui ceignait le comptoir.

– J'ai peut-être pas fait d'études comme certains

prétentieux de la côte Est, mais l'argent n'achète pas le bon sens. Si vous aviez une once de cervelle, vous comprendriez à quel point Samantha est une perle rare. (Ramsey se redressa en vacillant, tira sur sa redingote pour y remettre un semblant d'ordre et tenta de rectifier le nœud d'une cravate imaginaire.) En fait, comme je suis, moi, un homme plein de bon sens, je vais de ce pas faire la cour à Mlle Neely, dit-il en s'éloignant d'une démarche chaloupée.

Stan l'empoigna par le dos de sa redingote, le fit pivoter et lui écrasa son poing sur la mâchoire. Le médecin fit un vol plané et alla s'écraser sur le plancher.

– *Madame* Talbott ! C'est ma femme et je vous interdis d'y toucher ! beugla Stan.

Joe toisa son patron avec dégoût et cracha dans un coin.

– Vous feriez bien d'aller chercher votre femme, si c'est la bagarre que vous voulez, parce qu'il n'y a qu'elle pour vous tenir tête.

La vérité de la remarque piqua Stan au vif. Furieux, il quitta le saloon et prit le chemin du camp de mineurs.

Le départ de Stan donna à Samantha toute liberté pour achever la réfection de la cuisine. Même si ses efforts étaient inutiles puisque Stan n'y cuisinerait probablement jamais, elle avait besoin d'épuiser l'énergie dont elle débordait toujours, à cette époque de l'hiver.

Nul ne s'étonnait de la voir réaménager une maison qui ne lui appartenait même pas ; les hommes continuaient de l'appeler « madame Talbott », croyant à une brouille passagère entre les époux. Ils savaient Stan d'un caractère difficile, si bien qu'ils réservaient toute leur compassion à la jeune femme. Et Samantha, habituée à ne pas se soucier du qu'en-dira-t-on, ne les détrompait pas et allait son bonhomme de chemin.

Joe se remit à peindre les murs ; Bernadette s'occupait du sol lorsqu'on n'avait pas besoin d'elle au bazar ou au restaurant. On avait chargé Jeff de mélanger la peinture et de faire les commissions, pour l'empêcher de creuser le jardin à la recherche de trésors enfouis ou de se gaver de ragots au saloon. Amos Donner, qui s'était proposé pour fabriquer table et chaises, passait un temps infini à décider de leurs dimensions avec Bernadette. Le printemps approchait...

La nuit, le sommeil la fuyait, si bien que souvent Samantha se retrouvait en train de fixer les montagnes baignées de lune dont la chaîne se découpait à l'horizon. Le jour, elle s'inventait mille façons de dépenser son énergie, grimpant aux échelles, brossant les murs, piochant la terre friable du potager de l'hôtel. Peine perdue ! Stan l'obsédait. Des cris d'hommes dans la rue, des pas dans l'escalier de bois de la cour... Chaque fois, le cœur lui manquait.

Un jour elle prit une de ses chemises dans le panier de linge sale pour la porter la nuit parce que, imprégnée de son odeur, elle lui donnait l'impression de dormir contre son corps.

Le printemps venu, quand elle aurait retrouvé la vallée, elle reprendrait ses esprits et oublierait Stan.

Fin février, au soir d'une journée particulièrement orageuse, le jeune frère de Hawkins reparut au détour du sentier. De la fenêtre de la cuisine, Samantha le vit pousser sa monture dans l'écurie désaffectée du village. Elle se hâta de l'y rejoindre.

– Où est Talbott ? demanda-t-il en braquant sur elle un regard peu amène.

– Toujours au camp de la mine. Quoi de neuf ?

Samantha serra son châle contre elle pour se protéger de l'humidité.

– Hawkins est parti au Mexique. Votre père y aurait séjourné il y a quelques mois.

Il semblait éviter son regard, chose surprenante chez ce jeune homme plutôt effronté. Redoutait-il que Samantha fût au courant des avances qu'il avait faites à Harriet ?

– Au Mexique... Mon père serait-il souffrant ?

– Il paraîtrait que oui. Mais Hawkins m'a recommandé de ne pas colporter des rumeurs. Et puis c'est à Talbott que je voudrais parler.

– Quel est votre nom véritable ? demanda-t-elle pour lui délier la langue.

– Vous n'avez qu'à m'appeler Aigle-à-cheval.

– N'est-ce pas un peu trop pittoresque ? Et maintenant, si vous consentiez à abandonner votre cheval à sa botte de paille, je vous donnerais de la soupe et du café.

Rentrant la tête dans les épaules pour éviter la pluie, elle regagna la cuisine. Aigle-à-cheval la suivit malgré lui, alléché par son offre. Elle lui versa un bol de soupe.

– Au restaurant, on vous l'aurait fait payer, alors ne racontez à personne que je vous nourris gratis.

Il acquiesça, vida son bol d'un trait, puis but son café avec plaisir. Samantha sourit. Il était mûr pour lui dire ce qu'elle voulait savoir.

– Qu'avez-vous découvert sur ce Harry Clark ? demanda-t-elle tout à trac.

– Je le dirai à Talbott quand je le trouverai, rétorqua Aigle-à-cheval dont le visage se ferma.

– J'aurais cru que vous aviez un peu plus de jugeote que les autres hommes. Je sais tout de ce Harry Clark, alias Anderson. J'en sais également plus que tous les villageois sur le compte de Talbott. Je sais aussi que vous ne vous appelez pas Aigle-à-cheval et que vous avez fait des études. Eh bien, décidez-vous ! Ou vous parlez, ou j'appelle Harriet pour lui révéler la vérité sur votre identité !

– Et vous, est-ce que vous savez que vous n'êtes pas vraiment mariée à Talbott ? demanda-t-il, furibond.

– Ouh ! j'ai réussi à vous mettre en colère ! Et moi qui croyais que les Indiens avaient une sérénité à toute épreuve... Il est vrai que vous n'êtes pas indien et que les Espagnols ont la tête près du bonnet.

Allait-il lui jeter son bol à la figure avant de lui sauter dessus en brandissant le coutelas qui pendait à sa ceinture ? Quand il se borna à se resservir de soupe en braquant sur elle son regard renfrogné, elle approuva :

– Très bien. Harriet n'est pas aussi fouineuse que moi... Cela dit, quand elle s'y met, elle est franchement irritante. Je sais que je ne suis pas légalement mariée, alors soyez gentil, évitez de propager la nouvelle à la ronde. Stan est un brin chatouilleux sur le sujet. Pourquoi avez-vous interrogé le prêtre ?

– Le prêtre défroqué doublé d'un ivrogne, précisa Aigle-à-cheval. Je l'ai interrogé parce que c'est ce qu'avait fait Clark avant moi, si bien qu'il sait maintenant que vous n'êtes pas mariés. Le frère et la belle-sœur de Stan Talbott le savent, eux aussi, naturellement, puisque Clark est allé les tarabuster. Matthew Montgomery a eu l'intelligence de feindre la surprise en voyant surgir chez lui le dénommé Harry Anderson, venu exprès de Boston. Il l'a averti qu'il le descendrait s'il remettait le pied sur ses terres et l'a poussé au bout de son fusil jusqu'à la sortie de la ville sans rien lui dire sur Talbott. Ça ne vous fait ni chaud ni froid que Talbott vous ait menti au sujet du prêtre ?

– Bien sûr que si ! J'ai même songé à lui faire sauter d'un coup de fusil certaines parties très vulnérables de son anatomie, mais Stan et moi nous nous comprenons ; il n'a pris que ce que j'acceptais de lui donner. Seulement, ses hommes étaient descendus dans la vallée et ont cru que la cérémonie à laquelle ils ont assisté était un vrai mariage. Comment les détromper sans porter préjudice à Stan ? On a donc joué aux jeunes mariés – et pour l'instant, on est séparés pour cause de dispute. Non que cela vous regarde, d'ailleurs...

– Evidemment... Et je suppose que vous feriez sauter d'un coup de fusil les parties vulnérables de quiconque oserait faire la même chose à une de vos sœurs.

– Cela va sans dire. Mes sœurs sont trop fragiles pour se défendre seules.

– Hum... Quand elle est en colère, Harriet est aussi dangereuse que si elle était armée.

– Pour en revenir à nos moutons, qu'avez-vous appris d'autre, hormis nos petits secrets ? Où se trouve Anderson ?

– A San Francisco. Il consulte un avocat. Aux dernières nouvelles, il a renoncé à l'idée de louer les services d'un tueur. Il semble parfaitement au courant de l'existence de la mine et de tout ce que Talbott possède d'autre.

– Je suppose que vous ne connaissez personne qui accepterait de le réduire au silence...

– N'oubliez pas que j'ai fait des études supérieures. Je ne suis pas un mercenaire, madame.

– L'un n'empêche pas l'autre. Je vous remercie d'avoir répondu à ma question. Pour la peine, pourquoi n'iriez-vous pas dire bonjour à Harriet ? Elle est au bazar. Je vous préviens qu'elle risque d'être moins aimable. Peu après votre départ, elle s'est fait agresser par un ignoble individu. Elle a désormais une piètre opinion de la gent masculine.

Poussant un juron coloré, Aigle-à-cheval sortit à grands pas de la cuisine. Samantha resta à ruminer ses étonnantes révélations. Son père était vivant mais malade au Mexique. Partirait-elle le secourir, lui qu'elle adorait, abandonnant dans la foulée Stan – l'homme qu'elle aimait éperdument mais qui l'avait lâchement trahie ?

37

Aigle-à-cheval avait dû monter au camp des mineurs, après que Harriet eut refusé de lui parler, car, le lendemain, Stan reparut. Il s'enferma dans son bureau et reçut un va-et-vient continuel d'hommes montés de la vallée. Joe allait lui chercher ses repas au restaurant ; Samantha ne fit aucun effort pour aller vers lui.

Elle profita de la première journée ensoleillée pour s'attaquer au potager. Elle avait remplacé sa carabine par les pistolets de son père et bouclé son ceinturon.

– Que comptes-tu faire pousser sur ces rochers sablonneux ?

La question de Stan ne la prit pas au dépourvu ; elle l'avait entendu approcher. Elle continua donc à sarcler.

– C'est de la bonne terre, bien meilleure que le sol argileux que nous avions dans le Tennessee. Quand je l'aurai engraissée, j'y ferai pousser n'importe quoi. Le seul problème, c'est le gel.

– S'il ne neige pas en juin, à cette altitude, il ne fait jamais très chaud non plus.

Il avait la voix distante, ce qui ne la gênait pas. Sa présence, le bonheur de l'entendre lui donnaient envie de chanter. Elle aurait voulu qu'il ne s'arrête jamais de lui parler. Plus osé encore : qu'il l'enlace et lui fasse l'amour avec passion. Les jambes soudain molles, elle continua vaillamment de sarcler en lui tournant le dos.

– Je vais semer de la laitue et des pois. Quant à

l'arrosage, c'est une autre affaire. Il n'y a que la pompe du village.

– J'envisage d'installer l'eau à l'hôtel. Je peux faire placer une pompe dans le jardin, si tu le souhaites.

Incapable de résister davantage, elle s'interrompit, se tourna vers lui... et resta subjuguée. Sa redingote noire très chic, son gilet brodé et sa chemise à jabot blanche accentuaient la beauté de son visage hâlé. Il avait maigri et ses joues creuses lui donnaient les traits plus sévères. Un bleu lui meurtrissait la pommette et il boitait légèrement. Qu'avait-il bien pu endurer, là-haut, dans ses montagnes ? Au feu irrépressible qui brûlait dans son regard, elle comprit qu'il avait traversé l'enfer et en était ressorti broyé mais plus humain.

– Je parie que les hommes étaient contents de te voir repartir.

– J'aime me montrer à la ronde, garder les mineurs sur le qui-vive. Ça te dirait de m'accompagner ? Je descends à San Francisco.

Ses yeux gris la scrutaient avec tant d'intensité qu'ils en paraissaient noirs.

– Tu cherches à faciliter la tâche à Anderson ? Au fait, tu ne m'as pas encore expliqué pourquoi il veut te tuer.

– J'ai une ou deux idées sur la question. Aucune preuve, toutefois. San Francisco ne se trouve qu'à un jour de cheval. Je m'inquiéterais moins si je pouvais veiller sur toi.

– Et vice versa. C'est toi qu'Anderson cherche à abattre. Si j'accepte, ce sera à la condition que tu me laisses tranquille. A la différence de Melinda, je ne couche pas hors mariage.

Les traits de Stan se durcirent.

– Je n'ai plus rien à donner, Samantha. J'ai renoncé à mon nom, à ma réputation, à mon métier, à mon foyer, si bien qu'il ne me reste plus que mon lit à offrir. C'est à prendre ou à laisser.

Haussant les épaules, elle dit avec tristesse :

– Je suis partie de ton lit. Tu as pris ta décision, j'ai pris la mienne. Emmène donc Joe à San Francisco.

Il contracta les poings et serra les mâchoires. Samantha crut qu'il allait l'empoigner aux épaules et la secouer mais, tournant les talons, il l'abandonna à son jardin et à son sarcloir. Qu'attendre d'autre de sa part ?

Il ne voulait qu'une femme dans son lit, rien de plus. Pourtant, puisqu'il s'était bâti une autre vie, pourquoi refusait-il de la partager ? Cette histoire de divorce n'était qu'une excuse, il aurait pu consulter un bon juriste pour débrouiller l'affaire. Au lieu de cela, il préférait lui opposer l'accord passé avec Melinda, comme un mur qui les séparerait toujours. A voir sa mine, lui aussi passait des nuits blanches. Et il suffisait qu'il s'approche d'elle pour que son corps s'électrise.

Elle attendit donc que Stan prenne la route de San Francisco. Une fois de plus, il la surprit : au lieu de partir, il fit venir des plombiers et des menuisiers.

En mars, il se remit à neiger. Samantha pailla ses laitues, se félicitant de ce que les murs du clos protègent les autres plantes de la morsure du vent.

Un beau jour, Stan se décida à descendre dans le

jardin vérifier l'étendue des dégâts. Il n'hésita pas à s'agenouiller pour enfoncer une pousse dans la terre.

Il observa Samantha qui dégageait ses salades de la couche de paille. Un sourire serein étirait sa bouche pulpeuse et ses boucles rousses brillaient comme du feu au soleil. Elle n'avait plus remis de robe depuis leur séparation mais, quelle que soit sa tenue, elle le rendait fou, et ce depuis l'instant où il avait essayé de deviner ses seins dans le décolleté de sa chemise.

– Pourquoi un tel harnachement ? demanda-t-il à brûle-pourpoint.

Elle dut suivre son regard pour comprendre de quoi il parlait et haussa les épaules.

– Les pistolets au ceinturon ? A cette saison, les nuisibles grouillent dans tous les coins.

– Ne serait-ce pas plutôt quelqu'un qui te persécute ? répliqua-t-il, rendu furieux par l'idée qu'un autre pût porter la main sur elle.

– Il n'y a que toi dans ce pays qui ait l'audace de m'importuner. Je crois que je ne vais autoriser l'accès du jardin qu'aux gens heureux. Les plantes sont très sensibles aux émotions négatives.

– Quelle ineptie ! Les plantes ne sont pas douées d'intelligence !

Elle lui sourit pour lui montrer qu'elle lui pardonnait son ignorance et inspecta en chantonnant les vrilles et les pampres accrochés à la tonnelle.

– Un de mes hommes prétend avoir retrouvé ta vallée, annonça-t-il pour rompre le silence.

Les lèvres arrondies sur une note qui resta en suspens, Samantha pivota vers lui.

– C'est vrai ? Pourrait-on y partir aujourd'hui ? Il faut travailler la terre assez tôt pour qu'elle se repose avant les semailles. C'est déjà presque trop tard.

– Je n'ai pas eu le temps d'y aller en reconnaissance. Ne t'emballe pas ! Notre éclaireur a pu se tromper de vallée.

– Pourrais-je lui parler ? Pourquoi ne m'y conduirait-il pas, puisque tu es tellement occupé ? La cuisine et le jardin n'ont plus besoin de moi. Laisse-moi y aller, Stan !

Comment refuser, quand il se perdait dans ses yeux d'émeraude ? Il eût tout donné pour la toucher, retrouver la fièvre qui les avait unis et dont elle ravivait la nostalgie par son regard limpide.

– Nous irons ensemble quand la neige tombera moins dru, décréta-t-il.

Vite il tourna les talons avant qu'elle le réduise à sa merci.

Anderson traînait toujours à San Francisco. Les hommes de Stan n'avaient pas pu lui arracher un seul mot. Stan avait demandé des renseignements à Boston sur son compte, mais il n'avait pas encore eu de réponse. Il ignorait pourquoi cet homme voulait sa mort après tant d'années. Pour tromper son angoisse, il décida d'emmener Samantha dans sa vallée... sous la garde d'une troupe armée jusqu'aux dents...

Par une belle journée de la fin mars, profitant du redoux, Stan consentit enfin à prendre la route, accompagné par le fracas des eaux qui dévalaient les rochers.

Samantha s'abandonnait au balancement de son cheval, appréciant la chaleur du soleil, inhalant l'air pur à pleins poumons, charmée par le gazouillis des oiseaux. Le printemps faisait vibrer la nature et la jeune femme ne cessait de sourire, malgré son escorte armée qui veillait jalousement sur elle.

Un daim surgit au détour du sentier, suspendant sa course. Elle cria à l'homme qui levait son fusil de ne pas le tuer, elle qui auparavant aurait été la première à l'abattre pour sa viande. Elle se sentait désormais en harmonie avec toutes les créatures. Heureuse, elle vit l'animal disparaître dans les taillis. Stan se montrait un compagnon agréable, si bien que les dix hommes qui chevauchaient avec eux crurent leur brouille finie.

Quand le guide de l'expédition stoppa enfin, Samantha poussa son cheval à sa hauteur. De l'index, il désigna une muraille rocheuse grise, fendue en son milieu par le même gigantesque plissement qui avait engendré la montagne. Au fil des millénaires, une forêt avait dévoré la pierre qui s'effritait, élargissant la faille. De là où ils se tenaient, on distinguait bien l'ouverture. Samantha poussa un hurlement de joie et éperonna le grand poney indien de Hawkins.

Elle entendit Stan crier dans son dos. Qu'il hurle ! Elle voulait être la première à pénétrer dans la vallée, sans plus se soucier de son escorte armée qui se déployait pour la prendre en tenaille.

La lisière de la forêt franchie, elle ralentit pour enregistrer le moindre détail. C'était là qu'elle vivrait quand elle y aurait bâti sa maison et ensemencé ses champs. C'était son domaine.

Stan mit son cheval au pas quand il l'eut rejointe et, carabine au poing, redoubla de vigilance dans la forêt devenue brusquement silencieuse.

Des conifères recouvraient les deux versants éboulés de la faille qui descendaient en pente douce. Samantha sentit croître l'appréhension de Stan, mais comme le sol, sous les sabots de sa monture, lui paraissait solide, elle plongea en avant, émergea du couvert des arbres... et se retrouva dans une vallée en forme de cuvette, qui s'étendait à perte de vue. Une chute d'eau cascadait, formant un cours d'eau qui serpentait au milieu de la verte prairie. D'un même élan, Stan et Samantha sautèrent de cheval.

La jeune femme s'agenouilla pour égrener une poignée de terre entre ses doigts, le visage extatique.

– Mon rêve est devenu réalité ! s'écria-t-elle. Merci, Stan, d'avoir retrouvé ma vallée !

Il s'approcha pour lui caresser le visage, en écarter une mèche qui retombait sur son front. Les chevaux se mirent paisiblement à brouter.

Soudain, la terre commença à trembler sous leurs pieds, et une explosion assourdissante projeta dans les airs une pluie de rochers.

38

Samantha hurla, roulant vers le bas de la pente sous le souffle de la déflagration. Stan s'élança derrière elle, fou d'angoisse, et réussit à l'agripper par sa chemise.

Les chevaux détalèrent. Stan refusa de lâcher Samantha pour les rattraper. Tous deux poursuivirent leur chute jusqu'au fond de la vallée. Il la couvrit de son corps pour la protéger des projections de rochers. Peu à peu, le grondement s'estompa. Un épais nuage de poussière bloquait toute visibilité, mais Samantha, saine et sauve, reposait au creux de ses bras.

Il s'efforça de reprendre haleine. Dieu merci, s'il était couvert de bleus, il n'avait rien de cassé. Nichant Samantha plus étroitement contre lui, il lui lissa les cheveux avec tendresse.

– Samantha ? Tu vas bien ?

La chute lui aurait-elle coupé le souffle, à elle aussi ? Il attendit qu'elle secoue la tête, cherche à respirer. Elle ne réagissait pas. Affolé, il repoussa ses boucles rousses, lui effleura la joue. Elle était brûlante.

– Samantha... Dis quelque chose ! murmura-t-il.

Le silence qui avait suivi l'explosion devenait oppressant. Avec mille précautions, Stan roula sur le flanc et allongea Samantha sur l'herbe. Dans le mouvement, sa veste s'ouvrit sur ses seins qui se soulevaient à peine sous la chemise de coton bleu. Ses cils noirs ombraient ses joues mortellement pâles. Stan lui souleva la paupière. La pupille était dilatée. Il lui palpa le crâne. Ses doigts se poissèrent de sang.

– Patron ? Patron ? Rien de cassé ? fit la voix de Joe qui semblait tomber du ciel.

Rappelé brutalement à la réalité, Stan leva la tête vers la faille.

Il ne vit qu'une barrière de rochers à l'endroit où

ils se trouvaient quelques minutes auparavant. Ils étaient pris au piège ! La panique l'étreignit. Il eût été trop dangereux de tenter de franchir cet amoncellement de rochers branlants et il n'osait pas déplacer Samantha sans nécessité. Mieux valait rester dans la cuvette.

– Je n'ai rien ! hurla-t-il. Mais Samantha est blessée. Il va falloir que les hommes viennent à notre secours. Et vous là-haut, ça va ?

– Un cheval tué, un postérieur humain amoché, rien de grave. Pour vous tirer de là, on va être obligés de faire sauter l'éboulis. Vous pensez pouvoir éloigner suffisamment Samantha de la faille ?

– Oui, mais pas tout de suite. D'ailleurs, il fera nuit avant que vous soyez de retour avec de la dynamite. Je vais essayer de rattraper les chevaux, pour prendre les couvertures et les provisions. Ramenez-nous des renforts et demandez à Mme Neely des pansements et de l'alcool. Dites-lui que sa fille n'a qu'une bosse de rien du tout pour ne pas l'effrayer.

– Elle va s'en tirer, Talbott ? demanda Joe d'une petite voix.

– Oui, répondit Stan d'un ton manquant d'assurance. En route, Joe ! Je n'ai pas envie de finir mes jours au fond de cette cuvette.

Quand il entendit Joe s'éloigner, Stan céda au découragement. Constatant que les lèvres de Samantha bleuissaient légèrement, il redoubla d'inquiétude.

Il la souleva avec précaution pour glisser son manteau sous elle. Puis le médecin qu'il avait été l'examina de la tête aux pieds, cherchant trace de fractures ou de blessures internes, se remémorant les gestes oubliés qui sauveraient celle qui l'avait rendu à la vie.

Samantha s'agita, gardant les paupières closes. Stan jura à mi-voix. Hormis sa plaie au crâne, il ne voyait rien qui justifiât son évanouissement prolongé.

Il l'emmitoufla dans son manteau puis se leva pour embrasser l'horizon du regard. Les ondulations naturelles du terrain n'offraient guère d'abri, pas plus que les murailles rocheuses qui les encerclaient. Il revint à la montagne de rochers qui bloquait désormais l'entrée de la vallée. Etait-ce un tremblement de terre qui les avait fait glisser ? Etrange que le phénomène se fût produit à l'instant où Samantha et lui pénétraient dans la vallée.

S'il s'agissait d'un séisme, Stan savait par expérience qu'une deuxième secousse suivrait la première. Il devait transporter Samantha loin des rochers. Il n'avait pas le temps de capturer les chevaux ni de fabriquer un brancard.

Il souleva la jeune femme dans ses bras, appuya sa tête contre son épaule et se mit en route.

La peur décuplait ses forces. Bien que le corps inerte de Samantha pesât lourd entre ses bras, il marchait d'un bon pas. Le cœur serré, il se demanda si elle retrouverait jamais sa vivacité et sa joie de vivre. Quel fou il avait été de croire qu'il n'avait plus rien à perdre, après avoir perdu ses biens et sa fierté, dix ans auparavant ! Si Samantha mourait, c'est son âme qu'il perdrait.

Soudain, il aperçut une cabane au bord de la rivière et se hâta d'en ouvrir la porte d'un coup de pied. Il étendit Samantha dans un rectangle de soleil et repartit rattraper les chevaux. Ceux-ci se laissèrent approcher sans broncher et mangèrent la poignée d'avoine qu'il leur tendit avant de le suivre docilement.

Revenu à la cabane, il confectionna un matelas avec des feuilles et de l'herbe sèches, y allongea Samantha et la couvrit de leurs manteaux.

Il alla puiser de l'eau au ruisseau glacé afin de nettoyer sa plaie. La bosse avait doublé de volume, le sang s'était coagulé. Restait à espérer qu'il ne s'était pas formé de caillot à l'intérieur. Sous l'effet de l'eau froide, Samantha frémit et il crut voir battre ses paupières. Tout semblait fonctionner, des orteils qui se recroquevillaient au toucher aux doigts qui remuaient, mais elle ne se réveillait toujours pas.

Il fit du feu, mit de l'eau à bouillir avant de faire l'inventaire de leurs provisions ; utilisées avec parcimonie, elles dureraient quarante-huit heures. Quant à trouver du gibier dans ce coin désolé, inutile d'y songer.

Quand le soleil déclina à l'horizon, il retourna jusqu'au barrage de rochers éboulés, appela et reçut une réponse des sentinelles restées en arrière. Joe n'était toujours pas de retour.

Il commença à escalader l'éboulis, y renonça très vite devant l'avalanche que déclenchait chacun de ses pas. Il faudrait creuser un tunnel ou faire sauter l'obstacle à l'explosif, manœuvre extrêmement périlleuse.

L'un des hommes lui signala alors le retour de Joe. Stan brida son impatience, jetant sans cesse des coups d'œil vers le bosquet où se cachait la cabane, tant il redoutait que Samantha ne se réveille et ne prenne peur. Le temps qu'un des hommes grimpe à un sapin et lui lance médicaments et vivres au bout d'une corde, son angoisse était à son comble.

– C'est bon ! dit-il, en saisissant le paquet. Bradshaw est-il avec vous ? Lui seul trouvera un moyen de franchir cette muraille.

– Il est là, répondit Joe. On a rapporté l'outillage nécessaire pour faire sauter l'éboulement. J'ai promis à Mme Neely qu'elle vous récupérerait tous deux sains et saufs demain soir.

– Si tu y arrives, le saloon est à toi ! s'écria Stan qui ne nourrissait guère d'espoir.

– Il fallait bien que je lui remonte le moral, protesta Joe. Je lui ai dit que les médicaments étaient pour un des hommes.

– Ramsey veille-t-il sur elle et sur les jumelles, entre deux cuites ?

– Oui, ainsi que Donner. A propos, patron... le guide... celui qui a découvert la vallée...

– Oui ? Il prétendait avoir creusé dans la montagne, en 1849.

– Eh bien, il a disparu.

Le vent parut souffler plus fort dans le silence écrasant. Stan finit par lâcher :

– Tâche de retrouver l'endroit où il a posé les explosifs, quand il fera jour. Et au cas où il resterait de la dynamite éparpillée, interdiction d'allumer du feu à proximité des rochers.

– Entendu, patron. Comment va Samantha ?

– Elle dort, mentit-il. On a déniché une cabane sur la berge. Il faut que j'y retourne.

Pourquoi avait-il menti ? Pour rassurer ses

hommes ou pour se duper lui-même, pour oublier que les commotions cérébrales peuvent être fatales ?

De retour à la cabane, il s'agenouilla à côté du grabat de fortune, palpa le front de Samantha qu'il trouva frais. Bénissant Alice Neely de lui avoir envoyé une trousse d'urgence bien fournie, il nettoya la blessure à l'alcool, posa dessus une poche d'eau et observa la jeune femme avec angoisse. Bientôt, un frémissement agita ses doigts et sa tête roula de côté et d'autre. Stan prit sa main entre les siennes, la pressa, l'implorant de se réveiller.

Ses paupières battirent soudain et elle le fixa droit dans les yeux.

– Samantha ? Parle-moi ! Ne reste pas comme ça à me regarder.

Elle plissa légèrement le front et considéra d'un œil vague l'intérieur de la cabane. Elle referma convulsivement sa main sur celle de Stan, puis, saisie d'effroi, elle souffla :

– Qui êtes-vous ?

39

Au moins avait-elle repris conscience ! Stan ébaucha un pâle sourire.

– Ton mari.

Il lui prit le pouls, examina ses pupilles dilatées.

– Je vais te donner de la poudre contre les maux de tête, mais à faible dose. Il ne faut pas que tu t'endormes.

Elle avala le contenu de la timbale avec avidité et se laissa retomber sur le matelas avec un murmure de soulagement.

– Tu dois rester éveillée, Samantha. Peux-tu me dire quelle année nous sommes ?

Elle garda les yeux clos, tandis qu'une ride creusait son front. Enfin elle chuchota :

– 1868.

Elle ne s'était trompée que de quelques mois puisqu'on était en mars 1869.

– Comment t'appelles-tu ? poursuivit-il.

Elle entrouvrit les yeux, juste assez pour lui faire comprendre à quel point elle jugeait la question idiote, et lâcha :

– Samantha Neely.

Il respira. Il avait craint qu'elle ne fût frappée d'amnésie. Pour se rassurer tout à fait, il demanda encore :

– Et moi, Samantha, comment je m'appelle ?

– Comment le saurais-je ? Je ne vous connais ni d'Eve ni d'Adam !

Il accusa le coup. Mais bien vite il se reprit, songeant qu'elle était vivante et en possession de presque toutes ses facultés. Ce n'était qu'une question de temps. Tout allait bientôt rentrer dans l'ordre.

– Quel est le dernier incident dont tu te souviennes ? demanda-t-il avec un calme étudié.

Immobile, elle rassemblait ses souvenirs. Elle inclina la tête dans sa direction et murmura :

– Le convoi. La colonne de chariots. C'est un peu flou. Je ne me rappelle plus très bien... Qu'est-il arrivé ? Où sont les miens ?

Il lui pressa la main.

– Ta famille est saine et sauve, Samantha, et nous attend au village. Tu as reçu un coup à la tête à l'entrée de ta vallée que nous venons de découvrir et ta mémoire a effacé les événements des derniers mois. Un peu de repos et le souvenir t'en reviendra.

Elle s'agrippa à sa main, suivant ses moindres mouvements comme si elle n'avait que lui au monde, et s'écria :

– Ma vallée ! Nous l'avons découverte ? Est-ce là que nous sommes ?

Il hocha la tête et sourit jusqu'aux oreilles : enfin, il la retrouvait !

– Tout juste ! Tu as hérité de quelques cotonniers, de cette cabane branlante, d'une rivière qui ne tarira certainement pas avant août. Je ne suis pas très expert pour juger de la qualité de la terre, mais avant l'accident, tu en paraissais satisfaite.

Elle se hissa sur les coudes pour regarder dehors par la porte ouverte, effort qui lui arracha une grimace de douleur.

– Je voudrais la voir. Pourra-t-on y élever des chevaux et y cultiver des céréales ? S'il n'y a que des cotonniers, pourrai-je faire venir du bois de construction ?

– Hé là, ma douce, une chose à la fois ! Pour le moment, il ne faut pas que tu bouges, sans compter que l'obscurité t'empêchera de voir le paysage. Je vais te donner quelque chose à manger ; tu n'as rien avalé de la journée.

Inquiète, Samantha suivit des yeux l'inconnu qui ressortait de la cabane. Elle avait l'impression d'être tombée dans un tunnel et d'avoir atterri de l'autre côté de la planète. Seul cet homme la reliait à la réalité. Le calme avec lequel il réagissait devant cette situation pourtant insolite la rassurait, et sa présence lui procurait un tel réconfort qu'elle redoutait de le voir s'éloigner.

Qu'il affirmât être son mari ne la terrorisait même pas, comme si son inconscient acceptait une vérité qu'elle avait oubliée. Cela lui paraissait logique, finalement. Rassérénée, elle reposa la tête sur l'oreiller et le regarda revenir chargé des sacoches de selle et d'une écuelle.

Il s'assit par terre à côté d'elle.

– Peux-tu te redresser ?

Le mari idéal... Elle se jugea la plus fortunée des femmes car en plus d'être beau, cet homme la couvait d'un regard empli de sollicitude, lui parlait avec une affection sincère.

Grâce à son aide, elle parvint à s'asseoir. Souffrant d'une atroce migraine, elle chipota. Quand il l'encourageait d'un hochement de tête approbateur, une douce chaleur lui irradiait le ventre.

– On vient de faire connaissance ? demanda-t-elle.

Il prit le temps de siroter une gorgée de café.

– On a fait connaissance il y a six mois, le lendemain de ton arrivée au village. Tu m'as sauvé la vie, ce jour-là, et trois mois plus tard, on se mariait.

– Sommes-nous heureux en ménage ? Je dois être une épouse effroyable – je n'ai rien d'une femme d'intérieur !

– On s'accommode l'un de l'autre. Je n'ai rien, moi non plus, d'un homme d'intérieur. Il nous arrive de nous quereller, mais on s'entend bien, malgré tout. Mes villageois commencent à croire que tu finiras peut-être par me dompter.

Elle avait donc épousé un homme difficile à vivre... Elle posa son écuelle avant de se recroqueviller contre le mur en bâillant.

– Il m'est arrivé de mater une ou deux bêtes sauvages. Appartenez-vous à cette espèce ?

– Probablement. Comment va ta tête ?

– Elle est toujours là.

– Je t'ai gardée éveillée assez longtemps, dit-il en déroulant une couverture à l'autre extrémité de la cabane.

– Nous faisons déjà chambre à part ? demanda-t-elle, soudain méfiante.

– Tu ne te souviens même pas de moi, Samantha, si bien que je préfère t'épargner de dormir avec un inconnu. Il est préférable d'attendre ta guérison.

– Et si je ne guéris jamais ? murmura-t-elle d'une voix endormie, le nez dans son oreiller.

– Dans ce cas, il ne me restera plus qu'à te faire de nouveau la cour et à t'épouser une seconde fois. Les villageois seront enchantés de refaire la fête.

Elle rit, heureuse de voir qu'il avait plaisir à se souvenir de leurs noces. Elle avait choisi le meilleur des hommes et qu'il eût envie de la garder la réconforta tant qu'elle s'endormit paisiblement.

Stan, pour sa part, resta éveillé fort avant dans la nuit, angoissé par cette seconde chance qu'il venait de se donner de l'épouser pour de bon.

Samantha se réveilla dans un décor qui ne lui était pas familier. Sa migraine avait presque disparu et elle parvint à se mettre debout sans tomber. Soudain nauséeuse, elle se rua hors de la cabane et vomit son repas de la veille.

Elle se débarbouilla à la rivière, puis revint à la cabane. Son mari faisait du feu. Sentant qu'il l'observait, elle eut soudain envie d'être belle, sensuelle, pour lui seul. Elle repoussa les boucles qui lui tombaient à présent au milieu du dos alors qu'elle les avait coupées très court au moment de traverser à gué le Missouri pour entreprendre le grand voyage vers l'Ouest.

– Y a-t-il une cafetière ?

L'homme se détendit un peu, mais lui passa le récipient avec une certaine méfiance.

– On peut se préparer des galettes de maïs et du lard en attendant que les hommes aient dégagé l'entrée de la vallée.

Le monde extérieur... Elle l'avait oublié, tant la découverte de ce « mari » avait accaparé ses pensées. Elle contempla le paysage vallonné. Des hectares de terre, et qui lui appartenaient !

Soudain, elle fut saisie d'angoisse – les paroles de l'homme ne lui évoquaient rien.

– L'entrée est bloquée ? Pourquoi n'avons-nous pas prévu suffisamment de provisions ?

– Remplis la cafetière, tu veux, Samantha ? Il me faudrait la journée entière pour répondre à tes questions et je meurs de faim.

Pendant qu'elle faisait cuire les galettes, son mari lui narra l'accident qui les avait coupés du reste du monde et de ses hommes.

– Et maintenant, conclut-il, détends-toi et mange, Samantha. Je suis médecin. Quand tu auras fini, je t'examinerai de nouveau. Tu as fait une très mauvaise chute.

Samantha se tortilla, mal à l'aise. Elle avait épousé un médecin. Difficile à croire. Il la scrutait, le regard grave, mais l'idée de se déshabiller pour qu'il l'ausculte l'emplissait de panique.

– Ça ira, bredouilla-t-elle enfin.

– Parce que ce n'est pas convenable ?

– En effet. (Pour surmonter son trouble, elle dit d'un ton sec :) Je ne connais même pas votre nom.

Il lui jeta un regard étrange et se leva.

– Ici, on m'appelle Stan Talbott.

Stan Talbott ! L'homme qui avait peut-être tué son père ! L'homme qu'elle traquait pour l'abattre...

Mon Dieu ! Qu'avait-elle fait ?

40

– Inutile de me dévisager de la sorte, Samantha. Je devine ce qui t'inquiète. Oui, durant ces quelques mois, nous avons pas mal progressé, sur le plan intime, toi et moi.

Elle aurait tant voulu le croire, cet homme qui semblait tenir si fort à elle et dont la tendresse lui était un précieux réconfort !

– Mais si je ne retrouve jamais la mémoire, si la chaîne des événements qui nous ont rassemblés s'est effacée à jamais ? Mon père, par exemple ? A-t-il reparu ? Avez-vous réglé vos comptes ?

– Nous les réglerons dès son retour. J'ai envoyé

des hommes à sa recherche, au Mexique, où on a signalé son passage. Ils ne devraient plus tarder à rentrer.

– Fort bien. Puisque je suis votre femme, je suppose qu'il ne me reste plus qu'à vous croire. Malheureusement, la confiance n'a jamais été mon fort. Ne s'est-on jamais querellés à ce propos ?

– Au contraire ! Il t'est même arrivé de te montrer particulièrement confiante, à l'occasion. C'est moi qui suis impossible à vivre. Mais ça va changer. J'ai eu si peur pour toi, hier, que je ne veux plus risquer de te perdre. Viens, ajouta-t-il en lui tendant la main. Il vaudrait mieux que tu t'allonges.

Elle prit sa main, immédiatement rassurée par cette poigne ferme qui la hissait sans effort sur ses pieds. Son front arrivait au menton de Stan, ce qui lui plut tant qu'elle s'enhardit à effleurer sa joue hérissée d'une barbe naissante.

– Auriez-vous oublié votre rasoir ?

Il se figea une seconde puis, avec un sourire gamin, il frotta sa mâchoire râpeuse contre la joue de Samantha avant de lui prendre la bouche. Elle s'abandonna totalement à son baiser.

– Tu n'as pas oublié comment on embrasse, ça, je te le garantis ! souffla Stan contre sa joue. Si on n'arrête pas tout de suite, je ne réponds plus de moi.

Ses seins se pressaient si fort contre son torse qu'elle eut peur qu'il ne sente les battements affolés de son cœur. Mais elle ne voulait pas s'arrêter, devinant qu'il ne s'agissait là que des prémices de l'amour.

– Est-ce si mal, puisque nous sommes mariés ?

Il baissa sur elle un regard fou de désir, enveloppa

un de ses seins de sa paume. Elle se cambra et il la plaqua contre lui.

– Enfin, Samantha ! Tu ne sais même pas qui je suis ! Je veux que tu saches à qui tu te donnes, comprends-tu ?

Elle se frotta doucement contre lui, exacerbant leur désir. Pas besoin de mémoire pour en avoir la certitude : elle avait couché avec cet homme, et ç'avait été fabuleux. Boudeuse, elle minauda :

– Regardez mon alliance : elle prouve que nous sommes mariés et, d'ailleurs, je me sens votre épouse dans mon corps. Et si je ne me rappelle plus les gestes de l'amour, je sais que c'est vous qui m'y avez initiée.

Il eut un petit rire.

– Pourquoi ne pas te prendre au mot, après tout ? On a rarement l'occasion de ravir deux fois son innocence à une jeune fille. Je pourrais te réapprendre la sensualité et, cette fois, sans douleur.

Ils s'appartenaient, unis par une possessivité primitive qui la faisait sienne pour toujours et qu'elle acceptait plus aisément qu'alliances ou promesses d'amour. Pendue à ses larges épaules, elle lui souffla au creux de l'oreille :

– Je suis à votre disposition.

– Si tu tentes le diable... Mais non, je résisterai. Tu n'es pas encore suffisamment remise. Et ne m'aguiche plus que quand tu sauras vraiment ce que tu veux, dit-il en lui prenant la taille pour l'écarter de lui. Imagines-tu combien je souffre de te repousser ? Quand tu auras retrouvé la mémoire, peut-être porteras-tu ce renoncement à mon crédit.

Plissant le nez, Samantha croisa les bras sur la poitrine, comme pour se protéger.

– Vous n'avez plus qu'à espérer qu'elle me revienne parce que, pour le moment, votre refus me contrarie énormément. Et maintenant, loin de vouloir dormir, je voudrais explorer ma vallée, acheva-t-elle en laissant errer son regard sur la terre qui lui appartenait.

– Je te reconnais bien là, Samantha... jamais tu n'obéis aux ordres.

– Jamais ! fit-elle en riant. Vous découragez mes avances. Pourquoi n'en ferais-je pas qu'à ma tête, moi aussi ?

Pour éviter de la toucher, il passa les mains dans ses cheveux.

– J'aurais dû jouer les parfaits inconnus et te séduire tambour battant ! Quel imbécile je fais ! Il faut que j'aille voir ce que fabriquent mes hommes. Consentirais-tu à admettre qu'une longue chevauchée t'épuiserait ?

Samantha ne pensait même pas pouvoir monter à cheval, aussi accepta-t-elle sans difficulté de rester dans les parages de la cabane. Stan s'éloigna sur sa monture après maintes recommandations.

Faire sauter la muraille qui bloquait l'entrée de la vallée était une opération délicate ; et l'amas de rochers branlants qui avait résisté aux charges d'explosifs paraissait encore trop dangereux à escalader pour qu'il essaie de le faire franchir à Samantha. Ce qui fournissait à la jeune femme un délai supplémentaire pour retrouver ses facultés avant de retourner au village.

Si elle n'avait pas retrouvé la mémoire quand il revint à la cabane, Samantha avait en tout cas préparé le dîner.

– Je pense pouvoir cultiver des céréales et monter un élevage de chevaux, annonça-t-elle pendant qu'ils mangeaient. J'ai découvert les vestiges d'un ancien enclos, sur l'autre rive, ainsi que les fondations d'une écurie. Mon père nous a écrit que la vallée faisait jadis partie d'un territoire mexicain. Les lieux sont désaffectés depuis au moins deux générations.

Stan lui aurait bien rappelé qu'à en croire son titre de propriété la vallée lui appartenait, mais à quoi bon ? Quand il l'aurait épousée, leurs biens seraient confondus. Sans Samantha, la vallée n'avait pour Stan aucun attrait.

– Aimeras-tu vivre à l'écart du monde ? Tu te trouves ici à environ deux heures de cheval du village.

– Ma foi, je m'entends mieux avec les plantes et les animaux qu'avec les gens. Mon père reviendra s'occuper de ma mère et des jumelles, ce qui me permettra de m'installer ici... Mais j'y pense, je vis certainement avec vous, au village. Aviez-vous l'intention d'emménager ici, vous aussi ? C'est un peu loin de tout, pour un médecin, non ?

Stan esquissa un petit sourire, touché de ce qu'elle s'inquiète soudain de son sort.

– Je n'exerce plus la médecine depuis belle lurette et les villageois sauteraient de joie si je déménageais. Mes connaissances en agriculture sont assez sommaires... Je possède toutefois du bétail que je pourrais mettre au vert, si ça ne te gêne pas. Mais... me permettrais-tu de vivre ici, avec toi ?

– Bien sûr. Un mari et une femme ne sont-ils pas censés partager le même toit ? Seulement...

– Ne t'inquiète pas, Samantha. J'ai l'intention de faire en sorte que tout marche bien entre nous. Nous descendrons nous marier devant un vrai prêtre, puis nous recommencerons depuis le début. Si tu retrouves la mémoire, souviens-toi de ce que je viens de te dire parce que cela part d'un cœur sincère. Si cette maudite explosion t'a embrouillé l'esprit, elle m'a remis les idées en place. Dès que nous quitterons la vallée, je rectifierai la situation.

– Seriez-vous en train de dire que les choses laissaient à désirer entre nous ?

– Je ne suis pas quelqu'un de très recommandable, Samantha. J'ai mal tourné. Mais à présent, j'ai l'intention de changer tout cela. Le problème, c'est que les gens du village continueront à me voir comme j'étais, ce qui m'obligera à me remettre plus ou moins en question. La transformation risque de prendre un bout de temps, mais j'espère que tu m'accorderas ta confiance.

– Vous n'êtes quand même pas un malfaiteur ?

– Non, rien qu'un fou doublé d'un tyran. Mais grâce à toi, depuis quelques mois, j'ai mûri et appris des leçons que je ne suis pas près d'oublier.

Elle lui sourit.

– Ravie d'avoir pu vous être utile. Et vous, que m'avez-vous donné comme leçon mémorable ?

– Une leçon que nous réviserons dès que nous serons passés devant le prêtre. Dors, à présent.

Pour résister à la tentation de la rejoindre, Stan sortit et resta assis devant le feu jusqu'à ce qu'elle s'endorme. Il se sentit peu à peu gagné par une sourde angoisse. Et dire qu'il s'était juré de ne plus jamais reprendre qui que ce fût sous son aile ! Pareille responsabilité occasionnait trop de souffrance.

Les hommes ne réussirent à percer un tunnel que le lendemain midi. Bien que sa tête la fît encore un peu souffrir, Samantha tint à passer la première. Son apparition souleva un concert d'acclamations qui la déconcerta ; l'effraya, même, car elle ne reconnaissait personne. Stan empoigna les rênes de son cheval et, se penchant vers elle, l'embrassa sur la joue. Ce geste de tendresse la détendit.

– Ils me connaissent tous, murmura-t-elle.

Elle lui pressa les doigts quand il prit sa main dans la sienne. Et ils chevauchèrent ainsi, main dans la main, jusqu'au village.

Tous sortirent en masse les accueillir quand ils firent halte sur la plaza. Stan observa Samantha d'un regard inquiet lorsqu'elle mit pied à terre. Elle courut vers sa mère, qu'elle reconnut sans peine, ainsi que les jumelles, puis revint chercher Stan et lui enlaça la taille. Emu, il l'étreignit à son tour.

– Il vaudrait mieux que votre fille aille se reposer, dit-il à Alice. Elle a pris un mauvais coup sur la tête. Nous...

A cet instant, jailli de la piste qui montait de la vallée, un cheval surgit au grand galop, éperonné par son cavalier qui braillait des avertissements incohérents. Un autre cavalier le suivait, assis avec raideur sur un étalon plein de fougue, lorgnant avec dédain les fusils que brandissaient les sentinelles du village – Hawkins, juché sur le cheval de Samantha. Quant au troisième personnage, il ne montait plus la fringante monture qu'il chevauchait quelques mois plus tôt et il semblait affaibli par la maladie ou par l'épuisement. A sa vue, les jumelles hurlèrent un « Papa ! » qui éclaira la lanterne générale.

La fureur qui faisait étinceler les prunelles d'Emmanuel Neely montrait à quel point il était indigné de revenir au village escorté par les hommes armés de Stan. Ce dernier étreignit Samantha et se prépara à affronter la sentence.

41

– Retire tes sales pattes de ma fille, vil suborneur !

Emmanuel Neely sauta à bas de son cheval, écarta les hommes armés et empoigna Stan par sa chemise.

Samantha poussa un cri et agrippa le bras de son père pour lui faire lâcher prise.

– Ça suffit, papa ! ordonna-t-elle en s'interposant entre les deux hommes. Sans Stan, tu ne serais pas ici.

Alice s'approcha et étreignit son époux. Emmanuel fusilla Stan du regard.

– C'est Hawkins qui m'a conduit jusqu'ici, et non ce monstre dépravé. Quitte-le, ma fille. Il t'a déshonorée, il a couvert notre famille de honte... Je vais l'étriper !

Faute de comprendre à quoi son père faisait allusion, Samantha lança à Stan un coup d'œil inquiet.

Devant sa mine penaude, elle devina qu'il savait de quoi il retournait. Il lui avait avoué avoir commis des erreurs qu'il souhaitait réparer et Samantha se remémora soudain certains épisodes : l'incendie dont il avait sauvé Jeff au péril de sa vie, l'épidémie de variole et sa détresse quand l'enfant était mort... leurs étreintes – souvenir qui la fit s'empourprer.

– Tout va bien, Samantha, lui murmura Stan à l'oreille. J'ignore quels événements te reviennent en mémoire, mais j'aime ta façon de me regarder. Je me charge d'arranger la situation. Retourne à l'hôtel dormir un peu. Je te rejoins sans tarder.

Tandis que son père tentait d'attraper Stan malgré le bouclier qu'elle lui faisait de son corps, Samantha décréta :

– Je ne bougerai pas d'ici tant que papa ne sera pas allé se coucher. Il semble avoir besoin de repos bien plus que moi.

Emmanuel Neely poussa un rugissement de rage quand, obéissant à un signe de Stan, un des hommes l'empoigna et l'entraîna vers la maison.

– Maman, s'écria Samantha, ne pourrait-on rentrer chez nous ?

Elle avait peur d'offenser les villageois attroupés en laissant voir qu'elle ne se souvenait pas d'eux. Les souvenirs affluaient pourtant, par vagues si violentes qu'elle se pendit au bras de Stan. En réponse au regard inquiet qu'il baissait vers elle, elle lui adressa un petit sourire qu'elle voulait rassurant. Après avoir congédié ses hommes d'un geste, il l'accompagna sous le toit maternel. Samantha ne demandait rien de plus... sinon, un verre d'eau et un siège car, une fois à l'intérieur, elle fut prise de vertige.

Stan la fit asseoir avant qu'elle ne s'effondre. Une des jumelles alla lui chercher de l'eau, tandis qu'Alice persuadait son mari de rester allongé sur le canapé.

Samantha posa la tête contre le dossier du fauteuil, heureuse d'être entourée de ses proches pour affronter le tourbillon de souvenirs qui l'envahissait. Elle prit la main de Stan et tenta de se concentrer sur la joie d'avoir retrouvé son père.

– Ne touche pas à ma fille, salopard ! rugit Emmanuel en se redressant à demi.

– De quel droit traites-tu mon mari de la sorte ? se rebella Samantha.

– Ton mari ? Tu parles ! Je vais l'étrangler ! brailla-t-il en se levant.

Alice le repoussa d'une bourrade.

– Nous pouvons envoyer chercher un pasteur immédiatement, si vous y tenez, déclara Stan avec calme. Nous nous marierons devant tout le village, si vous voulez des témoins, mais Samantha est ma femme et elle le restera.

– Vous feriez mieux de demander son avis à ma fille, monsieur, répliqua Emmanuel. Attendez que je lui raconte comment vous l'avez dupée !

La pression des doigts de Stan sur ses épaules se relâcha. Appréhendait-il sa réaction devant les révélations d'Emmanuel Neely ? Elle prit ses mains dans les siennes et, mentant à peine, dit à son père :

– Je le sais déjà, et ça n'a aucune importance. J'aime Stan. S'il me veut pour épouse, je suis d'accord.

Dans un vacarme assourdissant, Emmanuel s'élança du canapé pour fondre sur Stan, qui se mit en position de combat. Jeff se rua vers eux pour les séparer. Voyant sa mère au bord de la crise de larmes, Samantha décida de mettre un terme à la querelle. Elle soupira, se leva, fit deux pas vacillants dans la pièce et tomba.

Stan esquiva le coup de poing d'Emmanuel et bondit pour rattraper Samantha avant qu'elle ait touché le sol. Il la souleva entre ses bras en pestant :

– Je vous avais avertis qu'elle avait reçu un coup à la tête. Elle a besoin de repos, et elle en aura !

– Vous ne l'emmènerez pas tant que vous n'aurez pas été mariés par un vrai prêtre ! rugit Emmanuel.

– Eh bien, allez donc nous en chercher un !

Stan claqua la porte et se fraya un chemin à travers la foule agglutinée devant le restaurant, donnant à Samantha – de façon un peu trop spectaculaire au goût de la jeune femme – la preuve qu'il la voulait sincèrement pour épouse.

Stan faisait les cent pas de la chambre au salon, surveillant tour à tour l'animation de la rue et Samantha paisiblement endormie.

Hawkins s'était présenté au rapport, mais Stan l'avait envoyé se restaurer et se reposer en attendant le réveil de Samantha. A quoi bon entendre deux fois la même histoire ? Et d'ailleurs, il était trop occupé.

Samantha reposait, si sereine qu'il ne voulait pas la déranger. Son corps endormi excitait le désir qu'il avait d'elle tout en ravivant sa peur de manquer à ses engagements, d'avoir gâché l'avenir de façon irréparable, sa peur de ne jamais arriver à se faire comprendre d'elle.

A bien y réfléchir, la peur était son moteur, depuis dix ans. Ce n'était pas par haine pour leur sexe en général qu'il tenait les femmes à l'écart de sa vie, mais parce qu'il était terrorisé par leur capacité à lui nuire. Il voulait cesser de fuir, régler son compte au passé qui l'avait poussé à cet exil dans les montagnes et trouver enfin la liberté d'offrir à Samantha la vie qu'elle méritait.

Vers le soir, la jeune femme commença à s'agiter. Stan s'arracha à sa contemplation pour aller lui préparer un bain. Samantha se redressa en se frottant les paupières et laissa Stan la guider jusqu'à la salle de bains qu'il venait de faire installer.

Avant qu'il ait eu le temps de réagir, elle se déshabilla et vérifia du pied la température de l'eau. Le spectacle de sa cuisse levée fit déferler en Stan une vague de désir.

– Je parie que tu n'as pas de sels de bain... minauda-t-elle.

Paralysé, il fit non de la tête, sans même se souvenir de la question tant il était fasciné par ce corps qui s'enfonçait lentement sous l'eau, par ces seins qui affleuraient. Il réussit à se maîtriser et, la démarche raide, s'éloigna.

Il se versa un verre et attendit qu'elle ait fini ses ablutions.

Fraîche et rose, elle vint le rejoindre au salon, drapée dans un peignoir.

– Tu n'as pas l'air bien du tout, s'inquiéta-t-elle.

Elle prit place dans un fauteuil, face à lui, et les pans du peignoir s'entrebâillèrent.

– De fait, je ne me sens pas bien. J'ai demandé qu'on nous monte un souper. Tu as faim ?

– Assez pour manger. Qu'as-tu à me dévisager de la sorte ?

– Je ne sais pas quoi faire de toi... Vais-je te violer, t'assassiner ou te rendre à ton père ?

Il eut le plaisir de voir l'incertitude se peindre sur ses traits. Satisfaction de courte durée, car on frappa à la porte. Stan empoigna aussitôt son arme. Harry Anderson et ses tueurs à gages rôdaient toujours. Fausse alerte... C'était Joe qui apportait leur repas. Il les dévisagea tour à tour avec inquiétude, puis ressortit sans mot dire.

– Serait-ce mon repas du condamné ? plaisanta-t-elle en s'attablant devant la collation.

Stan se resservit un verre.

– Le mien peut-être, qui sait ? Penses-tu avoir retrouvé toute ta mémoire ?

Elle se carra sur son siège, réfléchissant tout en mâchant.

– Grosso modo. Certains souvenirs restent encore nébuleux et il se peut qu'il y ait des trous parce que je n'ai pas encore essayé de reconstituer l'histoire. Je ne comprends quand même pas pourquoi tu veux m'épouser maintenant alors que tu ne l'as pas fait quand l'occasion s'en est présentée.

Elle touchait là au point sensible. Stan alla à la fenêtre et constata que le nombre de flâneurs sur la plaza semblait avoir soudain augmenté. Il se retourna vers Samantha. Elle avait tenté de discipliner ses boucles qui, à la lueur de la lampe, formaient autour de son visage un halo soyeux. Il l'imagina assise ainsi chaque soir de sa vie, auprès de lui, et une pointe de nostalgie lui serra le cœur. Il devait réparer le mal qu'il avait fait... Mais comment ?

– Difficile à expliquer... Je t'ai dit un jour que je te protégeais, et tu m'as répondu que tu étais assez grande pour assurer seule ta protection. Avions-nous raison l'un et l'autre ? Tu ne savais rien de moi, à l'époque ; tu ne m'aimais pas non plus – tu me l'as dit. Je t'ai initiée aux plaisirs des sens et tu t'es éprise de ce mystère. J'ai alors voulu te garder, égoïstement, te soustraire aux commérages jusqu'à ce que tu te réveilles et me voies tel que je suis.

Samantha buvait un verre d'eau à petites gorgées.

– Merci pour la haute opinion que tu as de moi, dit-elle, amère. Dieu merci, je sais que tu te tiens en plus piètre estime encore. Je n'arrive d'ailleurs pas à comprendre pourquoi. Avoir une femme infidèle, est-ce une raison suffisante pour se détruire ?

– Parce que je ne t'ai pas raconté toute l'histoire... Harry Anderson attend peut-être le moment propice pour combler cette lacune. Cependant, je préfère que tu entendes la vérité de ma bouche. Ton père est là, à présent, pour prendre soin de toi.

Samantha repoussa son assiette, croisa les jambes et posa les mains sur ses genoux.

– Aurais-je en face de moi un dévaliseur de banque doublé d'un assassin ?

– Pire, avoua-t-il en contractant les mâchoires, le visage soudain ravagé de douleur. J'ai tué, oui. Mon propre fils...

42

– Tu avais un fils ? s'écria Samantha.

Debout devant la fenêtre, rigide comme une statue, Stan aurait basculé à la moindre poussée. Il mit un certain temps à répondre et le fit d'une voix qui ne devait son calme qu'à un terrible effort de volonté :

– J'ai cru que, si nous avions un enfant, Melinda se calmerait ; elle pensait pour sa part que, si elle me donnait un héritier, je la laisserais tranquille. Dès qu'elle s'est sue enceinte, elle a abandonné le lit conjugal. La situation n'a fait qu'empirer. Je ne suis ni patient ni particulièrement compréhensif. C'étaient des disputes continuelles. Supposant que c'était Harry qui la contrariait, je lui ai intimé l'ordre de s'éloigner d'elle. Au lieu de cela, ils se retrouvaient derrière mon dos. Impossible de la chasser puisqu'elle portait mon enfant, si bien que, pour oublier ma frustration et ma colère, je me suis mis à boire.

» Après la naissance d'Aaron, les choses ont paru se tasser. Melinda étant confinée au lit, j'avais mon fils pour moi seul. J'ai même songé à acheter le cabinet d'un médecin qui s'apprêtait à prendre sa retraite. Je buvais moins.

Comme Samantha ne réagissait pas, Stan poussa un sourd grognement et se jeta dans un fauteuil. Ses longues jambes étendues devant lui, il continua, le regard fixé sur ses bottes :

– Melinda s'est rétablie comme par enchantement dès que Harry a reparu d'on ne sait où. Les disputes ont repris ; elle me refusait toujours son lit et sortait tous les soirs. C'étaient des nurses qui s'occupaient d'Aaron. Sa mère n'avait pas un regard pour lui. J'ai bu encore plus. Jusqu'à ce fameux soir où, rentrant de bonne heure, j'ai trouvé Melinda à moitié nue dans les bras de Harry.

Atrocement choquée, Samantha ne put réprimer un frisson de dégoût. Elle aurait voulu aller vers Stan, le serrer dans ses bras et lui jurer que jamais elle n'agirait comme Melinda, mais il ne la regardait même pas. Affalé dans son fauteuil, le regard tourné vers l'intérieur, mains refermées sur les accoudoirs, il la rejetait de tout son corps.

– J'avais appris à tirer, pendant mon séjour en Ecosse, car je travaillais avec un médecin dont le secteur couvrait les rues les plus mal famées d'Edimbourg. Je ne sais pas pourquoi j'ai continué à porter une arme, à mon retour à Boston. Etant donné le fardeau de rage et de violence que je portais en moi, je n'aurais pas dû m'alourdir en plus d'un revolver.

» Quand je les ai surpris dans les bras l'un de l'autre, ma première réaction a été de dégainer. Harry m'a vu à temps et a plongé sur le revolver. Il a réussi à en détourner le canon de Melinda en levant mon bras. La balle a traversé le plafond...

Stan avala le contenu de son verre d'une seule gorgée et, la voix toujours aussi vide d'émotion, poursuivit :

– Aaron dormait dans son berceau, juste au-dessus du salon. La balle lui a transpercé les poumons. Je l'ai entendu...

Etranglé de douleur, il s'interrompit, incapable de décrire l'horreur de ce soir où il avait tenté de stopper l'hémorragie qui privait peu à peu Aaron de vie. Il avait hurlé et sangloté des heures durant devant le petit corps inerte.

Etaient-ce des larmes, sur les joues de Stan ? Samantha, qui avait les yeux embués, crut à une illusion car le Stan qu'elle ne connaissait que trop bien frappa les accoudoirs du plat de la main et braqua sur elle un regard dur.

– Je n'ai pas pu le sauver, conclut-il sèchement. Toutes ces années d'études qui m'ont coûté ma femme n'ont pu sauver mon fils. Il est mort dans mes bras.

Samantha, maladroitement, esquissa un mouvement vers lui. Il se leva et gagna la porte.

– Je te laisse t'habiller. Tu dois avoir grande envie d'aller retrouver ton père.

Elle aurait voulu le gifler, oui ! Pas question de le laisser filer ! Elle se rua sur la porte et lui barra le passage, bras croisés sur la poitrine.

– Je ne suis pas Melinda. Tu vas me dire franchement ce qui te contrarie et on en discutera le temps qu'il faudra pour régler le problème, mais je t'interdis de faire comme si je n'existais plus.

Stan baissa sur elle un regard effaré, puis gourmand quand il aperçut ses seins sous le peignoir entrebâillé.

– Je sais que tu existes, Samantha. Depuis six mois, tu as pris soin de te rendre bien visible. Si tu ne t'éloignes pas immédiatement, je ne pourrai plus résister davantage.

Parfait ! La mine espiègle, elle dénoua la ceinture du peignoir.

– Et ça, c'est suffisamment visible ? Tu en veux davantage ?

Le regard fixe, il tendit les mains vers ses seins, les prit dans ses paumes calleuses. Une vague brûlante les embrasa tous deux et la froideur distante de Stan se mua en une faim dévorante.

Samantha noua les bras autour de son cou pour coller sa bouche à la sienne. Le contact du corps tendu de Stan contre sa chair exaspéra d'un coup son désir.

Un instant plus tard, elle se laissait emporter dans la chambre, semant au creux de son cou des baisers ardents. Un sourd grognement monta de la gorge de Stan quand il la déposa sur le lit. Elle se redressa aussitôt et, à genoux, tandis qu'il déboutonnait sa chemise, elle s'attaqua au pantalon, libérant son membre qu'elle embrassa.

Stan poussa un rugissement sauvage, la coucha sur le dos et, lui écartant les jambes, il la pénétra d'une seule poussée. Accrochée à ses épaules, elle s'abandonna à ses assauts, haletante, éperdue de bonheur.

Dans un long cri d'extase, il la guida pas à pas vers des sommets vertigineux où bientôt leurs corps et leurs âmes se fondirent.

Quand Samantha revint progressivement à elle, les bras solides de Stan l'enfermaient comme un étau. Il avait basculé contre son flanc, les jambes toujours nouées aux siennes, et elle savourait amoureusement le contact de leurs épidermes. S'il la dominait de toute sa force de mâle, elle savait qu'elle avait le pouvoir de manipuler cette force, et il fallait le faire avec sagesse et intelligence.

Elle s'étira.

– On remet ça ? murmura-t-il langoureusement en prenant un de ses seins dans sa paume.

– Obsédé ! s'exclama-t-il, rieuse.

– Cela veut-il dire que tu m'épouses pour me faire expier ma luxure jusqu'à la fin de mes jours ? poursuivit-il en l'aidant à se nicher plus douillettement contre lui.

– Sans aucun doute.

Il caressa tendrement ses seins, puis effleura son ventre qu'il palpa avec un doigté expert. Samantha repoussa ses doigts, grondant :

– Je ne suis pas ton cobaye, docteur !

– Non, tu es simplement enceinte.

Ce fut la douche froide. Samantha lui adressa un long regard de stupeur tandis qu'elle absorbait le choc de cette nouvelle qui le laissait, lui, apparemment indifférent. Elle jeta un coup d'œil à son ventre... il était plat. A ses seins... Un peu plus volumineux peut-être...

– C'est impossible, murmura-t-elle enfin.

– A quand remontent tes dernières règles ? demanda-t-il du ton froid d'un médecin.

– Nous sommes allés à San Francisco fin janvier, et j'avais eu mes règles quinze jours auparavant. Par conséquent, je ne peux pas être enceinte.

– J'ignore ce que ton père t'a raconté, mais, apparemment, tu as compris de travers. San Francisco correspondait à la période de fertilité maximale et si tu n'as pas eu tes règles depuis, aucun doute, tu es enceinte. Ça te rend si malheureuse ?

– J'ai peur, avoua-t-elle. Tu m'en veux ?

– Je t'aime, Samantha. Je respecte tes goûts et tes

volontés, mais si tu te sens le courage de porter mon enfant, je t'aimerai pour l'éternité. Tu feras une très bonne mère... Cela compensera mes insuffisances de père.

Le soulagement la laissa sans voix. Elle ferma les yeux pour se pénétrer des paroles de Stan, les laisser lui ensoleiller le cœur. Stan Montgomery était un homme bien ; il était fort, intelligent, brave... Et il lui appartenait.

43

– Pourquoi papa ne nous a-t-il pas écrit ? s'indigna Samantha, interrompant sa mère qui tentait de leur expliquer les raisons de la disparition prolongée de leur père.

Stan lui enlaça la taille et sentit Samantha s'abandonner de tout son corps contre lui. La conversation se poursuivait à mi-voix, pour ne pas déranger Emmanuel Neely qui faisait la sieste.

– Il a écrit, si, précisa Alice. Juste après son départ du village, afin de nous avertir d'attendre son retour pour quitter le Tennessee. Il nous a écrit plusieurs lettres... là-bas, chez nous. La première, qui nous enjoignait de ne pas bouger, s'est égarée ; quant aux suivantes, la poste n'a probablement pas su où nous les réexpédier. Elles nous attendent sans doute là-bas.

Les Neely avaient la guigne ! pesta intérieurement Samantha. Mais Stan la serra un peu plus contre lui, si bien que son amertume se dissipa. Elle devait à son père et au fait d'être venue en Californie malgré ses injonctions le bonheur d'avoir Stan dans sa vie, de porter son enfant. Elle sourit malgré elle... Son père piquerait une nouvelle crise quand il apprendrait qu'il allait être grand-père.

– Gardez une bonne provision de quinine sous la main, dit Stan. Votre mari a de la chance d'être encore en vie.

Alice contempla ledit mari assoupi et soupira.

– C'est aussi mon avis. Emmanuel prétend que ce n'est rien du tout, mais je ne crois pas qu'il recommence à s'aventurer de sitôt dans la nature. Dites-moi, Stan... si c'est vrai que les gens du chemin de fer l'ont embarqué de force comme matelot sur un navire, à San Francisco, y aurait-il moyen d'empêcher les représailles ? Devrions-nous regagner le Tennessee ?

Il n'y avait pas si longtemps, Stan aurait accepté de payer pour les voir repartir.

– Non, madame, je refuse. On a bien besoin d'un bon restaurant, au village, d'une gérante compétente pour le bazar, et si votre mari ressemble tant soit peu à Samantha, il aura quelques idées très personnelles sur les modernisations nécessaires au village.

M. Neely remua, s'étira, se dressa soudain, poussant des grognements d'ours mal léché.

– Qu'est-ce que vous complotez encore ? Samantha, où étais-tu passée ? Je ne tolérerai pas qu'une de mes filles vive dans le péché ! Tiens-toi à l'écart de ce gredin en attendant que le pasteur arrive !

– Quel gredin, papa ? Mettrais-tu mon bon goût

en doute ? répliqua Samantha en allant embrasser son père.

Il la serra dans ses bras, puis examina sa robe.

– Saperlipopette ! Moi qui avais failli oublier que tu étais une femme ! (Il lorgna Stan d'un regard noir.) De toute évidence, il ne l'a pas oublié, lui !

– Pour moi, ç'a toujours été une évidence, même quand elle m'a battu au tir.

La porte s'ouvrit à la volée sur Jeff.

– Voilà le pasteur ! cria-t-il. Et il y a plein de gens qui l'accompagnent...

Samantha jeta à Stan un coup d'œil chargé d'angoisse tandis que son père sortait de la pièce d'un pas énergique, et ce d'un air si content de lui-même que ses craintes décuplèrent. Stan le suivit.

– Que mijote-t-il encore ?

– Je n'en sais rien, répondit Alice à sa fille. Hawkins et lui s'entendent maintenant comme larrons en foire. Ils ont passé la moitié de la nuit ensemble. Cela dit, vu ton état, on ne saurait lui reprocher d'avoir fait venir le révérend Hayes.

Tout en devisant avec le pasteur, Stan jetait tour à tour un coup d'œil par la fenêtre aux premières pousses du potager planté par Samantha et à la foule qui emplissait peu à peu cette église improvisée. Jamais il n'aurait imaginé que le village comptât tant d'habitants.

Cela sentait le coup monté. Neely avait pris en main l'organisation de la cérémonie et envoyé Stan s'habiller dans ses appartements. La table de cuisine tout juste sortie de l'atelier de Donner servirait d'autel et on avait réquisitionné toutes les chaises du village pour les installer en rangs serrés de part et d'autre d'une travée centrale. A quoi rimait tout ce tintouin alors qu'un mariage s'expédiait en deux minutes ?

Bah ! c'était l'angoisse qui le minait, songea Stan en tripotant sa cravate avec nervosité. Que fabriquait Samantha ? Toutes les chaises étaient occupées. Joe et Hawkins, ainsi que quelques-uns de ses hommes de confiance, avaient préféré rester debout pour servir de sentinelles. Ils se retournaient, guettant l'apparition de Samantha au bras de son père. Galamment, on avait installé les dames aux premiers rangs et toutes reniflaient déjà dans leur mouchoir de dentelle. Stan leva les yeux au ciel... et découvrit, au plafond, un système de poulies montées sur un câble horizontal.

Il n'eut pas le loisir d'approfondir l'énigme – les mesures solennelles de ce qui rappelait une marche funèbre le ramenèrent au présent.

Et il vit Samantha. Superbe avec ses cheveux semés de minuscules fleurs en soie, une mantille de dentelle blanche drapant ses épaules nues, elle serrait entre les mains un bouquet de feuillage vert piqué de fleurs de soie probablement prélevées à toutes les robes du village. Quand elle l'aperçut, elle lui adressa un sourire qui illumina son visage où brillaient ses yeux émeraude. Fasciné, tremblant, Stan ne put détacher le regard de ce sourire.

Elle avançait avec lenteur, au rythme de la musique, si bien que Stan, dans son impatience, faillit l'attraper par la main pour accélérer les choses. Il en fut dissuadé par la présence d'Emmanuel Neely qui donnait le bras à sa fille et entendait visiblement jouer son rôle jusqu'au bout.

Stan contint son impatience en se remémorant les mots d'amour de Samantha, alors qu'au petit matin ils reposaient, membres enlacés, dans son lit ; à leur enfant qu'elle portait, fardeau qui le lierait pour toujours à elle et qu'elle acceptait avec joie, à en croire son sourire de femme comblée. Son cœur se mit à tambouriner si violemment qu'il craignit de défaillir.

Un mouvement subit, derrière Samantha... une ombre qui se dressait, au dernier rang... une chaise qui raclait le carrelage tandis qu'un homme se frayait un passage jusqu'à la travée centrale... Nul autre que lui, dans l'assemblée, ne semblait s'étonner de ce remue-ménage, sans doute parce qu'il avait les nerfs à vif à force de rester constamment sur ses gardes depuis des mois. La lueur fugitive d'un objet métallique... le mouvement flou d'un bras levé à l'instant où Samantha arrivait à sa hauteur... Poussant un rugissement de fureur, Stan empoigna la jeune femme à bras-le-corps, se jeta à plat ventre avec elle, effectuant une roulade pour amortir la chute.

Un coup de feu se réverbéra dans la charpente de la cuisine. Des cris stridents retentirent tandis qu'une ombre fantomatique filait comme l'éclair au-dessus de la tête de Stan, le long du câble, et frappait de plein fouet l'individu debout au centre de la travée.

A l'endroit précis où, une seconde auparavant, un bras brandissait un revolver, pendait désormais un sac de farine de cinquante kilos. Stan se releva sur les coudes, pendant que Samantha se cachait le visage contre son torse. Un nouveau coup d'œil au système de poulies puis au sac de farine qui se balançait dans le vide au-dessus d'un corps recroquevillé sur lui-même... Il n'eut pas à chercher Emmanuel Neely : son beau-père remontait d'un pas énergique l'étroite travée centrale en se frottant les mains avec jubilation. Au fond de la cuisine, Jeff lâcha un objet qui ressemblait à un loquet géant tandis que les hommes de Stan faisaient cercle autour du criminel étalé sur le dos au bout de la travée.

Hawkins le redressa, et Stan reconnut Anderson. Neely, ce bricoleur de génie, avait réussi, avec l'aide de tous les villageois, à prendre celui-ci sur le fait. Comment avait-il eu l'idée d'organiser un pareil guet-apens ? Stan n'était pas certain de vouloir le savoir. Il se releva, l'air décidé et, soutenant Samantha qu'il étreignit de toutes ses forces, il reprit sa place avec elle devant le pasteur. Elle le fixait, émerveillée, l'air de ne pas remarquer qu'il venait de se faire ridiculiser devant tout le village.

– Mariez-nous, Hayes ! ordonna Stan.

Reprenant ses esprits, le pasteur entama le rituel et le calme se rétablit peu à peu dans la cuisine. Emmanuel Neely braqua un regard noir sur le prisonnier qu'on emmenait, avant de venir en hâte se placer au côté de sa fille.

Hayes bénit l'alliance pour la seconde fois, prononçant les formules sacrées dans une langue intelligible et non dans le latin de cuisine de Rodriguez. Samantha les répéta d'un ton solennel, contemplant son fiancé qui se rengorgeait de fierté. Celui-ci embrassa fougueusement son épouse dans un fracas de chaises renversées par les hommes pressés de féliciter eux aussi la mariée.

L'air sévère, Stan fit passer Samantha derrière lui.

– Je vais demander à Neely de vous balayer tous d'un coup de sac de farine, si vous avancez d'un pas ! gronda-t-il. Reculez !

Le Dr Ramsey, la veuve à son bras, étudia le sac puis Stan.

– Je m'éclipse avant que le toit nous tombe sur le crâne ! s'écria-t-il.

L'avertissement incita certains froussards à détaler tandis que les musiciens entamaient un air endiablé. On repoussa les chaises pendant que les jumelles sautaient sur leurs paniers de confettis multicolores dont elles jonchèrent le passage de la noce.

Echangeant des sourires béats, les mariés traversèrent la plaza jusqu'à la maison des Neely où devait se poursuivre la fête. En entrant dans la salle de restaurant, Stan tomba sur ses hommes de main qui entouraient le prisonnier ligoté et bâillonné. Il franchit le cercle et écrasa son poing sur la mâchoire d'Anderson.

44

– Quel sort vont-ils réserver à Harry Anderson ?

En cet après-midi de la fin juin, Samantha prenait le soleil sur le balconnet surplombant la cour de l'hôtel d'où on avait une vue plongeante sur la tonnelle. Deux silhouettes venaient de se glisser sous le feuillage pour s'isoler, à l'abri de la touffeur.

Assis dans son fauteuil, dos à la cour et face à son épouse, Stan se passionnait, lui, pour les ruades de son enfant qu'il mesurait, paume pressée sur le ventre de Samantha.

– Légalement, ils ne peuvent pas le pendre puisqu'il n'a jamais réussi à tuer personne. Avant qu'ils retrouvent un de ses tueurs à gages, on ne peut l'accuser que de la tentative de meurtre dans la cuisine. Il fallait vraiment qu'il ait à moitié perdu la raison pour oser. Pour l'instant, il est sous les verrous.

– Et dès sa sortie de prison, il reprendra ses menées criminelles jusqu'à ce qu'il t'ait assassiné pour de bon ? Il y a sûrement un moyen de l'empêcher de récidiver !

– Pourquoi ne pas demander à ton père de nous installer dans tout le village ses systèmes de filins et de poulies pour désarmer les étrangers de passage ? répliqua Stan avec malice.

– Papa adore inventer de nouvelles armes. A ce propos, tu devrais éviter de le laisser rôder aux abords des mines comme tu le fais. Cela dit, piéger le village ne résoudrait pas le problème d'Anderson.

– C'est cette fichue lettre que ton père a écrite à un de ses amis de Boston pour lui raconter ce qui se passait au village qui a fourni à Anderson l'indice lui permettant de me retrouver. J'ai pensé prévenir Melinda par câble ; si elle souhaitait l'assassiner pour qu'il la laisse vivre en paix avec son nouvel époux, je m'estimerais largement vengé.

– Melinda se remarie ? Puisqu'elle a déjà dépensé

tout ton argent, comment pourrait-elle venir jusqu'ici ?

Stan retrouva sa gravité et se pencha vers Samantha pour écarter de son visage une mèche folle.

– Pas d'affolement. Avant même que ton père ait insisté pour qu'on se marie, j'ai envoyé un câble à mes avocats de Boston et j'ai mis des juristes de San Francisco sur l'affaire. Ceux de Boston m'apprennent que Melinda s'est déjà retrouvé un autre riche gogo, si bien qu'elle était aussi pressée que moi de rendre le divorce public pour se remarier et s'approprier une fortune qui lui donne pleine liberté d'action. Anderson n'a pas encore compris qu'il était supplanté. Elle ne porte plus le nom de Montgomery – que je t'ai donné officiellement en t'épousant.

» Quand j'ai annoncé à Anderson que notre divorce était officialisé, lui qui croyait, en m'assassinant, faire de Melinda une riche veuve et l'épouser, n'a plus eu envie de repartir sur la côte Est. Il trouvera toujours une femme pour succomber à sa jolie figure, à ses tenues chics et à son bagou de séducteur.

– Tu veux dire qu'il a passé six mois à essayer de te tuer et que maintenant, il ne tardera pas à séduire une innocente pour lui voler son argent ?

Du bout du doigt, Stan effleura ses seins.

– J'ai fichu la frousse aux quelques femmes convenables qu'il courtisait, si bien qu'en sortant de prison, il ne trouvera plus que la Marie couche-toi là locale. Et cette fille-là n'est pas née d'hier... A présent, Samantha, il est temps d'aller faire ta sieste !

Quand Stan se mit à déboutonner sa robe, elle murmura :

– Tu ferais mieux d'aller voir ce que Harriet et le petit frère de Hawkins fabriquent sous la tonnelle. Ils y sont depuis une éternité.

– Je le sais, dit Stan en pouffant. Ils s'amusent aux mêmes jeux que Bernadette et Donner dans la remise. Jeff ne sait plus où donner de la tête... Rappelle-moi de commander de nouveaux ouvrages d'anatomie.

Il la souleva de son siège sans lui en demander la permission et, franchissant la porte-fenêtre, la déposa sur leur lit. Sans protester, elle le regarda ôter sa chemise.

– Et moi qui voulais aller jusqu'à la vallée pour voir où en est la construction de la maison... minauda-t-elle.

– Le travail avance très bien sans toi. Joe a menacé de transformer notre nouvelle demeure en saloon si tu ne lui fiches pas la paix. Quant au champ, il est semé, et Hawkins cherche quelques bonnes poulinières, dit-il en jetant sa chemise sur une chaise avant de déboutonner son pantalon. Tu quittes ta robe ou c'est moi qui me charge de l'enlever ?

Samantha agita sous son nez une de ses jambes interminables. Sa jupe glissa, révélant le mollet puis la cuisse nus.

– Déshabille-moi, puisque c'est toi qui insistes pour que je dorme l'après-midi. Crois-tu pouvoir convaincre Hawkins de rester ? A la vitesse à laquelle se développe le village, on aura bientôt besoin d'un shérif parce que tu n'auras plus le temps de faire la police.

Stan s'assit au bord du lit pour ôter ses bottes et

en profita pour remonter la main sous les jupes de sa femme. Au bout de trois mois de mariage, il éprouvait toujours pour elle le même désir.

– Hawkins te doit bien ça, pour te remercier de lui avoir donné ton étalon.

– Il m'a promis de le ramener pour les saillies. C'est mieux qu'un aussi bel étalon ne reste pas à l'écurie toute la journée, d'autant plus que tu ne me permets plus que de monter les mules les plus placides.

Enfin nu, il s'affala sur le lit, tout contre sa femme dont il continua de déboutonner le bustier.

– Tu ne croyais quand même pas que j'allais te laisser faire le va-et-vient entre la vallée et le village, au risque de te voir accoucher sur une piste de montagne !

– Je n'en suis qu'au cinquième mois, tyran domestique. Et à six mois, projettes-tu de me ligoter au lit pour que je n'en bouge plus ? susurra-t-elle en peignant les boucles ébouriffées qui retombaient sur le front de son mari.

– Excellente idée... à explorer pour fouetter le désir, dit-il en couvrant ses seins de baisers.

– J'ai beau t'aimer à la folie, il y a des choses que je ne te pardonnerai pas, fit-elle, s'arc-boutant sous lui.

– Si, tu me pardonneras tout. Surtout quand tu verras le lit qu'on nous livrera dès que la maison sera construite.

– Le lit ? balbutia-t-elle.

Et elle perdit toute retenue quand il souleva sa jupe pour parsemer ses cuisses de baisers.

Plus tard quand, enlacés et repus, ils entendirent une pétarade, ils ne remuèrent même pas.

Samantha finit par soulever une paupière, surprise de l'expression paisible de son mari.

– Des pétards chinois, expliqua-t-il. J'en ai fait cadeau à Jeff pour qu'il les allume quand ça l'amuserait.

Samantha referma la paupière.

– Je parie qu'il les a fait partir sous le nez d'Aigle-à-cheval Hawkins au moment où il contait fleurette à Harriet. Lui as-tu recommandé de ne pas les utiliser quand Aigle avait son fusil sur lui ?

– Je m'en suis bien gardé, dit Stan en gloussant. Il faut bien donner une nouvelle chance à Horace de dresser ce petit monstre, pour une fois.

– Qui est Horace ?

– « Aigle-à-cheval » Hawkins.

Au tour de Samantha de glousser ; Stan se contenta de sourire béatement. Sous le soleil d'or de Californie, tous les villageois de Talbott s'abandonnaient aux joies de la sieste.

Tous, à l'exception d'Horace-Aigle-à-cheval et de Jeff – celui-là pourchassant celui-ci dans une course éperdue à flanc de montagne. A l'exception aussi de quelques mineurs, là-haut, sur les sommets, qui se documentaient sur un nouvel explosif à même de faire cracher aux entrailles de la terre tout l'or qu'elles celaient. Ils avaient déjà appris à se méfier des folles inventions de Neely, si bien qu'ils battirent en retraite vers leurs chevaux dès que le savant fou décida d'allumer la mèche.

Quand l'explosion qui ébranla le versant de la montagne se fut apaisée, avant que ne retombe la tornade de poussière qui s'élevait dans le ciel, Neely se consola de la couardise des mineurs qui avaient filé au galop en empochant une énorme pépite qu'il se promit de montrer à Samantha. Qu'il était sot, ce Talbott, de se croire propriétaire de la montagne ! A l'instar de Dieu et de Chef Coyote, Emmanuel savait bien, lui, que la terre et ses trésors n'appartenaient à personne. Et, tous les chevaux ayant détalé, c'est à pied qu'il reprit le chemin du village.

4759

Photocomposition Assistance 44-Bouguenais
Achevé d'imprimer en Europe (France)
par Brodard et Taupin à La Flèche (Sarthe)
le 21 décembre 1998. 1767V
Dépôt légal déc. 1998. ISBN 2-290-04759-7
1er dépôt légal dans la collection : janvier 1998
Éditions J'ai lu
84, rue de Grenelle, 75007 Paris
Diffusion France et étranger : Flammarion